Gaea

Gaea

鋼鐵德魯伊

VOL. 3〔神鎚〕

HAMMERED

THE IRON DRUID CHRONICLES

凱文・赫恩——著 戚建邦——譯

KEVIN HEARNE

鋼鐵德魯伊

■書評推薦

「赫恩自稱漫畫宅，將自己對那些帥呆傢伙們痛扁邪惡壞蛋的熱愛，轉變為一流的都會奇幻出道作。」

——《出版人週刊》（*Publishers Weekly*）重點書評

「赫恩是個幽默機智的出色說書人……本書可說是尼爾·蓋曼的《美國眾神》加上吉姆·布契的《巫師神探》。」

——*SFF World*書評

「（阿提克斯）是個強大的現代英雄，擁有古老祕密、累積了二十一個世紀的求生智慧……活潑的敘事口吻……一部旁徵博引的都會奇幻冒險。」

——《學校圖書館期刊》（*Library Journal*）

「赫恩用合理的解釋把神話巧妙織進故事之中，這是部超級都會奇幻。」

——哈莉葉·克勞斯納（Harriet Klausner），著名書評與專欄作家

「這是我近年讀過最棒的都會/超自然奇幻。節奏緊湊、詼諧又機智、神話使用得當，這是為厭煩了狼人與吸血鬼的奇幻讀者而生的作品。喜愛吉姆·布契、哈利·康諾利……或尼爾·蓋曼《美國眾神》的讀者們一定會很享受這本書。極度推薦！」

——Grasping for the Wind網站書評

「如果你喜愛幽默有趣的都會奇幻，那《鋼鐵德魯伊》是你的菜。如果你喜歡豐富精彩的都會奇幻，更該拿起《鋼鐵德魯伊》，以及凱文·赫恩未來出版的任何東西。」

——SciFi Mafia網站書評

「在這部有趣而高度不敬的作品裡，赫恩創造了一連串節奏飛快的動作戲與唇槍舌戰。」

——《出版人週刊》（*Publishers Weekly*）

「我愛、愛、愛死這系列了，而《神鎚》鐵定是目前最棒的一本……到最後大戰之前，你會忍不住用曲速翻頁，但仍然翻得不夠快！」

——My Bookish Ways網站書評

「在第三集讓人腎上腺素飆升的鋼鐵德魯伊冒險裡……赫恩給了我們活潑情節與酷斃的動作場面，書迷鐵定會很興奮！」

——《出版人週刊》（*Publishers Weekly*）重點書評

鋼鐵德魯伊 VOL.3

◆目次◆

第一章

在一般人的印象裡，松鼠應該很可愛。當牠們匆忙跑過這條樹枝或那根樹幹時，人們總會喜形於色地發出尖銳假音指著牠們說：「噢，太可愛了！」不過我可以告訴各位，只有能被一腳踩扁的松鼠才可愛。等你面對水泥車大小的天殺松鼠時，牠們的所有魅力都會蕩然無存。

當我抬頭看著一對和冰箱差不多大的門牙、皮鞭般的抽動鬍鬚、牽引機輪胎大小的眼珠如同墨汁泡泡般瞪視著我時，其實並沒有特別驚訝，只是對於自己完全猜中這種情況而有點害怕。

在離開亞歷桑納之前，我的學徒關妮兒還堅稱我的想法絕不可能是事實。「不，阿提克斯，」她說：「所有文學作品裡都說唯一通往阿斯加德的途徑就是彩虹橋。《埃達》【註】、吟遊詩人的詩歌……所有作品裡都同意彩虹橋就是唯一途徑。」

「文學作品當然這麼說。」我回道：「但那只是諸神的宣傳。如果讀得夠仔細，妳就會發現《埃

註：《埃達》（*Edda*）爲傳唱北歐神話初期（維京時期）型態的文學集，通常被分爲《埃達詩》（the *Poetic Edda*）與《埃達經》（The *Porse Edda*）。《埃達詩》又稱《老埃達》（The *Elder Edda*），以十三世紀被發現的詩集手抄本《皇家手稿》（*Codex Regius*）與後來發掘的英雄詩與神話詩爲主，被認爲是九世紀左右的口傳文學；《埃達經》又稱作《新埃達》或《史努利埃達》（The *Younger Edda*, or the *Snorri's Edda*），是冰島詩人史努利・斯圖呂松（Snorri Sturluson）編寫的古代北歐神話與史詩集。《埃達》是了解與研究北歐神話的重要參考文獻。

達》都寫得很明白，拉塔托斯克就是阿斯加德後門的關鍵。」

關妮兒饒富興味地看著我，不確定自己有沒有聽錯。「住在世界之樹上的松鼠？」她問。

「一點也沒錯。牠在樹頂的老鷹和樹根的巨龍之間急急忙忙地爬上爬下，幹些造謠中傷、惡意抹黑之類的事。妳倒是想想，牠是怎麼辦到的？」

關妮兒花了點時間思考。「這個嘛，根據文學作品的說法，世界之樹有兩條樹根自阿斯加德垂落：一根落在約頓海姆的密米爾之泉【註一】，一根落在尼弗爾海姆【註二】的赫瓦格米爾之泉，巨龍尼德霍格就在那下面啃樹根。所以我想牠是在樹上挖了些小樹洞。」她搖搖頭，拋開這個想法。「但是你又不能走松鼠洞。」

「和妳賭一頓晚餐。親自下廚、要有葡萄酒、蠟燭，還有凱薩沙拉之類的花俏現代食物。」

「沙拉不是現代食物。」

「在我個人的時間觀念裡就算。凱薩沙拉是一九二四年發明的。」

關妮兒神色著迷，「你怎麼知道這種事情？」話一出口，她立刻丟開這個問題。「不，這次不准你轉移話題。我賭了；一頓晚餐。現在證明你可以，不然就開始下廚。」

「等我去爬世界之樹的時候就有證據了，但是……」我說著揚起手指阻止她抗議。「我可以先把我的想法告訴妳，這樣以後妳就會覺得我超有先見之明。根據我的推測，拉塔托斯克一定是個狠角色。妳想想看，老鷹通常會吃松鼠，而一般相信那頭叫尼德霍格的猛龍什麼都吃，但這兩個傢伙從未想過去咬拉塔托斯克。牠們只會和牠說話，態度絕不傲慢，而是客客氣氣地請牠幫忙叫牠們的敵人滾遠一點之類的。而且牠們還會說：『嘿，拉塔托斯克，你不用急。慢慢來，不要緊。』」

「好吧，你的意思是牠很強壯？」

「不，我是說牠超級強壯。像保羅．班楊【註三】那麼壯，因爲牠的體型是配合世界之樹的比例。牠比妳我加在一起還大隻，大到就連尼德霍格都將牠視爲地位相等的生物，而非點心。從來沒人從世界之樹的樹根爬上阿斯加德的唯一原因就是，只有瘋子【註四】才會這麼做。」

「是呀。」她笑道：「而拉塔托斯克會吃堅果。」

「沒錯。」我輕輕搖頭，嘲諷地笑了笑。

「好吧，」關妮兒提出心中的疑問，「世界之樹的樹根究竟在哪裡？我想它們應該位於斯堪的那維亞半島上，但是衛星影像卻從來沒有照到過。」

「世界之樹的樹根位於完全不同的世界裡，而這才是沒人爬過樹根的眞正原因。但是它們和地球連結在一起，就像提爾．納．諾格，或極樂世界【註五】，或塔塔洛斯【註六】，或其他類似的地方。碰

註一：約頓海姆（Jötunheim）爲北歐神話中的巨人之國，世界樹上的九大國度之一。密米爾之泉（Well of Mimir）是智慧巨人密米爾看守的智慧之泉，奧丁以一眼爲代價喝下泉水、獲得知識的力量。

註二：尼弗爾海姆（Niflheim），世界樹上九大國度的霧之國，由洛基（Loki）之女、死亡女神赫爾（Hel）所統治的死亡國度。

註三：保羅．班楊（Paul Bunyan），北美民間傳說中的巨人樵夫。

註四：瘋子（nuts），也是堅果，還可以用來暗指睪丸。

巧的是，某個妳認識的德魯伊剛好也透過刺青與地球連結在一起。」我說著揚起紋滿刺青的右手。

關妮兒一臉訝異地思考我話中的意思，沒多久就做出合理結論。「你的意思是你想去哪裡就可以去哪裡？」

「嗯哼。」我確認她的說法。「但我不會大聲張揚這事。」我伸出一指指向她。「而等妳透過和我一樣的方法與大地產生羈絆後，妳也不該張揚此事。在安格斯．歐格和布雷斯之後，很多神都已經開始擔心我。不過由於我是在這個世界裡殺死他們，而且又是安格斯．歐格上門挑釁，所以他們不認爲我會變成弒神成性的瘋子。在他們看來，我是個自衛技巧高超的凡人，只要他們不來惹我，就不會對他們構成威脅。而且他們因爲從來沒有德魯伊跑到他們的世界去，就相信永遠不會有。但如果讓諸神得知我有辦法前往任何世界、找到任何神，我的威脅指數將會瞬間破表。」

「諸神不能隨心所欲地前往任何地方嗎？」

「不能。」我搖頭說道：「神大多數都只能出現在兩個世界——他們自己的神域和地球。這就是妳不會在奧林帕斯【註七】看見卡里【註八】；或在光音天【註九】看到伊絲塔【註十】的原因。我去過的神域不到四分之一。那些天堂我就沒去過；涅槃境界我去過一次，不過有點悶——別會錯意了，那裡很美，只是在完全缺乏慾望的地方根本沒人想要和我說話；馬．梅爾眞的美不勝收，妳改天一定要去看看，還有中土世界的夏爾【註十二】也非去不可。」

「少來！」她捶我的手臂。「你才沒去過中土世界！」

「當然有，爲什麼沒有？中土世界就像其他世界一樣與我們的世界羈絆在一起。艾隆王還待在瑞文戴爾，因為世人認定他該在那裡，而不是在灰港岸【註十二】——而且我可以告訴妳，他長得一點都不像雨果．威明【註十三】。我也跑過一趟希臘冥界，問奧德修斯那些女海妖到底在說些什麼，答案實在太美妙了。不過我不能告訴妳她們說了什麼。」

「你又要說我年紀太小了，是不是？」

「不，只是妳必須親耳聽到才能體會。內容和燉兔肉、海蛇與世界盡頭有關。」

關妮兒眯起眼睛說：「好啦，別告訴我。那你打算怎麼去阿斯加德？」

「這個嘛，首先我得挑條樹根來爬，但這很容易：我不想遇上拉塔托斯克，所以我要去爬約頓

註五：極樂世界（Elysian Fields），希臘神話中冥界判官拉達曼提斯（Rhadamanthus）管理的死後樂園，英雄們死後就會前往此地生活。

註六：塔塔洛斯（Tartarus），希臘神話中的混沌地獄。

註七：奧林帕斯山（Olympus），希臘神話中眾神居住的神域。

註八：卡里（Kali），印度神話中喜愛血與殺戮的女神，濕婆之妻。

註九：光音天（Abhassara），佛教三界之一的色界下的十八天之一，又作極光淨天；這個世界沒有聲音，講話時口中會發出澄淨、帶有語言意思的光輝，因而得名。

註十：伊絲塔（Ishtar），美索不達米亞神話的女神，象徵戰爭、性愛（包括生產與豐饒）與金星。

註十一：夏爾（Shire），托爾金《魔戒》系列中的中土大陸（Middle Earth）北方的地區，主要居民是哈比人（Hobbits）。

註十二：在《魔戒》系列中，艾隆王（Elrond）統治著精靈據點之一瑞文戴爾（Rivendell），最後與其他精靈一起自灰岸港（Gray Havens）啓程前往不死之地。

註十三：雨果．威明（Hugo Weaving），在電影《魔戒》裡扮演艾隆王的演員。

海姆那根。一來拉塔托斯克很少跑去那裡，二來從那裡爬比尼弗爾海姆要近多了。好了，既然妳顯然針對此事做過研究，告訴我該往哪裡去找密米爾之泉和我們世界連結的地點。」

「東方。」關妮兒立刻說：「約頓海姆總是位於東方。」

「沒有錯。斯堪的那維亞半島以東，密米爾之泉與一座俄國小鎮納迪姆附近的副極帶小湖連結在一起。那就是我要去的地方。」

「我和俄國小鎮不熟。納迪姆在哪裡？」

「西伯利亞西部。」

「好吧，你前往這座湖，然後呢？」

「湖裡會有一條樹根在吸收湖水。不是白蠟樹，比較類似矮小的長青樹，基本上就是凍結在那裡。找到這條樹根後，我就會觸摸它，與它產生羈絆，將我的中心自我融入連結，再來我就會抱住北歐世界之樹的樹根，湖則會變成密米爾之泉。」

關妮兒雙眼發光。「我等不及要學會這種能力了。接下來你就開始爬樹，是不是？因爲世界之樹的樹根一定很粗壯。」

「對，計畫就是這樣。」

「那從世界之樹的樹幹到伊度恩的住所有多遠？」

我聳肩。「從沒去過，所以我得隨機應變了。我從沒見過阿斯加德的地圖；妳以爲總有人會繪製出所有神域的地圖集，但是沒有。」

關妮兒皺眉。「你到底知不知道伊度恩在哪裡？」

「不知道。」我說著，露出可憐兮兮的笑容。

「要幫拉克莎偷蘋果還眞不容易。」沒錯，風險很高，但是說好的事情不能反悔：我承諾過要去阿斯加德偷一顆金蘋果，拉克莎則在史考特谷幫我殺掉十二名酒神女祭司。拉克莎．庫拉斯卡倫，印度女巫，做到了她所承諾的事情，現在該我兌現了。我有機會在偷走蘋果後全身而退，但若食言背信，拉克莎絕對會讓我付出代價。

「肯定是趟大冒險。」我告訴關妮兒。

顯然我要和松鼠一起冒險。在我面對自己猜測準得嚇人的赤裸現實，瞠目結舌地瞪著世界樹幹上這隻巨型齧齒類動物時，我的嘴裡忍不住冒出一句老話：「有時候你覺得自己像是瘋子（堅果）。」我輕聲說道：「有時候又不像。」

我眞的期望拉塔托斯克會在另一條樹根上，甚至是在冬眠。現在是十一月二十五日，美國的感恩節，而拉塔托斯克看起來像是已經把羅德島上的火雞通通吃光，一副吃飽喝足、準備一覺睡到春天的樣子。但是這下牠看到我了，就算牠沒用大門牙咬掉我的腦袋，也會把有個人類從米德加德爬上世界之樹的事情告訴別人，到時候整個阿斯加德都會知道我來了，就別想隱藏行蹤了。

我徒手爬樹，把膝蓋、鞋子、外套通通羈絆在樹皮上，沿路透過手掌吸收世界之樹的能量，毫不疲憊地爬到這裡。畢竟這棵是世界之樹，而在我進入其他世界後，它就代表了地球。儘管我狀況不錯，絕對沒有墜落的危機，還是不可能對抗拉塔托斯克的速度與靈活身手。相形之下，我的動作慢得像冰河流速，而此刻距離阿斯加德還有好幾哩路。

牠氣沖沖地對我吱吱亂叫，吐氣噴得我頭髮往後飄，弄得我鼻孔中充滿腐爛堅果味。我聞過更難聞的味道，但這味道絕對稱不上芬芳；Bath & Body Works【註二】沒有生產「天殺的大松鼠」系列產品線肯定是有原因的。

我啓動護身符上名叫妖精眼鏡的符咒，以便看見魔法光譜的變化，弄清楚事物如何相互羈絆。由於可以即時看見自己用法術打的繩結，這樣也能讓我更容易產生自己的羈絆。

我看見拉塔托斯克與世界之樹緊緊羈絆在一起。從許多方面來看，牠都算得上是一根樹枝——世界之樹的延伸，這個事實令我感到沮喪。傷害松鼠將會傷害到世界之樹，我不想傷害世界之樹，但又看不出其他辦法——除非我可以讓牠和我打勾勾、蓋印章，發誓不會告訴任何人我要跑去偷伊度恩的金蘋果。

我集中精神在代表牠意識的靈絲上，輕輕地將它們與我的意識羈絆在一起，進而建立溝通管道。我還會說十三世紀之前歐洲通用的北歐語，而我敢說拉塔托斯克也會說，畢竟牠可是古代北歐人所想像出來的生物。

「你好，拉塔托斯克。」我透過建立起的羈絆傳送意念。牠在腦中響起人語時微微畏縮，轉過身沿著樹根爬出幾步，尾巴甩過我的臉，接著再度轉身，謹慎地打量我。或許我該在出聲的時候動動嘴巴。

「看在赫爾冰封冥界的份上，你是什麼人？」松鼠回應道，超大根的鬍鬚不安抽動。「爬到世界之樹的樹根上做什麼？」

既然我是從中層世界爬上樹根，就表示我只可能來自三個地方【註二】。我不是約頓海姆的冰巨人，而牠絕不會相信凡人能夠爬上樹根，所以我必須撒個小謊，希望能唬過牠。「我是來自矮人國度尼達維鐸伊爾的使節。」我解釋道：「我並非血肉之軀，而是新製成的傀儡。所以才會有火紅頭髮，還全身臭味。」我不知道自己在牠鼻子裡聞起來是什麼樣，但既然我身上披著幾層新皮，帶著皮革特有的氣味，我想應該至少和幾頭死牛有得拚。而就個人安全角度來看，讓自己身上散發出難以下嚥的味道應該是絕佳策略。北歐矮人十分擅長製作能像正常生物一樣行走人間的魔法傀儡，而這些傀儡通常具有特殊能力。他們曾爲豐饒之神弗雷爾做過一頭能在水上行走、風中奔馳的公豬，豬頭上長有能在夜間發光的黃金鬃毛。這頭豬名叫古鐸因博斯帝，意思是「金豎毛」。直白易懂。

「我名叫愛德哈，製造者爲伊金斯克賈爾迪，弗加拉的兒子英格維之子。」這三個矮人名都是直接引用自《埃達詩》。托爾金筆下所有矮人的名字都是出自同一參考資料，甘道夫也一樣【註三】，所以我沒理由不效法先人智慧。愛德哈，我給自己取的名字，意思就是「火髮」；我認爲既然我在假扮傀儡，依照古鐸因博斯帝的命名模式應該錯不了。「我奉矮人王之命前往英靈殿去找眾神之父奧

註一：美國香氛品牌，擁有多達一百五十種不同香氛的產品線。

註二：傳說世界之樹上的九個國度被認爲可分爲三層。上層爲阿斯加德、妖精之國阿爾福海姆、華納神族居住的華納海姆；中層爲矮人國度尼達維鐸伊爾（有時也算上黑暗精靈之國斯瓦塔爾夫海爾，某些學者認爲兩者同）、地球米德加德與巨人國約頓海姆；下層則是維尼弗爾海姆、亡者住所赫爾與火之國穆斯貝爾海姆。

丁——獨眼行者、灰髮符石大師、天馬騎士，以及永恆之矛持有者。事關重大，諾恩三女神【註四】有危險了。」

「諾恩三女神！」拉塔托斯克緊張到渾身僵硬片刻。「住在兀爾德之泉附近的那三個女神？」

「就是她們。你願意幫忙加速這趟事關重大的外交任務，以免世界之樹缺乏照料嗎？」諾恩三女神負責以泉水澆樹，算是某種對抗腐敗與衰老的永恆之戰。

「我很樂意載你前往阿斯加德！」拉塔托斯克說。牠再度轉過身，搖搖晃晃地後退，很有禮貌地為我伸長後腿，並且貼心地移開毛茸茸的尾巴。「你能爬到我背上嗎？」

我花了比預期中稍久的時間爬到牠背上，將自己緊緊羈絆在牠的紅毛上，然後大聲告知我準備好了。

「出發。」拉塔托斯克簡短說道，接著我們以極快的步伐向上衝刺，震得我脾臟劇痛萬分。

儘管如此，我還是沒有理由抱怨。拉塔托斯克超乎我的想像：牠不但體型龐大、速度飛快，同時還極易上當，並且願意幫助陌生人——只要對方會說古北歐語。或許我終究還是沒有必要殺牠。

註三：例如，前面提到的伊金斯克賈爾迪（Eikinskjaldi）為北歐神話中的矮人，意思為「橡木盾」，托爾金引用它作為矮人王子索林．橡木盾（Thorin Oakenshield）的姓；北歐神話的精靈王英格維（Yngvi），則是托爾金筆下的凡雅族精靈王英格威（Ingwë）名字來源；而甘道夫（Gandalf）名字取自北歐神話中的巫師……等等。

註四：諾恩三女神（Norns），北歐神話中的命運三女神，分別代表了過去、現在、未來。

第二章

最能代表北歐神話宇宙論的原則就是——「你不能從這裡抵達那裡。」他們的宇宙論神奇到不光只是違背所有科學法則，而且其中還充滿矛盾，導致像我這樣的世界旅人在試圖通過時很容易迷路。比方說，在某些傳說裡，赫爾位於冰元素國度尼弗爾海姆裡；但在其他傳說中，赫爾又擁有自己的獨立空間【註】，這表示如果你想要順道拜訪，就必須同時身處兩地。火之國度穆斯貝爾海姆就是「位於南方」，不過沒人知道該如何前往。幸運的是，我並不想去這兩個地方；我要去阿斯加德幫拉克莎取得伊度恩的金蘋果，以免她入侵我腦中，然後把我關機。（我不知道她有沒有辦法入侵我的腦袋；希望護身符可以保護我，但這可不是你會主動請人試看看的事情。）

拉塔托斯克載著我朝正確方向前進，所以我敢確定不管脾臟有沒有受傷，我都會抵達阿斯加德，而抵達後，很可能要面對出乎意料之外的情況。最糟糕的情況下，北歐諸神齊聚一堂，在諾恩三女神住所附近的兀爾德之泉開會，而拉塔托斯克就會把我直接丟在他們面前，說道：「嘿，各位！愛德哈從尼達維鐸伊爾帶來壞消息！」接著我轉眼間就會屍骨無存。

或許該想辦法避免這種情況。

註：就是九大國度之一的赫爾（或赫爾海姆，Hel or Helheim），因此也有人認為尼弗爾海姆和赫爾應該是同一地方。

「拉塔托斯克，我們還要多久才會抵達阿斯加德？」我在沿著樹根往上爬時問道。這棵樹比紅杉粗多了，樹皮光滑平順、呈現灰色，不像紅杉那樣有著粗糙的紅樹皮。

「不到一小時。」松鼠回道。

「哇，那還眞快。我敢說在我提起你如何熱心相助時，奧丁肯定會讚揚你的速度。你知道諸神此刻有沒有在兀爾德之泉開會嗎？」

「他們都很早起。現在肯定已經開完會了。但是諾恩三女神還會待在那裡。你何不直接告訴她們將會遇上什麼危險呢？嘿。」拉塔托斯克突然不再前進，顯然想到什麼令牠困擾的問題。要不是我和牠的毛髮羈絆在一起，肯定已經沖天而起，然後筆直墜落。「諾恩三女神難道不會預知危機嗎？我們有什麼必要警告任何人？」

顯然拉塔托斯克無法邊跑邊思考。「這個威脅來自阿斯加德以外。」我騙牠，「是羅馬人的陰謀。羅馬命運女神帕爾凱【註】派巴庫斯與他的手下前來剷除諾恩三女神，諾恩無法察覺這種危機。」

「喔。」拉塔托斯克再度起跑，不過沒跑幾步又停了下來，因爲又有另一個想法鎖住了牠的運動神經。「連奧丁都不知道此事，爲什麼矮人王會知道？」

喜歡追根究柢的臭松鼠。「他是從黑暗精靈王那裡聽來的。整件邪惡陰謀都是在他們……呃，邪惡心靈裡策畫的。」難以自圓其說時，怪到黑暗精靈頭上就對了。

「喔。」拉塔托斯克會意地說。我感覺得出來，牠認爲世界上只有黑暗精靈能夠瞞過奧丁。「巴庫斯什麼時候會來？」

「矮人王相信他已經動身了。時間緊迫，請加快腳步，拉塔托斯克。」

「好。」排除心中疑慮後，拉塔托斯克抖擻精神，以更快的速度竄上世界之樹。「巴庫斯很厲害嗎？」

「傳說古代英雄一看到他就會嚇得屁滾尿流。他有能力把人逼瘋，但我不知道他與諾恩三女神孰強孰弱。最危險的是他有突襲優勢。如果諾恩女神無法預見他的攻擊，那他或許就能攻其不備。最好的做法就是讓我即時警告她們，而在你的協助下，阿斯加德諸神將有足夠時間準備應付傲慢自負的羅馬人。」

「眞希望我能親眼見識一下。」拉塔托斯克滿懷期待地說：「諸神已經很久沒有挖過任何人的睪丸（堅果）了。」

牠的雙關語令我震驚，接著我才想起自己是在和松鼠說話；我透過心靈交流中的影像與情緒確認這話純粹在講擊敗敵人，沒有任何其他意義。

確認牠的想法後，我開始安安靜靜地思考這個謊言可能面對的情況。抵達阿斯加德時，諾恩三女神可能已經在世界之樹的樹幹旁等待我們。我很肯定她們不會知道來的是我——不是因爲我像巴庫斯來自其他萬神殿裡，而是因爲我的護身符可以阻擋一切預知——但她們有可能知道拉塔托斯克會

註：帕爾凱（Parcae）爲三人一組的女神，位同希臘的命運女神莫伊拉（Moirai），一位負責將命運之線纏上紡錘，象徵誕生；一位量絲線長短；最後一位負責剪斷，象徵死亡。

在這個時間點帶人上去。最好的情況是，她們會想知道來的是誰，最糟的情況則是她們產生偏執妄想；如果是後者，她們就可能會做些不愉快的安排，甚至可能會派人下來看看拉塔托斯克帶什麼人上去。一想到這個，我立刻採取預防措施，對我自己、衣服，還有劍施展僞裝羈絆。只要神話可信，北歐諸神就應該沒辦法看穿僞裝；《埃達詩》裡有很多北歐諸神用最基本的僞裝唬過彼此的故事，更別說是魔法僞裝了。

距離阿斯加德還有一段不算短的路程，這是套問情報的好機會。我告訴拉塔托斯克，我的創造者——伊金斯克賈爾迪只有和我提過阿斯加德最基本的知識。不知道牠願不願分享些我不知道的事情？松鼠欣然同意，於是我問了一些古老神話的問題：洛基是否依然被兒子的腸子綁著【註二】？是。彩虹橋還能運作嗎？海姆達爾【註三】依然負責守護它嗎？是。老鷹與巨龍互罵夠了沒有？

「還早得很呢！」拉塔托斯克笑道：「想聽聽最新的罵法嗎？」

「請說。」

「尼德霍格說老鷹是把專門拉屎、連自己的名字都不知道的雞毛撣子！」

「罵得好哇。」我說：「言簡意賅。老鷹有反擊嗎？」

「有，老鷹有回嘴。我本來要跑下去傳訊的，但是諾恩三女神要我先來這條樹根看看有什麼不尋常。嘿！」他再度停步。「她們一定是在指你，因爲你超古怪的。」

「之前就有人這麼說過。」我承認。

「這下好了，她們知道你要來，這是好事。」拉塔托斯克說，接著再度拔足狂奔。我不認爲那是好事，知道諾恩三女神在等我聽起來超級不妙。

「總之，」松鼠繼續道：「老鷹說：『尼德霍格可以把牠的左舌尖塞到我的屁眼裡，嚐嚐看我心裡想的那樣東西是什麼味道。』但我記得牠三百年前就已經講過類似的了。」

「他們的關係眞奇特。說起奇特的關係，伊度恩爲什麼會嫁給詩歌之神布拉吉？」這個話題約略洩露我造訪阿斯加德的眞實意圖，但我想拉塔托斯克不會察覺。

這個問題讓松鼠放慢腳步，不過沒有停下來。「我想那是因爲他們享受交配的過程。」牠說，然後再度加速。

「那肯定是部分原因。」我同意：「但我想他們生活應該十分不便。伊度恩的蘋果不是種在離阿斯加德很遠的地方嗎？這樣布拉吉要和諸神碰面不是要跑很遠嗎？」

拉塔托斯克吱吱叫了幾聲，我一開始嚇了一跳，但很快就透過羈絆察覺牠只是覺得很有趣。那聲音是牠的笑聲。「沒人知道蘋果種在哪裡，他們口風很緊。不過他們確實住得離阿斯加德很遠。」

「啊，我就說吧。他們住在哪裡？」

註一：北歐神話中，惡作劇之神洛基使計殺了奧丁的兒子、光明之神博德（Baldr）。奧丁爲了懲罰洛基，將其子之一瓦利（Vali）變成狼，並讓瓦利咬死了親兄弟納爾弗（Narfi），最後用納爾弗的腸子把洛基綁在巨岩下，每天要承受巨蛇毒牙滴落的毒液侵蝕。傳說，他會等到諸神黃昏時向奧丁復仇。

註二：海姆達爾（Heimdall）是北歐神話中負責看守彩虹橋的神，傳說他是九個姊妹的兒子（有人認爲她們是海浪的化身），持有可以警告眾神的號角加拉爾（Gjallarhorn）。

「阿斯加德山北邊，華納海姆和阿爾福海姆的邊境。他們的宮殿位於華納海姆，而他們對面就是弗雷爾的宮殿。你絕不會錯過的。」

「不會錯過？爲什麼？」

「因爲每到夜晚，就算待在馬廄裡，公豬古鐸因博斯帝的鬃毛仍會照亮天際。」

「我聽說弗雷爾的宮殿位於阿爾福海姆，但我沒想到是在邊境。我很想去拜訪古鐸因博斯帝，因爲牠和我一樣是矮人產物，但我的創造者只告訴我要怎麼去葛拉茲海姆。或許等我捎到消息後可以去找牠。要怎麼從葛拉茲海姆前往弗雷爾的宮殿？」

「往正北走。」拉塔托斯克說。根本沒人向我提過阿斯加德的地形，當然，但是透過詢問這些葛拉茲海姆傳說中的知名宮殿與地標位置，我逐漸在腦中描繪出這個世界的大概地圖，讓我得以前往想去的地方。欺騙這個毛茸茸的傢伙讓我有點罪惡感，但我毅然決然地拋開這種感覺、繼續提問。情報能提高順利脫逃的機會，再說，拉塔托斯克知道很多北歐諸神的八卦。最近海姆達爾常常跑去弗雷雅的宮殿鬼混；弗雷雅的貓剛生小貓，但已經被奧丁的狗吃掉三隻了；還有奧丁不准任何人在他面前提起博德。

「說到奧丁，胡金和暮寧正在附近盤旋。」

「在哪？」

「看你左邊。」

遠方藍天上的兩個小黑點就是奧丁的渡鴉。奧丁能透過牠們的雙眼視物，我不禁懷疑牠們能不能看穿我的偽裝。我眞的很希望不能。

「我看見了。」我告訴拉塔托斯克。

「你的口信是要捎給奧丁的，對不對？何不直接告訴牠們？」

「我不能像和你交談這樣去和牠們交談。」我或許可以，但不管透過多間接的方式，我最不想做的事情就是將自己與奧丁的心靈羈絆在一起。

「你不能嗎？好吧，我可以幫你傳訊。告訴我要說什麼。」

黑點逐漸變大。我不能用「我必須親自告訴奧丁」來矇混過關，因爲那些渡鴉從各方面而言都可以代表奧丁本人；牠們是「思緒」與「記憶」。接下來繼續撒謊，並且把一切推給黑暗精靈了。

「告訴牠們巴庫斯要來殺諾恩三女神了。」我說：「斯瓦塔爾夫海姆【註一】的黑暗精靈與羅馬諸神合作，透過開挖一世紀的密道將巴庫斯送上阿斯加德。抵達葛拉茲海姆【註二】的奧丁王座後，我就把所有細節通通告訴他。」

「好吧，我跟牠們說。」我們突然停步，讓拉塔托斯克專心與渡鴉交談——不管牠是怎麼辦到的，我沒聽到牠出聲。不過片刻過後，渡鴉轉而向後，朝來時的方向離去。「奧丁很生氣。」拉塔托斯克說著再度開始爬樹。「但他會在葛拉茲海姆等你。」

註一：斯瓦塔爾夫海姆（Svartalfheim），北歐神話中的黑暗精靈之國。

註二：葛拉茲海姆（Glaðsheimr），北歐神話中奧丁的宮殿，也是眾神的議會大廳。

「謝謝。」我說。我希望奧丁待在葛拉茲海姆，而不是另一個住所，瓦拉斯克亞爾夫【註一】。據說，當他待在那裡時，什麼都瞞不過他的眼睛——或許就連施展僞裝羈絆的德魯伊也辦不到。

「就快到了。」拉塔托斯克補充：「要不了多久我們就會爬上世界之樹，抵達阿斯加德地表。」

我抬頭往上看，不過看不出什麼所以然來，因爲松鼠實在動得太厲害了。我唯一看得出來的就是上方的天空消失了；我們已經爬到一大塊……遼闊土地下方的陰影裡。那就是阿斯加德。堅固的岩石支撐著一團團肥沃棕土，叢叢樹根乾巴巴地在風中飄蕩，像是老人耳中長出的雜亂耳毛。

世界之樹的樹幹和上方的大地之間沒有任何空間，松鼠無路可走，我還以爲會直接撞上去，或是穿越布魯斯·韋恩【註二】蝙蝠洞前面的那種超酷光學幻象。結果牠只是竄入一個世界之樹樹根上、靠近才看得見的大洞，有一瞬間——短短喘半口氣的時間——我們水平跑在類似勺子的構造上，這個構造是在我們頭上張開大口的窄木道基底上的一條凹陷。牆面光滑平整，但腳下地面高低不平，到處都是堅果殼和松鼠毛。一條短走道後方隱約可見成堆的堅果和樹葉鋪成的巢穴，我假設這裡就是拉塔托斯克過冬的地方。內牆——或是說樹根外壁的內側——有許多裂縫與凹痕，適於攀爬。拉塔托斯克帶著我跳來跳去，利用樹皮表面繼續往上爬。

四周如同冥界般漆黑，唯一的空間感來自不停掠過我頭髮的呼嘯風聲。「我們要在黑暗中跑多久？」

「很快你就會看見一道光。」松鼠說：「那是伊達瓦爾平原上方的樹洞。」

「離平原上方多遠？」

「只有一隻松鼠高。」

「你是說和你一樣高？」

「當然。如果那個樹洞在地面上的話，這裡就會積滿爛泥了。」

「我看見光了。太棒了，你毫無疑問是最棒的松鼠。」

「謝謝你。」拉塔托斯克回道，聽起來害羞中帶點驕傲。牠實在太友善了，我忍不住看著牠的頭頂微笑，緊接著又對著那道光皺眉，諾恩三女神這個無可避免的問題隨著松鼠每一下跳躍而逐漸逼近。我沒辦法誘騙拉塔托斯克避開這個問題；不管牠怎麼做，諾恩三女神都會預知。但是我此刻深怕她們偏執妄想的程度眞的和我不相上下，爲了攻擊我——拉塔托斯克背上那個虛實不定的威脅——寧願傷及無辜，不分敵友一律重創。我不希望拉塔托斯克受傷，但我也不希望牠停止前進；她們一定會預見這種舉動。依照當前形勢，牠會直接把我送到她們面前，而她們就能輕易攻擊騎在松鼠背上的我，將我打扁在樹幹上，屍骨無存。

拉塔托斯克奔出樹根上的樹洞，隨即向下衝往樹外的地表，在看見約莫十呎下的地面時，我立刻解除自己與牠毛髮間的羈絆，跳下松鼠背，在空中翻個筋斗，打算以雙腳落地。身在空中時，我被

註一：瓦拉斯克亞爾夫（Valaskjálf），在這座宮殿裡有銀王座Hlidskjálf，坐上去後，奧丁可將九個世界盡收眼底。

註二：布魯斯．韋恩（Bruce Wayne），蝙蝠俠的眞實身分。

沙啞的詛咒聲與一道閃光給嚇了一跳，接著在腳踝上傳來落地的衝擊與刺痛時聽見（也感覺到）拉塔托斯克放聲慘叫。我於松鼠的慘叫聲中撲倒在地、滾向右側，滿心以爲會在牠自樹上墜落時被牠壓扁。但是沒有；牠的叫聲戛然而止，我們心靈間的連結突然消失，我抬起頭，看見牠剛剛所在之處現已化爲一片毛髮、灰燼與碎骨，如同大雨般自世界之樹上灑落。

我目瞪口呆，忍不住失聲哭出來。諾恩三女神徹底消滅了牠——一個與她們相識數世紀的生物——完全是爲了我。感覺就像看著聖誕老人射殺魯道夫【註】一樣。

諾恩三女神顯然將我視爲重大威脅，才會採取如此莽撞的手段。我強迫自己將視線自那片慘狀移開，小心謹慎地打量她們，全身靜止不動、盡可能強化僞裝羈絆的效果。

她們看不見我。她們的雙眼綻放黃光、眼眶冒出白煙，依然盯著我頭上拉塔托斯克殘骸飄落的位置。她們是駝背的老太婆，手指如同利爪，臉上掛著媽媽會警告小孩不要擺出的瘋狂表情，以免那種表情就此固定在臉上；身穿破破爛爛的骯髒灰袍，頭上垂落油膩髮絲，小心翼翼地走向世界之樹，試圖確定她們預見的危機已經解除。

尚未解除。

她們沒過多久就說出這個結論。其中之一側過細脖子上的腦袋說道：「他還在這裡。威脅尚未解除。」

威脅到誰？我不是來和她們打架的，我只想要弄點稀有萬分的物品。我很想爲她們對拉塔托斯克做的事狠狠對準她們的下體踢上一腳，但不管我有多想，挑釁能把巨型松鼠瞬間蒸發掉的傢伙根本百害而無一利。我向右跨出一步，打算拔腿就跑，但她們察覺了我的動作，同時轉過頭來，瞪大蛋黃般的眼睛筆直盯著我。

「他在那裡！」中間的女神指著我叫道，接著三女神異口同聲地以某種遠古語言唸誦咒語，舉掌朝我揮出，骯髒的指甲上噴出一陣污濁的粉末。

我不確定那些粉末的作用爲何，但最有可能的是致我於死地。或許年老力衰的她們看起來像是在對我灑綵帶——但是她們的行爲並沒有透露絲毫善意；事實上，簡直充滿惡意。我的寒鐵護身符發熱片刻，表示她們的法術足以致命，接著腹部一陣絞痛，當場放了一個大屁。

通常遇到這種情況，我一定會哈哈大笑，因爲放屁是化解緊張的最佳良方。但這個屁並非我消化系統自然產生的；這個屁絕不能等閒視之，因爲它表示諾恩三女神有部分魔法突破了我的護身符——或許只有一粒魔法粉末——而這種現象令我不安。

「他還活著！」右邊的女神咒罵，這話明白道出了她們的意圖。

我或許應該拔腿就跑。但如果此刻逃跑，她們就會發出警報，到時全阿斯加德都會開始搜捕我，而那絕不會有好下場的。就策略、邏輯，甚至就本能上或站在自衛的角度來講，我都應該要除掉她們。而當人在危機中做出這種結論，通常都沒有辦法冷靜理性地除掉對方，我們只能在大腦邊緣系統驅使下採取行動。

註：聖誕老人的馴鹿。

身材瘦小的諾恩三女神身上披的破布都是天然羊毛，而我可以輕易操弄這種材質。趁著諾恩三女神伸爪到口袋裡拿取更多粉末，並且開始以古老語言唸誦更強力的咒語時，我施法將她們肩胛骨上的布料羈絆在一起，導致她們突然背靠背擠成一團，變成一根滿臉訝異的人體三角柱。施法被打斷，她們哇哇大叫，咬牙切齒。我遲疑片刻，本來已經打算丟下被衣服糾纏在一起、暫時不成威脅的她們。但她們突然冷靜下來，開始原地轉圈，低聲唸誦聽起來十分惡毒的咒語。諾恩三女神輪流面對我，自上衣正面拔出一根線頭，交給位於左手邊的姊妹。她們開始編線，一邊轉身一邊拉扯、扭動、唸咒，情況詭異到了極點。我很清楚絕不能讓她們完成施法，因爲這道法術很可能會擊斃我。我拔出莫魯塔發足狂奔，也不管她們有沒有聽見我的腳步聲。她們聽見我逼近時瞪大黃眼，但沒有停止唸咒，所以我也不能停下來。我一劍斬斷三根脖子，她們的腦袋如同痲線球般飛入空中，北歐諸神就此遠離命運的鎖鏈，我也陷入了無路可逃的末日泥沼。

「可惡！」我叫道，難以相信事況竟然演變至如此糟糕。我解除羈絆，任由她們的屍體倒下。我頹然倒地，被自己剛剛所做的事情壓得喘不過氣。

當你偷走一顆蘋果時，你可以銷聲匿跡，我原先的計畫就是如此。但是當你殺害命運的實體化身，那就會和《終極警探》裡漢斯．葛魯伯【註】指出的一樣：「他們一定會找到你。」

我考慮著要不要終止任務，那樣口味比較清淡，帶有一種出人意表的辛辣氣味。我可以去格陵蘭碰碰運氣，或許待在那裡可以躲過追殺，我敢說拉克莎絕對找不到我。

但是北歐諸神或許找得到；而且歐伯隆會很難過。這樣做會在口中留下苦澀餘味。

儘管如此，我還是有時間思考更好的做法；我承諾會在新年之前取得金蘋果。拉克莎會到新年過後才開始找我，我可以利用這段時間計劃計劃徹底消失。

不過那樣我就必須躲避拉克莎和北歐諸神雙方勢力的追殺。不管樂不樂意，爲了自衛殺害諾恩三女神已經讓我成爲北歐諸神的敵人。在這種情況下，多偷一顆蘋果也不可能讓情況變得更糟。既然如此，我還是繼續執行任務，看看能不能至少還清欠拉克莎的。

我在一名諾恩女神的衣服上擦乾莫魯塔上的血跡，然後還劍入鞘，接著蹲下去，手指穿過落葉插入下面阿斯加德很像沼澤地的潮濕草地——至少世界之樹附近的土地是這樣。諾恩三女神的屍體黑得令人作嘔。我透過刺青與大地交談，儘管遙遠又吃力，彷彿它必須穿越一層乾酪包布才能抵達此地，不過它仍舊聽見我說話。它順從地裂開地面，讓諾恩三女神的屍體沉入潮濕的地底，然後又溫順地封閉裂縫，沒有留下任何蛛絲馬跡。忙完這件事後，我又清理了下樹底，找出一些拉塔托斯克的殘骸；世界上最棒的松鼠，我很高興讓牠抱著愉快的心情死去。我仔細將牠僅存的碎骨放入掛在腰帶上的小布袋裡，晚點我會爲牠祝禱幾句。

明早開會時，諸神會注意到諾恩三女神失蹤了，所以我必須在那之前偷得金蘋果，然後逃出生天。我不能浪費時間，但還是抽空看了看聳立在面前的世界之樹，以擬定逃生路徑。它大到超乎想像，朝四面八方延伸數哩，看起來像座無邊無際的高牆，而非圓柱體；我假設樹底還有另外一個可供

註：漢斯・葛魯伯（Hans Gruber），《終極警探》（Die Hard）裡亞倫・瑞克曼（Alan Rickman）飾演的恐怖分子。

拉塔托斯克前往尼弗爾海姆樹根的樹洞。我在以反時針方向沿著樹幹跑幾分鐘後找出了它，而我注意到這樹洞看起來比之前那個粗大，也比較常在使用。確定我不會弄錯這兩個洞，不會走錯路回家後，我就依照拉塔托斯克的指示上路——不是去葛拉茲海姆，而是直接前往伊度恩的宮殿。我轉向西南方，朝著阿斯加德山脈最北端前進，依照估算，我應該會在入夜後抵達，到時候古鐸因博斯帝的鬃毛就會成爲返航信標。我每跨出一步都從地上吸收一點力量，讓自己保持體力、毫不疲憊。我抵達目的地時，奧丁八成還在口沫橫飛地告訴諸神斯瓦塔爾夫海姆背叛，以及羅馬諸神入侵的事情。我狠狠踢了北歐蟻窩一腳，這下諸神將會湧出蟻窩到處找東西咬。

就許多角度來看，我都很失望《星艦迷航記》沒有演變成宗教。宗教的雛形已經出現了，但他們始終讓它保持在電視影集的格局。如果《星艦迷航記》成爲宗教，那麼星際聯邦的星雲眾神就會命令該教的追隨者探索新世界，勇敢航向人類足跡從未踏至的領域；企業號的成員將會成爲小神——或許也可以算天使——每天引領我們勇闖個人邊疆。史巴克會是在你左肩上的邏輯天使，指出推論中的謬誤，根據堆積如山的證據建議應該採取的行動；而寇克則會成爲你右肩上的情緒天使，督促你要做好準備、鼓起勇氣、追隨本能【註】。

「殺光他們，阿提克斯。」想像中的寇克在我右耳旁說道：「舉起莫魯塔一揮就夠了。他們看不到你；不費吹灰之力。」

「那並非明智之舉。」想像中的史巴克對著垂在我左邊腦側的軟骨說道。三週前，有個德國女巫把我的左耳打掉一大半，儘管恢復得比之前被惡魔咬掉的右耳好，它看起來還是很醜。「最佳做法是暗中完成任務。一旦對方發現你的行蹤，受傷或死亡的機率將會大幅增加，拖得越久，情況就越不

註：史巴克（Spock）是《星艦迷航記》（*Star Trek*，台灣將影集譯作《星艦迷航記》，電影則是《星際爭霸戰》）系列中的理性、重視邏輯思考的瓦肯星人（Vulcan）；寇克（James Tiberius Kirk）則爲企業號艦長，在此系列中常擔任主角或要角，個性熱血、常打破規矩。

利。」

寇克一腳踢開所有自制。「可惡，史巴克，我們身處截然不同的世界，有時候你就是得要拋開一切，讓罣丸自由自在地四處甩動。對吧，阿提克斯？殺光他們！幫拉塔托斯克報仇！」

「艦長，我們來此的任務是要盜取能夠賦予食用者年輕活力的蘋果，沒有其他任務目標。全面屠殺既不明智，也不必要。」

「你到底是怎麼回事，史巴克？總是小心翼翼、躡手躡腳。你的瓦肯內褲裡面都沒有半點小雞雞嗎？」

「我的生殖器官健在，而且功能完整，艦長，但那和我們的討論毫無關聯。不是所有問題都能仰賴暴力手段和男子氣概來解決。」

「為什麼不能？查克．羅禮士【註二】就行。」

當我必須連跑好幾個小時，又不能老是去想九十九種可能的死法時，我就靠這個打發時間——應該帶iPod來的。

我離開世界之樹周遭的沼澤地，進入伊達瓦爾平原的範圍，一大片壯麗遼闊的野生草地，不少肥美的雉雞、原野田鼠，以及優雅的紅狐藏身其中。白雲如同撕裂的棉絮般高掛在藍天上，晚秋的清風在我臉上灑落青草與土地的香氣。美好的一天，可惜我無福消受。就連新手追蹤者都能輕易追蹤我留下的足跡，儘管這些足跡是我為了即將展開的「尋找並摧毀入侵者」遊戲而刻意留下的，我還是有點緊張。

我發現自己暗自期望史考特【註二】——專門看顧旅人的聖人？——可以就這樣把我傳過平原，直接送到伊度恩的宮殿。傳送就是他的神力——而他的引擎不但能達到曲速，還能透過輔助管線和神祕規避程序更進一步超越曲速。

世人一般相信德魯伊具有傳送能力，不過當然是道聽塗說。我從來沒有瓦解自己的原子，然後到另外一個地方重組過。但我可以毫不疲憊地奔跑好幾個小時，就像現在這樣，而且速度遠比正常人類快。我也可以抄捷徑穿越提爾．納．諾格抵達目的地，因為任何德魯伊教團都可以與任何地球上的妖精林地羈絆在一起——這裡所謂的妖精林地是指健全的森林。我不用五分鐘就能從亞歷桑納抵達俄國：我轉入提爾．納．諾格，找到眼中如同鐵軌般通往西伯利亞森林的繩紋，然後順著繩紋而下，直到地球的另外一端，身處羅宋湯和有趣大毛帽的國度裡。然而，想要轉入提爾．納．諾格，我必須回到坦佩市附近的阿拉瓦帕峽谷荒地，那需要將近兩小時。而到了俄國森林後，還得步行三個小時才能抵達與密米爾之泉羈絆在一起的凍原湖。

我現在沒有捷徑可走，上哪兒都必須用跑的，但這也未必算是壞事。在習慣腳踏土地的感覺及蘊含其下的魔法後，想要傳送的慾望逐漸消失。就人類對死後世界實體意象所產生的憂慮而言，阿

註一：查克．羅禮士（Chuck Norris），美國老牌動作演員，曾與李小龍在《猛龍過江》中對打。因為很受歡迎，在網路上常常有人煞有其事地描述羅禮士的事蹟，雖然大多看起來不太可能或太誇張，但是大家都覺得羅禮士做得到，這一串事蹟被暱稱為Chuck Norris Facts。

註二：史考特（Scotty，全名Montgomery Scott），《星艦迷航記》裡的輪機長，不只負責引擎，也負責傳送。

斯加德算是很不錯了。這裡很少看見多樣化的生物，就像北歐人生長的那片凍土，不過景色清晰鮮明、充滿神祕感，還微微隱現一絲危險氣息。

不可否認，危險氣息有可能是我本身散發出來的。這不是趟輕鬆愉快的旅程，而是趟危險萬分的旅程。

拉塔托斯克說抵達華納海姆後我立刻就會知道。首先，阿斯加德山脈的紫牙將會高聳在我面前；其次，伊達瓦爾平原會變成收成後的田地，地平面上的農莊綻放著幾處亮點，馬房與穀倉如同印象派畫家雜亂無章的想法般散布其間，等待著第一場冬雪到來。我在太陽於前方下山時抵達華納海姆，頓時對北歐人的想像力感到佩服，他們認為太陽、重力與天氣之類的東西在一棵巨型白蠟樹所撐起的世界裡會和在地球上一模一樣。

儘管如此，他們還是將天堂幻想得非常美好；要不是即將成為北歐諸神的頭號通緝犯，我很願意在這裡多待一段時間。

我在鳥兒的黃昏之歌中奔跑，施展夜視能力避免受傷。我以時速十哩的速度跑了超過八小時，現在阿斯加德山脈近在眼前，如同金字神塔【註】般高聳在傍晚的天際。

一哩過後，我看見西北方一座迅速逼近的森林上閃爍著一道淡黃色光芒。那可能是座超大營火，不過我覺得可能性不大，也可能是古鐸因博斯帝的金鬃毛。我發覺自己跑得有點偏南，於是調整方向朝發光處直奔而去，片刻後，我終於在離開諾恩女神葬身處後第一次停下腳步。我面前有一條河，根據拉塔托斯克的說法，這肯定是華納海姆的傳統邊界。我沒心情游泳，不過似乎別無選擇，化身貓頭鷹飛過去就得把所有東西留在這裡。我聳聳肩，嘆了口氣，涉水而行。反正所有須要保持乾燥的東西通通塞在防水袋裡。

幸運的是，水流緩慢，暗潮也不怎麼洶湧，除了有點冷之外，即使有穿衣服和揹劍，我還是沒有遇上什麼困難。我承認，我冷到老二都縮起來了。

我認爲治療顫抖的最佳良方就是繼續奔跑，於是我朝發光的方向跑出約四十碼，接著就又被迫停步。就在我進入森林前，那道黃光突然大放光明，自森林中沖天而起。一顆刺眼的彗星竄上天際，隨之而來的是隆隆作響的雷聲與一大片突然出現的烏雲。我站在原地動也不動，身上不停滴著水，感覺越來越冷，因爲那些飛行物體都是神——而他們很可能在找我。

那是騎在古鐸因博斯帝背上的豐饒之神弗雷爾，而索爾則駕駛著由兩匹山羊拉著的雙輪戰車緊跟在他身後。他們朝世界之樹而去。

我一直等到幾乎看不見他們後才再度行動，繼續朝西北方前進。這下我可以肯定自己沒有弄錯方向，而且離目的地不遠了。

那是好事，因爲我的時間表剛剛提前了。我本來期望能在沒人注意到諾恩三女神失蹤前離開，但這下看來已經不太可能。他們什麼時候能找出我的足跡，取決於他們什麼時候派出海姆達爾尋找我。他擁有絕佳的感應力，是個超強的追蹤者；如果他在附近，我絕不懷疑他能聽見我的心跳、聞

註：金字神塔（Ziggurat），美索不達米亞的金字塔形、頂部平坦的神廟建築。

出我的焦慮。

現在我除了加快腳步外別無他法。我懷疑奧丁已經看穿我的詭計；他有很多時間弄清楚巴庫斯根本沒來，黑暗精靈也沒有任何計畫。不過，他仍不知道我是誰、或是什麼東西，以及身處何處。索爾和弗雷爾前往世界之樹應該是爲了調查此事，或許其他神也都在執行同樣的任務——但是奧丁沒有。我打賭此時如果奧丁還沒到達他的銀王座，就一定正在趕往的途中。他想要找出我，然後舉辦一場恰當的歡迎會——這就是我必須立刻行動的原因，以免他有機會坐上王座「看清一切」。拉塔托斯克沒說清楚葛拉茲海姆究竟離瓦拉斯克亞爾夫多遠，所以我也無法判斷自己還剩多少時間。

四哩過後，混亂無序的樹林變成井然有序的果園；洋梨、梅子、蘋果與其他果樹默默地看著我路過，接著前方出現了一條水流緩慢但很深的河流，或許就是我之前渡過的那條。我認爲這條河是華納海姆與阿爾福海姆的疆界，於是沿著南岸行走，在兩岸找尋宮殿蹤跡。一哩過後，我找到了。

河的北岸，弗雷爾的宮殿有如結實的橡樹般長在十一月依然繁花盛開的茂密花園中；它看起來像是從地上長出來的有機體，而非人工建築，不過這裡建有圍牆與防水屋頂，和其他宮殿一樣舒適安全。地面上的木台放著許多裝滿水果的籃子；小型夜行動物正在偷吃這些水果，而一隻貓頭鷹在獵食這些小型夜行動物。弗雷爾的爐火散發出的暖光透過窗戶灑在屋外，而他的窗戶沒關——門也一樣。一條小徑自門前台階通往花園邊緣，接著轉而向南、逐漸變寬，通往河面上一座結實美觀的木橋。橋身寬敞，可容三人並肩而行，也可以讓大型動物和車輛通過。

過橋之後，那條小徑繼續沿著我這邊的河岸搭建。它筆直通往一座看來較爲矮小的宮殿，顯然是人工建造，而非種植而出，不過所有表面都刻滿符文和描述維京人英勇事蹟的壁畫。我慢慢接近，直到看清楚那些符文。通通都是體裁不同的詩篇，宣告這座宮殿屬於伊度恩與布拉吉所有，而他們將會活到永遠、愛到永遠，諸如此類。

宮殿中隱約傳來的熱切交談聲打斷了我欣賞藝術的興致。門窗都開著，就和弗雷爾的宮殿一樣，殿內的爐火主要用於照明，而非取暖。

「走近一點。」想像中的寇克說：「我要聽聽他們在說什麼。」

「我同意。」想像中的史巴克說：「進一步的情報或許派得上用場。」我告訴他們我比較喜歡他們意見不合的時候，同時小心翼翼地前進，最後蹲在宮殿的前窗下方。

一個親切動人的女子聲音傳來。「……代表什麼意義？如果諾恩三女神真的死了，就表示她們的預言或將成空。我們終於可以身獲自由，巴爾吉，想像看看！」

一個低沉渾厚的聲音嚴肅地道：「諸神黃昏，或將成空？」就聽見砰的一聲，伴隨著椅腳摩擦木板聲，顯然有人重重坐下。「或許這表示我們還有希望。」

「沒錯！」女人語氣興奮，我假設她就是伊度恩。「特別是我們！你不懂嗎？或許我們終於可以有孩子了！她們施加在我們身上的詛咒或許會隨著她們的死亡而消失！」我聽見親吻聲，接著男子輕笑一聲。

「啊，我懂了。只有一個方法可以證實，是不是？」親吻的聲音越來越頻繁，沒多久就出現了其他比較不那麼莊重的聲音與濃重的喘息聲。我頹然坐倒，心知他們要搞好一陣子才會完事。他們可不像青少年那樣隨隨便便就搞完了，長壽的生靈知道該如何維持長久的愛情。

不過剛剛聽見的簡短交談卻給了我很多思考的空間。伊度恩提到他們兩個遭受不孕的詛咒，而他們迫不及待想要擺脫那個詛咒。更重要的是，這表示他們依然深愛彼此。凡人從來沒有機會得知他們的愛情能不能維持數個世紀，但顯然伊度恩和布拉吉可以。一開始我有點嫉妒，接著在回憶湧上心頭時感到心痛萬分。

我曾深愛一名非洲女子長達兩百年。在與成吉思汗的部族回到東歐邊境後，我很快就肯定繼續待在那裡不會有多大長進。於是我越過阿拉伯——奇特的回教國度，然後深入非洲大陸，迷失在熱帶草原、叢林與沙漠的美妙大地中。我直到十五世紀才返回歐洲，幸運地避開黑死病的年代。更幸運的是，那一整段期間安格斯．歐格都沒查到我的下落；如果我是個迷信的人，我就會將此事歸功於我的愛人。（當然比較可能的是當時我的護身符已經足以阻隔他的占卜能力，而在他想出其他辦法追蹤我的下落前，我都沒有任何危險。）

我會深愛塔希拉這麼久當然是因爲我們是天生一對，就像於我身後接吻的那兩個北歐神之間顯然存在的濃情蜜意一樣。她的機智可以與我匹敵，而她溫柔深邃的雙眼撫慰了我煩躁不安的內心，讓我自願留在她身邊。她宛如天籟的聲音好像新絨布般進入我的耳朵，而她的笑聲純潔到彷彿用音叉刺入我的骨頭，讓我打從骨子裡酥麻顫抖。她是最後一個和我分享不朽茶的人。在我們兩百年的婚姻中，她爲我生下二十五名子嗣，而他們全都讓我們的生活充滿歡笑；我無怨無悔。要不是遇上那群馬賽戰士【註】結束了我們的永恆之戀，或許我們至今依然還在一起，還在努力阻止後來生的孩子不小心愛上之前生的孩子的後代。（親愛的，很抱歉，妳不能嫁給他。因為他是妳一八四二年出生的哥哥的曾曾曾孫。）可惜我永遠不會知道這個答案了。

椅腳的摩擦聲打斷了我的回憶，緊接而來的是逐漸消失在宮殿內部的腳步聲，伴隨著喘息與淫笑聲。

我的機會來了。

我緩緩站起身，小心翼翼地自窗沿偷看。首先吸引我目光的是左側的爐火，火爐上掛了個鐵鍋，而伊度恩和布拉吉顯然不在意讓鍋裡的東西多煮一會兒。位於我正前方的是餐桌，桌上放了一個裝滿水果的木碗。碗裡有洋梨、梅子和桃子——但是沒有蘋果。

想像中的寇克說了：「你敢吃顆桃子嗎？」

「我當然敢。」我低聲道。

「我該提醒你，我們是為了蘋果而來的嗎？」想像中的史巴克說：「我們不該去碰其他的水果。」我伸手進窗戶，心想沒時間享受一整顆桃子，便在木碗裡挑了顆梅子。梅子熟透了，摸起來有點軟。

「有種。」寇克在我咬下去的時候說道。美味極了。

註：馬賽（Maasai）為東非的游牧民族，現在仍然活躍著。在馬賽族文化中，獵獅是成年禮的重要環節，能獵雄獅的人才是戰士，整個文化強調勇悍特質。

我露出淘氣的笑容，希望這代表我可以進行C計畫。我為了此事已計劃多時，根據各式各樣可能的情況制定各種行動方案，從A計畫一直想到Q計畫（不幸的是這些行動方案裡都沒設想過與諾恩三女神決鬥的意外）。C計畫中有個步驟就是在犯罪現場留下一張字條。此刻我一邊吃梅子，一邊構思字條內容；接下來只要找出蘋果就好了。

我輕聲唸咒，悄悄把梅子籽埋在窗戶下的土地。我解開腰袋上的繫繩，拿出用油布包裹的防水包，裡面放有C計畫專用的字條大小紙張與自來水筆（還有其他東西）。我解除偽裝羈絆，拿好這些東西，然後趁著宮殿主人放聲狂歡的時候悄悄溜了進去。

進門之後，我的右手邊有個類似弗雷爾宮殿外的那種木台。從窗外看不到它，不過進門時絕不會錯過，它的表面刻有很多人物，應該都是北歐諸神。一個放滿金蘋果的籃子就擺在木台上，顯然是給所有訪客享用的。我面露微笑，拿著紙筆走向餐桌。可以執行C計畫。我自現代主義詩人威廉・卡洛斯・威廉斯【註】取得靈感，以古北歐文寫下一首肯定會對布拉吉好品味造成羞辱的短詩，因為北歐詩一定要押韻：

這張字條只是要說
我偷走了
放在
你們水果碗裡的

梅子
大概是你們
幫諾恩三女神
留的
弗雷雅的奶頭！
梅子超好吃的
超甜
超冰涼

我署名：
你們全都是笨蛋，舔我的卵蛋吧。巴庫斯。

然後把所有梅子塞到我的口袋裡，只在碗中留下洋梨與桃子。我不在乎他們信不信那是巴庫斯寫的，這張字條只是讓他們別懷疑我；他們會把目標放在喜歡寫粗俗現代詩的人，我很快就可以全

註：威廉・卡洛斯・威廉斯（William Carlos Williams），美國詩人，反對維多利亞詩風，力求貼近生活語言。

身而退。

偷東西的時刻到了。伊度恩和布拉吉正在臥房裡勤快地實驗各種摩擦帶來的歡愉效果，而諸神的金蘋果則在門旁誘人地朝我招呼。我輕手輕腳地移動，自籃子裡拿出一顆蘋果，接著停下動作，傾聽有沒有引發任何警報。伊度恩在宮殿深處發出歡愉的叫聲，命令布拉吉送個孩子給她，我不認爲那稱得上是警告。

我在不出聲的情況下盡快移動，回到河邊，把所有梅子都丟進去。沿途留下通往河岸的腳印，但是沒有關係。如果他們以爲我跳到河裡去的話就完美了，他們會沿河搜索，找尋我上岸的地點。

我緩緩自河岸後退，命令大地塡滿我的腳印，只留下通往河邊的腳印。最後我來到果園裡。這裡的地面較硬，還有落葉可以減緩我落腳的力道，並且掩飾腳印，加上葉子上還有一些水分，踏下去也不會嘎吱作響。希望我可以在這裡甩開所有追蹤我的神。

我小心翼翼地將金蘋果放在一根彎曲的樹枝上，接著脫光，衣服整整齊齊摺成一疊，很高興終於擺脫了潮濕的皮革。我又寫下另外一張字條——「眾所皆知，你超愛搞綿羊屁股。啦啦啦啦，巴庫斯。」然後放在衣服上。我將長劍放在一邊。我要求大地分開，大地照做，裂開個大概二呎深、二呎寬的洞。我將衣服與袋子放入洞內，字條放在最上面，然後請大地埋起它們。我逗留片刻，與拉塔托斯克話別——因爲牠的骨頭在我的袋子裡。接著我蓋了些落葉在上面，然後心滿意足地站起身來。如果有人，比方說海姆達爾，追蹤我的氣味來到這裡，挖出這些衣服，他們一定會非常沮喪。

我希望奧丁沒有看見這一切。我自樹上取下蘋果，輕輕放在數步外的地上。接著我將莫魯塔橫掛在身上，調整皮帶長度，讓它長長垂在右側。長劍自我背上滑落，我連忙抓起它，接著四肢著地，讓皮帶垂在身體下方，甚至微微接觸地面。在一陣拉扯過後，我終於把長劍調整到適當的位置。我準備好了：我啓動項鍊上化身雄鹿的符咒，變形完成後，長劍和皮帶緊緊固定在我身上。

我練習過這個步驟很多次，還花了很多時間客製皮帶，但這麼做很值得，因爲從A計畫到Q計畫都會用到這個步驟。這下我可以跑得更快，必要時還有長劍可用。我輕輕以鹿唇叼起金蘋果，然後對自己、蘋果及莫魯塔施展僞裝羈絆。變成鹿之後，我散發出截然不同的體味——我在亞歷桑納的狼人朋友幫我確認過他們無法透過體味認出變形前後的我是同一個生物——除非奧丁弄清楚是怎麼回事，不然我應該可以毫無阻礙地在五、六個小時內回到世界之樹，這是從來時的八小時推算出來的時間。誰會留意趁夜穿越伊達瓦爾平原的僞裝雄鹿呢？

不過我還沒有天眞到當眞認爲不會遇上阻礙。我只是還沒料想到而已。

第四章

有時候我會自大到有點過頭。這種事可能會發生在任何人身上，不過最常發生在自以爲是的人身上。我在沒有追捕者蹤跡，甚至沒有觸發警報的情況下逐漸接近世界之樹時，越來越覺得現在就是這種情況。我利用出其不意、迅速、狡詐等優勢耍得整個北歐萬神殿團團亂轉，連他們的腳和醃鱈魚都分不清楚。本來搞砸諾恩三女神的事應該能夠平衡一下這種妄自尊大的感覺，但我刻意不去想它，堅決要感受一下這種自鳴得意的快感。

到了剩下約莫十哩左右，已經接近世界之樹，不過離通往約頓海姆處的樹根還有好幾哩，我自鳴得意的快感變成了口齒不清的「喔，狗屎！」我認爲這算正式的心理學用語；就算不是，它也應該要是。

我拿眼前的事實接受公評：當一個人從別人那裡偷了某樣東西、逃走，然後發現有人在追捕自己時，不管小時候說的是哪一種語言，他們的第一個反應都會是：「喔，狗屎！」那種情況真的不太可能會講其他話。有些非常傳統的英國人或許會說：「喔，見鬼了！」但是一旦確認眞的有人在追捕他們，絕對會立刻更正、加入世上其他人的行列，大叫：「狗屎！」

只不過此刻我是頭雄鹿，而且嘴上叼著一顆蘋果，沒辦法大聲說話，於是我做出保守的反應。當我看見後方追來的是什麼東西時，我在心裡大叫：「喔，狗屎！」然後盡可能將速度提升到最高曲速，史考特和他的引擎可有得受了。

我在偏執妄想的驅使下執行例行檢查時，發現了兩隻渡鴉正與我等速飛行。十分鐘前，當我上次進行偏執妄想例行檢查時還沒有看到牠們。這表示奧丁知道我在哪裡，也可能表示他已經在趕來此地。我不確定渡鴉看不看得清楚我於黑夜中奔馳所用的僞裝，但牠們顯然已經辨識出我的大概位置。就算沒有進一步洩露行蹤，也有辦法跟蹤我的鹿蹄聲。

一小時前，我看到古鐸因博斯帝的金光和索爾的烏雲返回弗雷爾的宮殿；他們出現在北方天際，因爲我刻意向南方繞了幾哩路，好避開這些傢伙。他們曉得諾恩三女神失蹤了，或許也知道拉塔托斯克的下場；現在他們在跟蹤我留下的足跡。至少我知道他們沒有在世界之樹等我。

但是身後傳來的雷鳴聲令我不由自主地回過頭去。那聲音聽起來像是有一大隊騎兵，但結果我只看見一匹馬在地平線上飛奔。那是匹大馬，和駱駝一般高，遠比純種馬高大，而且共有八條腿，不是常見的四條腿。那是天馬史拉普尼爾【註一】，奧丁的坐騎，而騎在天馬背上的則是獨眼神本人，手持永恆之矛。地平線上有十二匹飛馬凌空奔馳，每匹馬上都坐著手持劍盾的女騎士。她們是北歐女武神【註二】，這表示我身陷的狗屎比馬里亞納海溝還深。她們是這個世界的死亡挑選者，北歐神裡與莫利根地位相等的神，不過她們戴著很有趣的翼盔，而且我不認爲她們會選奧丁去死。

我轉回頭發足狂奔。酷哇，高速追逐，我一邊透過嘴裡的蘋果喘氣，一邊著急地想著。如果我有帶iPod來，就會播放華格納的〈女武神騎行〉【註三】當作背景樂。不過再想想，那音樂有點沉悶，而且不會加快我的速度。或許播點非常刺耳又愚蠢的音樂還比較有趣，像是傑瑞．李德【註四】爲七〇年代那些私酒年代的黑幫電影所寫的班卓琴頌歌一樣；奧丁和女武神可以扮演史莫基的角色，我則扮演那個大名鼎鼎的匪徒。不幸的是，奧丁看起來比布福特．T．賈斯提斯警長要厲害一些，而我跑得可沒一九七七年的Trans AM快【註五】。史拉普尼爾的馬蹄聲越來越響亮；牠快要追上來了。

奧丁的永恆之矛【註六】，就和莫魯塔或富拉蓋拉一樣是把上好的魔法武器。刻在矛頭上的符文可以確保它每次都能命中目標，而且目標一定會死。那種魔法通常都很有效；我在使用富拉蓋拉和莫魯塔時有過第一手體驗。不過我很好奇永恆之矛的射程有多遠。矛上的魔法有強大到讓他瞄準大概的方向，然後隨手拋出，接下來都交給符文去解決嗎？還是說他必須接近到本身力量（雖然是神的力量）的拋擲範圍內才能攻擊我？就是這種時刻讓我希望自己擁有第三隻眼。

註一：史拉普尼爾（Sleipnir），北歐神話中洛基化身雌馬與霜巨人的魔法馬斯瓦迪爾法利（Svaðilfari）生下的天馬，能夠行走於天上、地下、冥界等地。

註二：女武神（Valkyrie）爲北歐神話中的一群女神，她們有些是地上國王的女兒、有些是女神，或是發誓侍奉奧丁而被選中升天的處女戰士，活躍於北歐傳說中。女武神將引導戰死的英雄帶往英靈殿，準備於諸神黃昏來臨時出戰，英靈殿中的戰士被稱爲英靈殿戰士（Einherjar，或稱英靈戰士）。

註三：〈女武神的騎行〉（*Ride of the Valkyries*），是華格納歌劇《女武神》中的著名樂曲。

註四：傑瑞．李德（Jerry Reed，1937-2008），美國鄉村歌手、吉他手、作曲家，活躍於七〇年代。

註五：這段是七〇年代著名動作喜劇《追追追》（*Smokey and the Bandit*）裡的場景，角色名皆來自該片，Trans AM則是電影裡大盜開的車。

註六：永恆之矛（Gungnir），又稱剛格尼爾，傳說奧丁丟出這支矛的時候，劃過天際會發出亮光，對地上的人來說就是閃電（也有一說是流星）。

一陣號角聲響迫使我回過頭。女武神吹號絕對不是鬧著玩的；她們吹號一定有事，代表戰場上的某個意義。我及時看見依然距離我四分之一哩的奧丁自馬鞍上起身，以極高的角度拋出永恆之矛，目標肯定是我的心臟或腦袋。同一時間，女武神緊緊跟在矛後，高舉長劍指向我。我的寒鐵護身符噴出冰霜結晶撞上胸口，而我心知她們已經選定我將死亡。我想我可以仰賴護身符抵抗她們的死亡判決，但如果有得選，我絕對不會把自己的生死交給一塊金屬。萬一護身符在永恆之矛擊中我的靈氣前都沒有影響矛上的瞄準加持怎麼辦？我可不能讓永恆之矛接近到身體數吋以內才開始閃躲，必須想想其他辦法。

我計劃藉由改變目標本質，擺脫永恆之矛的瞄準加持與女武神的末日詛咒。我朝右邊跳躍幾下，避開永恆之矛的直線路徑，然後在不到一秒內做了三件事：我取消偽裝羈絆，變回人形，然後停止奔跑。蘋果自我的人嘴上落下，我伸出左手抄下它。它上面都是雄鹿口水，不過沒有其他損傷。

永恆之矛原先要攻擊的雄鹿消失了，我聽見神矛自頭上呼嘯而過，碰地一聲插入我原先路徑之後四十碼左右的地面。我回頭去看追兵，只見奧丁與女武神不再追逐，試圖確認他們沒有眼花。他們難以相信眼前的景象。向來都能擊中目標的神矛竟然沒有擊中目標；選定的亡者不但沒有死亡，還手拿蘋果、面露微笑、赤身裸體地漫步在伊達瓦爾平原上。這個時候，紅髮惡魔揚起一手，做出要求他們暫停片刻的手勢，然後自信滿滿地走向永恆之矛，彷彿那是一把他自己拋出去的普通長矛。接著那頭怪物竟敢伸手握住神矛——奧丁的矛！——目中無人地拔離地面，然後他、他——

奧丁在看出我打算做什麼時對女武神大吼大叫。他沒有全副武裝，但看起來也不像是個頭戴大軟帽、身披灰斗篷的年長旅人。他戴著華麗的頭盔，馴鹿皮製的上衣下還有一件鎖甲；他策馬上前，女武神緊跟而來。

我已經很久沒有投過長矛或標槍，不過今晚似乎是個重拾興趣的好時機。如果永恆之矛射中目標，就能夠拖延他們片刻，讓我有機會拉開距離；如果沒射中，他們也會放慢腳步去撿矛，而我還是有機會拉開距離。

我將力量引到背上與肩膀，努力回想擲矛技巧，然後奮力朝敵人的戰略弱點擲出神矛——目標不是奧丁，而是史拉普尼爾。我沒有去看神矛有沒有擊中目標，而是四肢著地、變回雄鹿，重新叼起蘋果，調整劍鞘皮帶的位置。當我抬起頭、繼續逃跑時，看見神矛插入巨馬的喉嚨，牠人立而起、痛苦嘶鳴，將奧丁摔落馬背，然後倒地。

這個畫面差點讓我放開蘋果。我沒想到能瞄得這麼準；矛頭上的符文肯定是不管擲矛者是誰都有作用。女武神立刻趕回去幫助奧丁，我則趁機逃離現場。

兩條瘦小的黑影在我衝向樹根時墜落天際，接著我發現牠們是渡鴉胡金和暮寧——思緒與記憶；牠們會掉下來表示奧丁不是昏了就是死了。我必須在造成更大傷害之前離開那裡。我再次施展偽裝羈絆，希望女武神在缺乏奧丁的幫助下無法看見我，然後開始煩心接下來該怎麼做。莫魯塔是個問題。我不可能帶它走拉塔托斯克的樹洞離開。在有神追趕的情況下，我也沒時間用將皮膚與樹皮羈絆在一起的方法爬下世界之樹，因爲太慢了。我必須用飛的，而化身貓頭鷹時我絕對沒有辦法帶著劍一起飛下去。

我必須捨棄莫魯塔。抵達樹根時，我回頭確認狀況，看見幾名女武神再度飛上天空，漫無目的地盤旋，找尋我的下落。胡金和暮寧還沒有回到天上，所以奧丁還沒醒來。我為了必須做的事情而咒罵一聲，恢復人形，接住從口中落下的蘋果，然後取下神劍。我跪在地上，要求大地為我而開。地裂開了，接受我直接插到手肘深的神劍，它就像是埋在地下的釘子般插在那裡。在做好這種情況下最好的處置後，我仔細闔上泥土，確保看起來不像曾被挖過，甚至還後退十步，擦掉所有腳印。

他們或許會找到莫魯塔；如果海姆達爾知道要去找它的話，他或許找得出來。但只要我在奧丁昏迷時離開，他們就沒有理由不假設我有連劍一起帶走。無論如何，我都還要再回阿斯加德一趟：我答應過我的律師和朋友——吸血鬼李夫．海加森，我會帶他來這裡，以暴力和索爾算算舊帳。

我變形為大鵰鴞，盡可能小心翼翼地將蘋果抓在爪中。我沒辦法不抓穿蘋果皮，但那是拉克莎自己的問題。我飛到樹根上的樹洞、穿越洞口，立刻收攏雙翼俯衝而下。

飛出阿斯加德底下的樹洞後，我再度朝樹根底部俯衝。密米爾之泉無人看守，就和來時一樣。密米爾很久以前就被華納神族【註一】砍下腦袋【註二】，但我以為這麼重要的地點應該會有人看守。既然現在是黑色星期五【註三】，或許看守者跑去參加開門大搶購了。我停止俯衝，將蘋果丟在雪地裡，然後變回老阿提克斯。我立刻冷得發抖。

我抱著樹根，握著天殺的蘋果，找出樹根與大地間的連結，心靈順著連結而下，回到所謂的「真實」世界。西伯利亞就和約頓海姆一樣冷，而我沒穿衣服。我大聲呻吟，接著花了點時間享受沒有被人追殺的快感；我也得讓身體休息一下。儘管所消耗的能量全都來自大地，頻繁變形還是讓我筋疲力竭；我在發抖，身體虛弱，而且肝臟很想知道能不能維持正常形狀一段時間。

不幸的是，不能。我還沒有脫離險境。北歐諸神有能力追來這個世界，而我絕不懷疑他們遲早會來。等他們追蹤我留下的足跡抵達伊度恩宮殿後，就會開始拼湊眞相。如果他們找到我埋在果園裡的衣服，他們就會知道我來自米德加德；如果找到諾恩三女神的屍體，就會發現她們死在劍下；如果找到莫魯塔，他們會認出那是一把妖精武器，然後追查這條線索，直到找出眞相——也就是發現偷走金蘋果、打得奧丁摔下馬背的傢伙不是什麼惡魔或神，只是個德魯伊。

我希望他們短期內不會查出這一點，最好永遠不要查出來。此刻我最大的優勢就是沒有洩露身分。等奧丁醒來，發現我不在阿斯加德後，他可能會浪費時間去搜查約頓海姆，直到有人想到我來自米德加德。

我深吸幾口氣，向肝臟道歉，再度化身雄鹿、叼起金蘋果。向南跑到森林的路程只花了我兩個小時，而非三小時。我從來沒有在看到熟悉的樹木時感到如此寬心；只要轉入提爾．納．諾格的世界，我就可以拿回留在那裡的衣服，讓自己體面一點。我想要今天下午就轉入北卡羅萊納州，一派隨

註一：北歐神話中以奧丁爲首的眾神爲阿薩神族（Æsir），曾與華納神族（Vanir）征戰，後來和解；弗雷爾與弗雷雅即爲華納神族。

註二：北歐神話中，華納神族不滿阿薩神族送來的人質智慧巨人密米爾，因此砍了他的頭。後來奧丁讓他的腦袋死而復生，甚至常常會和密米爾（的腦袋）諮商。

註三：黑色星期五（the Black Friday），感恩節後的禮拜五，是美國耶誕購物熱潮的開端。

意地把蘋果交給拉克莎，彷彿偷金蘋果就和跑去附近雜貨店買個東西一樣簡單。

她輕而易舉地殺掉十二名酒神女祭司——那是我絕對辦不到的事——所以站在比誰是狠角色的角度而言，就算最後我可能會因此喪命，仍必須裝作這件事沒什麼大不了。我有想過拉克莎可能根本沒有想到我能生離阿斯加德，而這整件事都是爲了讓我出糗而精心策畫出來的。她會有點失望——或許非常失望——我竟然能毫髮無傷地完成任務。

想到她臉上驚訝的表情，我就忍不住微笑。事實上，我差點又要陷入那種妄自尊大的狀態。但就在我舒服地靠在一棵老橡樹上，準備轉向提爾·納·諾格時，我抬頭望向天空，看見兩隻渡鴉在頭上盤旋。北方有團烏雲朝我急滾而來。

奧丁醒了，那些可惡的渡鴉眞的可以看穿我的僞裝，而雷霆流氓索爾已經趕來找我算帳了。

第五章

有時候會有人問我怎麼能活這麼久。我告訴他們，不容易。簡單的答案就是盡量好好過活，然後避開所有可能致命的東西——但這種答案從未滿足過任何人。他們想聽鉅細靡遺的智慧，比方說：「你最好不要在索馬利亞沿岸開遊艇」或「永遠不要在只有你一個客人的餐廳裡吃壽司」，但就連這些建議都會讓人失望。不過「遠離會丟閃電的傢伙」就很經典了，非常推薦。

我的護身符無法抵抗閃電，所以我在索爾進入攻擊範圍前轉入提爾．納．諾格。他八成會在我離開後燒掉森林洩憤。

我取得衣服後立刻離開提爾．納．諾格，轉入另一個妖精世界，馬．梅爾，然後跑去一座礦物質豐富的溫泉好好享受享受。這樣一方面可以恢復體力，一方面也是爲了甩開胡金和暮寧；牠們無法跟蹤我進入愛爾蘭神域，於是我終於享受到寶貴的寧靜。

溫泉裡的木仙子端了杯好酒給我：孤紐的馬．梅爾麥酒。這種酒色香味俱全，非常爽口，入口滑順，但有種穀物原味，以及刺激撩人的快感；有點淫蕩，又有點處子的純眞。如果你到得了馬．梅爾，就可以免費享用這種酒。

沒錯，愛爾蘭天堂提供免費麥酒。大家都很嫉妒。

喝了幾杯麥酒後，我狂態復萌，轉往北卡羅萊納州阿什維爾外的皮斯嘉國家森林造訪拉克莎。

我們用手機約在市區的普利查德公園，坐在小瀑布旁的石頭上。如果我的出現有讓她驚訝或失望，她也沒有表現在臉上。她問我蘋果表面上的小傷痕是怎麼來的，然後咬了一口，接著我在她附身軀體的臉上看見眞正的歡愉。她原本就很美麗的皮膚變得更加緊實、充滿活力。

「滿意了嗎？」我問。

她點頭。「非常滿意。做得好，歐蘇利文先生。」

「那我要走了。」我說著站起身來，微微鞠躬。「不過最好快點吃完，因爲胡金和暮寧還在找它。祝妳能夠種出妳自己的金蘋果樹。」

「就這樣？」拉克莎皺眉。「你就不能多和我客套一下嗎？」

「我實現了我的承諾，拉克莎。把重點放在這上面，不要用其他東西來評判我。說起客套，現在這情況遠比妳解決酒神女祭司後留給我的爛攤子要好多了。而我還有很多事情要忙。不好意思。」說完之後，我轉過身去，開始跑向皮斯嘉森林。儘管我很佩服拉克莎注重承諾的態度與高超的巫術，我還是不想和她發展進一步的友誼。

我說還有很多事要忙可不是隨便說說的。舒舒服服地躺在溫泉裡很適合讓人思考一些不太舒服的事實。除了我跑去獅子的巢穴裡拔完獅子鬃毛後還能一時不死之外，這件事實在不太値得妄自尊大。奧丁絕對不會放過殺死史拉普尼爾和諾恩三女神的凶手——也不該放過。儘管我可以聲稱是出於自衛才殺了她們，但我自願跑去阿斯加德卻是不爭的事實。沒有人強迫我去；我許下承諾，用一個麻煩去換取另一個麻煩。此刻我看不出任何方法能將當前情況轉換成比較容易解決的問題——除非放棄我所珍惜的一切。

從前要拋棄一切比較簡單，因爲我除了自己和腳下的土地外什麼都不在乎。自從塔希拉死後，這就是我一貫的做法；我絕不在同一個地方待到必須許下承諾的地步，絕不與其他人的生活產生糾纏不清的瓜葛，並且告訴自己這麼做都是爲了躲避安格斯・歐格。這個理由很實際：但是我眞正在逃避的卻是世間最強烈的羈絆——愛，以及在這種羈絆被迫解除時那種錐心刺骨的痛。

已經過了五世紀，我還是很想她。有時候她會在我夢中微笑，而我醒來後則會爲了再度失去她而哭泣。

我們結婚的時候，我每次搬家都會先想到她。現在我又處於類似的局面；我搬家一定要先考慮歐伯隆，還有我對關妮兒的責任。我不會，也不能拋棄他們。我發現，守護他們的念頭，已經影響了我最近幾個月的選擇——殺害安格斯・歐格，還有和李夫達成不智的協議，好讓他幫我處理掉一個凶狠的德國女巫團。在東尼小屋時，富麗迪許曾對我說，她知道如果不以歐伯隆作要脅，我一定會再度避開安格斯・歐格；她說得沒錯。同樣地，如果第三家族之女沒有殺死培里，還試圖殺害我和關妮兒，我也不會找李夫幫忙，還同意要帶他前往阿斯加德。那些都是衝動、絕望下的決定，不是能讓我長命百歲的那種。但是一旦遭愛羈絆，人就無法做出任何不人性的選擇。這些選擇在事發當下都很單純，不過事後卻導致我的生活變得無比複雜。我的性命安全淪爲假象；後果就像浪子一樣遲早都會返鄉——拉克莎會說這是因果債，不過是發薪日貸款中心所發的高利貸。

我該離開亞歷桑納了。坦佩有個煩人的凱爾・傑佛特警探認定我和媒體稱爲「薩梯大屠殺」的案件有關——而且他沒猜錯。截至目前，我的律師都還讓我不用跑去充滿菸味的鐵灰色房間裡接受長時間偵訊，但我不曉得這種情況能夠持續多久。

唯一逃過一劫的酒神女祭司已經知曉世界上最後一名德魯伊住在亞歷桑納，就算北歐諸神沒有把我的感恩節惡作劇怪到巴庫斯頭上，巴庫斯大概也會爲了那件事找上門來。

儘管我殺的惡魔大概比他們還多，一群自稱「上帝之鎚」的狂熱俄國惡魔獵人認爲我和黑暗勢力走得太近。在得知我與狼人還有女巫爲伍後，尤瑟夫．比亞利克拉比很可能會帶人回來騷擾我。

最重要的是，上禮拜有個店裡的常客問我怎麼看起來這麼年輕。

該離開了。

除了必須拋下的事物，「離開」這個想法並不會困擾我。魯拉布拉的炸魚薯片、與麥當納寡婦一起喝點小酒、當藥草師所帶來的單純樂趣——我會非常想念這一切。另外，東尼小屋附近還有一片荒土有待治療，這塊土地之所以淪爲這種狀況，部分也算是我的責任，而我很想不惜一切導正這個問題。但首先我必須拋開道義的枷鎖——事情必須一件、一件處理。

過去兩天幾乎都在奔跑中度過後，我還眞沒想到自己會一回到家就問歐伯隆要不要出門跑跑。

「當然要！」他說。我從麥當納寡婦的窗口接他出來。我不在家的時候，他就待在那裡。寡婦不在家，這樣也好；如果在家，我就得坐下來陪她聊聊，而歐伯隆已經等得夠久了。寡婦的貓讓他玩得很瘋，但她不能帶他出門散步，給他一條大型愛爾蘭獵狼犬應有的運動量。

我們跑過我家附近的米歐爾公園，他告訴我這幾天發生的事情。

「那些貓都開始習慣我了。」他抱怨道：「牠們開始發現不管叫得多凶，我從來沒有咬死過任何貓；我甚至連咬都沒有咬過。所以現在牠們甚至懶得對我豎起寒毛，這讓我很沮喪。不，你知道那是什麼感覺嗎？被閹的感覺。」

我輕笑幾聲，邊跑邊大聲說話。通常我都是透過我倆的羈絆直接與他心靈溝通，但既然附近沒人在聽，我就很享受開口說話的感覺。「哇，五個音節的字。佩服佩服。」

「該來點獎勵了吧。」

「一定要。等我有空，我們就去打獵。很遺憾讓你有被閹的感覺。」

「不，你才不遺憾。但接下來的事就眞的會讓你遺憾。寡婦身上的病痛可以列出一大張清單了。」

我皺眉看他，確認他不是在開玩笑。「有這種事？」

「嗯哼。她詳細向我講解過，鉅細靡遺，有時候甚至直接秀給我看。」

「喔，我眞的覺得很遺憾。她一直沒有和我提過。」

「好吧，你不能幫幫她嗎？」

我跑出幾步之後才回答這個問題。附近的北美斑鳩開開心心地互相咕咕招呼。一名穿著百慕達短褲的駝背老人正爲了迎接冬天到來而緩慢、謹愼地修剪樹叢；他修剪得太專心了，根本沒發現我在和狗講話。「能，我可以用不朽茶幫她逆轉老化的過程，而這樣基本上就可以解決所有病痛。它可以修復細胞損毀、預防癌症、增加白血球，什麼都行。但如果我眞的爲她這麼做呢？你以爲會怎麼樣？」

「她會好過很多，阿提克斯。這就是重點。」

「沒錯。但是你沒有想清楚。寡婦如果還沒九十歲的話，也已經將近九十歲了。我可以讓她短期內喝很多不朽茶，五週內少掉五十歲。她會看起來像四十歲，感覺也像四十歲，如果之後我不再提供不朽茶，她至少還可以再活五十年。」

「那太棒了！」

「不，並不棒。人們會開始提出問題。所有人都想知道她是怎麼辦到的。特別是她的朋友和親戚。她有對你提過她的孩子和孫子，對吧？」

「對。」

「好了，她最大的兒子今年六十七歲，她會變得比他還年輕。那樣情況就尷尬了。她會嚇壞她的孫子，因爲奶奶不再是個和藹可親的老太太了。她要怎麼告訴他們？有個好心的德魯伊幫我返老還童？」

「這個，爲什麼不行？他們又傷不了你。」

「這和傷不傷得了我無關。他們也會想要保持年輕。他們的朋友和親戚也會，接著在你發現之前，八卦小報就會聽說這個消息，如同七條小狗搶吸六個奶頭一樣緊咬我們不放。」

「喔，看在大熊的份上，聽起來確實很糟糕！」

「然後政府就會出面，因爲有人能活那麼久遲早都會吸引國稅局和社會安全局的關切。她的駕照照片會與本人不符，各式各樣的問題都會浮出水面。」

「但是你的朋友難道不值得這些麻煩嗎？」

「寡婦當然值得，但是我不能讓她陷入這種局面。好吧，假設我幫她了。她可以再度從四十歲開啓人生，而她的子嗣則繼續老化、死去。當她站在兒子的墳墓前時，她會感激我送給她的青春嗎？還有她孫子的墳墓？」

「好吧，或許不會。我懂你的意思了。」

「很好。我明白那種感覺，歐伯隆，我體驗過太多次了。我埋葬過我的孩子、他們的孩子，還有更多後代。每次這麼做都令我心碎不已。」

「你從來沒給他們喝過不朽茶？」

「我當然有。所以我才知道剛剛告訴你的那些情況——痛苦的親身體驗。而且我還知道有些人在活得太久之後，會開始離群索居、深受困擾、極度孤僻。有點像是吸血鬼那樣，只是沒去吸血。如果他們的心智沒有受過德魯伊訓練，遲早都會開始精神衰弱，就像常做太陽浴的人會起皺紋一樣。不朽茶不能治療瘋狂。」

「你有孩子發瘋了？」

「有。這就是我後來不再給他們喝不朽茶的原因。」

「你還會生孩子嗎？」

「暫時不會。要在可以安居樂業的地方才能生兒育女。這裡不適合。事實上，我得和你談談這件事。」

「哪件事？」

我解釋必須搬離坦佩的原因。「我很快就必須重返阿斯加德，而這次會去得比之前更久。或許會天長地久，因爲我可能回不來。萬一我沒有回來，你就去找麥當納寡婦。但如果我回得來，我們就立刻搬家。」

「搬去哪裡？」

「還沒決定。」

「只要有香腸和母狗就是好地方。」

「嘿，我從來沒有這樣想過。」我微笑。「但是經你這麼一提，我不懂他們怎麼不把這些好處列在房地產廣告上。實在是太粗心了。」

「人類把輕重緩急都搞混了，阿提克斯。我從很多地方都看出這一點，但是沒有人在乎獵狼犬的智慧。」

「我在乎，老兄。我相信你十分睿智。」

「那我很睿智地認爲你該領養一隻法國貴賓犬。」

我笑。「或許等我們到其他地方安頓下來再說。」

「你保證？」

「我不能向你保證，歐伯隆。」我有點遺憾地說，看得出來他很失望。「但是，聽著，只要你不讓它影響現實生活，懷抱夢想是好的。我曾見過人們慘遭夢想吞噬，而那種事總是令人難過。如果太執著在一個夢想裡——母貴賓犬或是私人香腸廚師還是什麼的——你就會忽略心跳的感覺、小草的香氣，還有與朋友一起奔跑時聽見蜥蜴發出的聲音。你該把夢想當作一根你很享受、珍惜、輕啃的老骨頭。它不會令你嘆息，也不會呆呆地浪費時光；它會滋養你的生命，讓你從一個可能的未來中獲得奇特滿足，充滿香蒜培根肉片的香味，讓你什麼都沒吃就覺得飽了。接著，在一個陽光普照的美好日子，正確的時機來臨時，你用力咬下去，夢想成眞了。然後你又去咀嚼另外一個夢想。」

歐伯隆發出嚓嚓聲響，那是他在模仿人類的笑聲。「你這樣講眞是太令我沮喪了，阿提克斯，說得好像我是焦躁不安的博美狗一樣。我的情緒可比你穩定多了。而且我也沒有忽略蜥蜴的聲音。我目前已經聽到七隻蜥蜴在馬纓丹樹叢裡跑來跑去了。牠們比較喜歡紫花和黃花，白花就不太愛了。我想知道的是我什麼時候才能啃到那種骨頭？」

第六章

每當有人自願對朋友承認那個發明改變了他們的生活，你就會知道那是樣偉大的發明。大多數現代人都會認爲火和輪子是最偉大的兩個發明。在它們之後，任何發明想要角逐最偉大的發明之位都會引發許多爭議。一方面會有宗教狂熱分子說一切都是這個神或那個神的功勞，另一方面又有科學家會把達爾文抬出來當範例，最後還有實際的人會指著文字說道：「聽著，各位，那些點子之所以能夠流傳至今，都是因爲有人想出怎麼用文字記載下來的關係。」

禮拜六晚上，我從阿斯加德回來的第二天，我聽說了一個能夠改變生活的全新發明（對某些人而言）：沙拉脫水器。

「我超愛我的沙拉脫水器的。」關妮兒吐露道：「它改變了我的生活。」這話是在她家廚房裡說的；當時因爲猜錯了拉塔托斯克的體型，以及從世界之樹前往阿斯加德的可行性，她正忙著做晚餐給我吃。

「請先等我一下。」我說著離開廚房前往客廳，來到她有連線到大樓無線網路的筆電前。我搜尋「沙拉脫水器改變我的生活」，得到超過六千條結果；臉書上居然還有一個沙拉脫水器鑑賞社團。我不敢說這算文化革命，不過它確實蘊含潛力，讓我想要一探究竟。我回到廚房，說道：「不好意思。請解釋一下沙拉脫水器如何改變妳的生活？」

「喔。」關妮兒目光下垂，似乎有點難爲情。「這個，洗萵苣的時候，要把菜葉弄乾一定要浪費紙巾和時間才拍得乾。如果不弄乾，不但看起來不美觀，還會影響味道。油和水不能混在一起，對吧？但是現在——」她壓低聲音，彷彿在嘲弄電台裡播放的氮氣趣味車短程加速賽廣告。「我可以運用沙拉脫水器純淨強大的力量！」她在句尾放大音量，簡直興奮到有點瘋狂。她伸手握住脫水器的握把，開始奮力轉動，繼續用剛剛那種狂熱的語調說：「看看離心力對水施展的魔法！紅葉、綠葉、菠菜、芝麻菜，通通沒問題！只要把潮濕的蔬菜放到脫水器裡，然後轉動握柄，直到所有濕氣通通消失！超讚！超乾！沙拉！」說到這裡，關妮兒雙手握拳，放在身側，淫蕩地向前挺腰。「上吧！」

我終於受不了了。在那之前，我一直目瞪口呆地看著她，但當她爲了一盆沙拉扭腰擺臀的時候，好吧，我實在忍不住哈哈大笑。她的動作在我心裡反覆上演，荒謬的模樣讓我笑個不停。我笑得渾身發抖，終於摔下椅子，但這又讓我笑得更加厲害。落地時，我笑到眼眶含淚、氣喘吁吁。關妮兒滿臉通紅，接著也坐下來大笑，一方面在笑她自己，一方面也在笑我的反應。

最後我們有吃到沙拉，不過開動前已經笑到肚子痛了。沙拉鮮美多汁：菠菜和紅葉萵苣配涼薯、洋蔥、橘子，還有焦糖核桃。醬料是自製柑桔油醋醬。

不過這只是副餐而已。關妮兒．麥特南大廚在菰米飯上疊了烤羅非魚片，然後又在上面加鋪泡過薄酒萊紅酒的龍葵菇，佐以幾根灑了點鹽巴和橄欖油的蘆筍，還開了一瓶令紅酒鑑賞家讚不絕口的聖克魯斯山脈黑皮諾紅酒來搭配這些美味可口的食物。

「太美味了。」我讚歎地說：「眞是好吃極了。」

「我向來有債必還。」關妮兒說，朝我揚了揚眉。

「很高興聽妳這麼說。我也一樣。然而外面有很多人想和我算帳，所以我最好來談談這件事。」

「好吧。」她說。她瞇起雙眼，舉起叉子指著我，向前微刺，藉以強調語氣。「但如果你又想要勸我放棄當德魯伊，趁早省省吧。」

我神色哀傷地笑著搖頭。「妳還不清楚所有事情。」她聽我說過拉塔托斯克、世界之樹，還有阿斯加德大概的樣子，除了成功偷出金蘋果的事，我並沒有詳加解釋。現在我對她全盤托出。

「所以胡金和暮寧還在找你？」她在我說完後問道。

「毫無疑問，牠們在找我。牠們還沒找到我的唯一理由就是牠們不知道要找什麼。但奧丁只要開始懷疑殺害諾恩三女神和他的愛駒的是個德魯伊，就會鬧上提爾．納．諾格，然後要不了多久就會找上門來，因爲那裡的神通通知道我現在住在哪裡。我得搬家。」

「你當然得搬家，但是——」她臉色一沉，「這表示我也得搬家。」

「沒錯。」我點頭。「還要改名換姓。還要和所有親戚朋友斷絕關係，才能保護他們——除非妳想要擁有家人和朋友，那妳就該放棄成爲德魯伊，以及永遠幸福快樂的夢想。」

關妮兒放下叉子。「可惡，老師，我不會放棄，告訴過你了！」

「妳心愛的人會怎麼想呢，關妮兒？暫時從他們的角度看待此事。他們會覺得是我綁架了妳，或是妳加入了什麼邪教。」

「好吧……這其實也算是個邪教，不是嗎？」她開玩笑。

我輕笑。「我想是。很小的邪教——就我們兩個教徒。喜歡的話妳可以把頭剃光。」

關妮兒神色驚訝。「我以為你喜歡我的髮型。」

喔，可惡。她注意到了。繼續這個話題是沒有好結果的，改變話題……

「妳沒有回答我的問題。妳父母難道不會擔心嗎？妳不能經常和他們聯絡，甚至完全不能聯絡。」

她聳了聳肩，發出無所謂的聲音。「我現在也很少和他們聯絡。他們離婚了。老爸總是在某個文明的搖籃挖掘古文物；老媽忙著在天殺的堪薩斯州建立新家庭。」她提到堪薩斯時的不屑語氣，讓我相信她不把堪薩斯當作文明的搖籃。「我很早就讓他們知道我要獨立生活，而他們也允許我獨立。」

「他們似乎還提供了妳不錯的生活。」我環顧四周道。

「喔，是呀。女酒保怎麼負擔得起這種公寓，是吧？好了，這算是當初離家的條件之一。我媽的新丈夫是個腦滿腸肥的胖子，油多到像是睡在凡士林的罐子裡一樣。他把僅存的頭髮留得超長，然後可悲地梳到另外一邊試圖遮掩禿頭。我鄙視他，他厭惡我。當我說想去唸亞歷桑納州立大學時，只要我同意一直待在外面，他就非常樂意支付所有帳單。」

我嘆了口氣，閉上雙眼。顯然她不會懷念從前的生活，我真是給自己找來了個超級適合當德魯伊的學徒。儘管如此，這種事還是周到點好，我還有兩個負面因素要告訴她。

「關妮兒，我有和妳說過我上一個學徒的遭遇嗎？」

「沒，但我想你要告訴我他死得很慘。」

「超悲慘，沒錯。西元九九七年在加利西亞王國被摩爾人砍死。當時他再過兩個月就可以開始紋身，成爲眞正的德魯伊。妳知道，他非常脆弱，完全無法保護自己。而接下來十二年裡，妳都會處於那種狀況，想要成爲德魯伊沒有捷徑可走。這可不像電影，可以在三分鐘的片段裡感受到原力存在，然後學會妳所要知道的一切，或是像那些年輕英雄可以在兩個月的訓練後成爲鬥劍大師。這段期間內，妳都會淪爲我從未淪爲的那種標靶，塞布蘭從未淪爲的那種標靶。」

「塞布蘭就是你的學徒？」

「對。我是偷偷訓練他的。當地人都以爲我是個信仰堅定的基督徒，是附近居民的磐石，從未懷疑過我的眞實身分。而我本人接受訓練的年代，基督教尚未出現，那時候當德魯伊很安全。事實上，那是愛爾蘭小夥子一生中所能遇上最棒的事。但是妳不同，此刻我是眾矢之的，而在二度造訪阿斯加德後，不管結果如何，我都會成爲諸神間的頭號通緝犯。如果出了什麼差錯，妳幾乎肯定會與我一起喪命。跟我走很可能會賠上妳的性命。」

關妮兒緊閉雙唇，堅定微笑。「不，我不會讓你嚇跑的。如果我說錯了，請糾正我，不過目前的比數是阿提克斯五分，諸神〇分。」

「這種比喻不倫不類。只要他們得一分，我就死定，他們就贏了。」

「無所謂。」她揚起一手。「我的重點在於你很厲害，而這又讓我想起一個我一直想要問你的問題：羅馬人怎麼殺光德魯伊的？你們可以在不同的世界來去自如，又會僞裝，又會變形，打架還不會累——到底出了什麼事？」

「凱薩和密涅瓦【註一】。」我說：「就是這麼回事。」關妮兒沒說什麼。她拿起酒杯小啜一口，接著一臉期待地揚起眉毛，等著我繼續說下去。

「當然不只這些。」我承認：「我認爲還有吸血鬼暗中參與。但我能肯定的部分就是凱薩橫掃高盧，燒燬所有聖地，導致大多數德魯伊無法轉移或輕易逃生。當時我們不能自由運用所有健康的森林——我後來才想出辦法這麼做的。大火不只燒掉了森林，妳知道，它們還燒掉了世界與提爾·納·諾格之間的連結，這將所有德魯伊限制在我們的世界裡。達成這個目的後，密涅瓦就賜給羅馬斥候看穿僞裝羈絆的能力，讓他們追殺我們。打架不會累的能力在被一整隊羅馬軍團包圍、四面八方都是長矛的情況下根本毫無用武之地。而他們就是這麼幹的；不要心存僥倖，那是有系統的屠殺。有些人試圖化身飛鳥逃離戰場，但都被弓箭手射下來了。」

「但總有一些德魯伊逃出生天。」

「喔，有。德魯伊苟延殘喘，特別是在愛爾蘭，因爲那裡孤立在羅馬勢力範圍之外。但接著聖派屈克【註二】出現了，妳知道，四下傳播天主教義。很多年輕人拿十二年的苦修與責任去和天主教毫不挑剔的入教資格比較，最後選擇了較爲輕鬆的信仰。接著就是人數持續減少。其他德魯伊都不知道艾兒蜜特的藥草知識，所以就算沒被羅馬人抓到，他們也會逐漸老死。接著有一天，除了我之外最後一名德魯伊終於沒留下學徒而死去。我沒辦法告訴妳此事具體發生的時間，但那最可能是發生在第六或第七世紀。」

關妮兒放下酒杯，湊上前來。「但是你們應該可以摧毀他們！你們有整個大地的力量可供差遣！你們可以看出世間萬物的羈絆。爲什麼你們不能，你知道……」她激動顫抖，伸手比個扯斷東西的手勢。

「問出來吧，所有學徒都曾問過這個問題。」

「好吧，比方說，你們難道不能阻斷人體主動脈之間的羈絆嗎？或是引發腦部動脈瘤？取出血液中的鐵質？」

「我不能那麼做是因爲這些刺青。」我說著舉起紋滿刺青的右臂，然後以左手指著它。「我知道妳還不能辨識這些羈絆的意義，不過這些繩紋裡有編入一個條件。一旦妳試圖利用大地的能量直接傷害或殺害生物——任何生物，注意，不光只是人類——妳就會死。大地賜予德魯伊力量的唯一理由就是我們發誓要捍衛她的生命。所以如果有犀牛對著我衝過來，我絕不能炸掉牠的心臟；我必須閃到一旁。」

關妮兒瞪著我。「這樣完全沒有道理。」

「當然有道理。」

「你剛剛還在說你把諾恩三女神羈絆在一起，然後砍下她們的腦袋。」

註一：密涅瓦（Minerva），羅馬的智慧女神，位同希臘的雅典娜（Athena）。
註二：聖派屈克（Saint Patrick），愛爾蘭的主保聖人、主教。公元四三二年，被教宗派遣前往愛爾蘭勸說愛爾蘭人皈依，並成功讓愛爾蘭人接受天主教洗禮。

「我羈絆的是衣服——當時她們身上穿的衣服。我沒有直接對她們的身體施法。我是用劍殺死她們的。」

「那又不是保護生命！」

「我是在保護我自己的生命。」

「但是你說安格斯．歐格施展魔法控制法荷斯的心智！」她指的是六週前開槍射我的坦佩警探中的羈絆法術。由於圖阿哈．戴．丹恩和我一樣與大地羈絆在一起，他們也必須遵守同樣的規則。

「他是那麼做的。但那道羈絆並沒有直接傷害法荷斯，他是死在鳳凰城警方手中。」

「但他不是強迫法荷斯開槍打你嗎？那不算傷害你？」

「法術施展的對象是法荷斯，不是我。而且法荷斯是用沒有魔法的正常武器射傷我的。」

關妮兒在桌面上輕敲指甲。「這些分別眞的非常微妙。」

「沒錯，安格斯．歐格非常熟悉這些分別。」

「爲什麼要設定這種限制？我是說，大地肯定知道你有利用她的力量強化持劍手臂，或讓你跳得更高之類的。」

「沒錯。我有利用這些力量去與別人競爭，進而證明我有資格繼續活下去。競爭、衝突、掠奪都是自然法則，大地鼓勵這種行爲。我們還是必須比對手更聰明、更高強才有辦法存活，我不能透過融化對方的腦袋來解決一切問題。」

「等等，你經常會惡搞別人的皮膚細胞。你會羈絆他們的內褲和背上的皮膚，讓他們被內褲扯到下體。薩梯外那兩個警察互甩巴掌就是你的傑作。」

「沒有造成損傷，那些皮膚都沒破。沒有傷害，沒有犯規。」

「好吧，那麼，惡魔又怎麼說？你對它們施展寒火。」

「它們不是地球上的生物；它們是地獄裡的靈體在地球上凝聚而成的實體。不過我要先警告妳，一般方法對它們無效。它們彼此間的羈絆方式與世上的動植物不同，所以除了寒火，德魯伊法術都無法對它們造成影響。最好的方法就是砍死它們。那樣能夠有效地解除它們和實體間的羈絆。」

關妮兒吹開臉上一綹頭髮，撩到耳後，思考著我的話所代表的意義。「這種禁忌也適用在醫療上嗎？」

「不太一樣，但其實也有。改變生物組織和器官極其複雜，很容易就會犯錯而導致更多傷害，然後妳就會死。這就是我爲什麼不幫其他人治療的原因；我只會施法治療我自己，因爲沒有規則說不能傷害自己，而且我很熟悉我的身體。」

「啊，這就是你只用藥草治療他人的原因。」

我點頭。「沒有錯。妳可以對收割下來的植物和化學藥品施展各式各樣的羈絆。這種療效會比直接治療慢，但是安全多了。妳不會不小心觸犯魔法傷害的禁忌，也不會洩露妳會魔法的祕密。如果有人奇怪妳的藥草或藥膏爲什麼特別有效，妳可以合理地宣稱那是獨家配方，或是新鮮藥材，或其他說法，永遠不會有人懷疑到魔法頭上。」

「你能肯定你就是世間僅存的德魯伊嗎？」

我輕搖手掌，做個「可以這麼說」的手勢。「圖阿哈．戴．丹恩基本上也算德魯伊，因爲他們也和我一樣在身上刺青。我做得到的，他們都能做到，而且還會一些我不會的把戲。不過最好不要說他們是德魯伊，他們喜歡以神自居。」我諷刺地笑了笑。「德魯伊是比較低等的生物，妳知道。但是就這種低等生物的角度來看，我相信我的確是世間僅存的德魯伊。除非妳把那些似乎很愛地球但卻缺乏魔力的新世紀快樂嬉皮德魯伊計算在內。」

「不，我是指像你這種德魯伊。」

「那我就是獨一無二。直到妳也成爲德魯伊。如果妳能活到那一天的話。」

「我會的。」關妮兒說：「有你給我的這個一點也不性感的護身符就行了。」她自上衣內掏出掛在金項鍊上的淚滴狀寒鐵護身符。那是莫利根給我的，而我則轉送給我的學徒。

「那玩意不是萬能的。」我提醒她。

「我知道。看來最好的做法就是銷聲匿跡。」

「不，他們還是會來找我們。」

「他們是誰？」

「剩下的北歐諸神，以及其他想要表達弒神者絕對難逃制裁的神。」

「要是他們以爲我們死了呢？到時候他們還會繼續找我們嗎？」

我輕嘆一聲，滿足地笑了笑。「當妳的老師很輕鬆，妳知道。每當妳說了聰明話時，我心中就會燃起妳有可能成爲一千年來第一個新進德魯伊的希望。」

第七章

搬家很討厭。

人大多會毫不猶豫地點頭同意這話，但是光這樣說還是有很多要解釋的地方。到底有多討厭？好吧，沒有糟糕到像牛排館後面的味道那麼令人作嘔；也不能和心臟病發的緩慢灼燒感，或下體被踢那種難以言喻的痛楚相提並論；比較像是當我看見大蟲軟糖時的一種對於自身存在的恐懼。

九○年代初期，我在聖地牙哥有個女朋友注意到我非常不熟悉現代垃圾食物。有一天，我在沙灘上打盹，她爲了測試我無知的底線而在我身上放了一整包大蟲軟糖；然後在我睜開一隻眼睛時，向我保證那些膠狀圓柱體是種叫作「陽光吸管」的新ＳＰＡ療法，有紫外線防護功能，而我就這麼接受了她的解釋。睡醒之後，我身上流滿了玉米糖漿，在海灘陽光下無聲、黏不拉嘰地指控我殺害大蟲軟糖。就連太平洋強力的波浪都洗不乾淨它們，如同吸食靈魂的水蛭般吸附在我身上。那件事情過後，她就不再是我女朋友了，而我當晚就搬離了聖地牙哥。

越久沒搬家，情況就會越糟糕，因爲你會有時間累積一大堆垃圾，就算你像我這樣盡可能努力減少消費也一樣。

看著十年間累積下來的東西，我很高興這次搬家會強迫我拋下這一切。如果我帶走任何東西，「他們」就會知道我偷偷躲到其他地方去了。我必須忍痛割捨一些二十世紀最頂級的收藏品——各式各樣之前搬家留下的東西。我得要留下披頭四親筆簽名的《白色專輯》。包裝完整的丘巴卡【註】公仔也是；我有蘭迪．強森在響尾蛇隊時親筆簽名的棒球，還有海明威喝過的啤酒瓶；車庫裡的武器大多得留在這裡，我只會帶走聖母瑪利亞賜福過的弓和箭，因爲將來或許會有用處。除了弓箭，我就只帶走富拉蓋拉、歐伯隆，還有背包裡的幾件衣服，其他東西一概不帶。我家這裡很好解決。

店裡就不是那麼好處理了。如果要製造我還打算回來的假象，我就必須繼續開店。但是除了關妮兒外，我就只剩下一個店員——蕾貝卡．丹恩——而我不想只留她獨自顧店，特別當店裡是我敵人第一個會來找我的地方。基於同樣的理由，如果我把店收起來或是賣掉，他們立刻就會知道我是跑路，而不是死了。

不管怎麼對自己解釋，我都覺得讓蕾貝卡置身這種處境會讓我變得和索爾一樣混蛋。多雇一個新人來幫她只會讓我更混蛋。

除此之外，我的珍本書也是個問題。我設置了非常強大的防禦法術保護一些非常危險的典籍；我不能丟下那些書或防禦法術不管，但我必須製造稀有書籍還在店裡的假象。

這種問題就是我喜歡請律師的理由。他們可以幫我處理各式各樣的事情，同時利用律師客戶保密協定來保守祕密。在我和歐伯隆出門晨跑回來，然後幫他轉到動物星球頻道後，我前往坦佩市區一家名叫「津津有味」的貝果店去見我的律師霍爾．浩克。霍爾點了份燻鮭魚貝果（可怕），我則點了藍莓奶油起司貝果。

霍爾一副來談正事的模樣，態度十分專業，動作沉穩精確。身上的深藍細條紋西裝似乎讓他不太自在，不過其實沒有必要這樣，因爲它非常合身。我知道這表示他有點緊張。我只有在剛搬來坦佩、部族還不確定我的情況時，看過他這個模樣。這讓我很好奇：難道我和部族的關係突然出現變化了嗎？

「你在緊張什麼，霍爾？直說吧。」

霍爾突然抬頭看我，我饒富興味地看著他放鬆肩膀，不過只是表面放鬆而已。「我一點也不緊張。你的描述十分無禮，而且毫無根據。我們見面兩分鐘以來，我完全沒有緊張過。」

「我知道，而故意壓抑緊張會導致你消化不良。你何不直接告訴我你在煩什麼，好讓你輕鬆一點？」

霍爾一言不發地看著我一段時間，接著開始以手指在桌面上敲打節奏。他在醞釀情緒，沒錯。不過當他開口說話時，聲音幾乎細不可聞。「我不想當阿爾法狼人。」

「你不想當阿爾法狼人？」我問：「那好吧，你夢想成眞了。你不是。剛納才是阿爾法，你只是第二號跟班。」

「但是剛納要跟你去阿斯加德。」

我眨眼。「他要去？」

霍爾微微點頭。「昨天晚上決定的。李夫說服他去。他回來之前由我出任阿爾法。如果他沒回

註：丘巴卡（Chewbacca），《星際大戰》中和韓索羅一起混的烏奇族。

來……好吧，那我就玩完了。」

「哈哈哈，來點嘲笑的笑聲吧。要當老大就不能說你玩完了，霍爾。沒有人會相信這種話的。」

「我喜歡當剛納的副手。」霍爾抱怨：「我不想當做決定的人。如果他沒回來，我就得做很多決定。萬一李夫不回來，我還得做更多決定。」

「李夫還好嗎？他的手指有完全長回來嗎？」李夫在和第三家族之女決戰時折斷了一根手指——還因為女巫放火燒了他那具易燃的身體，差點把命都賠上了。

「沒事，手指很好，而他今晚要和剛納一起去找你。」

「很好。李夫沒回來的話又有什麼問題？」

「如果他離開超過一個月，這裡就會掀起幾世紀以來最血腥的吸血鬼大戰。他們已經來探路了。」

「你在說什麼？」

「吸血鬼。他們想要他的地盤。」

「史上最血腥的吸血鬼大戰會發生在坦佩市？」

霍爾凝視著我，想弄清楚我是不是認眞的。「他的地盤不光只是坦佩市，阿提克斯。你可別說你不知道。」

「這個，沒錯，我不知道。李夫和我從未談過他的地盤有多大，因爲我對這個沒興趣，而他也不喜歡自吹自擂。我知道李夫肯定孤身控制坦佩，因為我從未在市區內看過或聞過其他吸血鬼的氣味，但我想不透他怎麼可能佔領更多地盤。」

霍爾輕哼一聲，將臉埋在掌心裡，透過指縫看我。「阿提克斯，李夫控制整個亞歷桑納，全部都由他一人獨享。他是所有吸血鬼裡最凶猛的狠角色。除了你和本地神靈，他是西半球最古老的生物。」他放下手掌，如同好奇的大狗般側頭看我。「你真的不知道？」

「不知道。我管那個幹嘛？我既不是吸血鬼，也不想爭奪他的地盤。你們也不想獨佔整個亞歷桑納州，對不對？」

「是呀，沒錯，但是你總得要知道這裡即將發生的事情。」

「不，我不用。我要搬家了。」

「不管你搬到哪裡都不能置身事外。這種程度的權力真空將會把所有想要爭權的吸血鬼王引來，他們全都想要分一杯羹。而他們離開原先的地盤後，就會造成其他權力真空。如果李夫沒有回來，我可以保證，引發的漣漪效應將會擴及全國，還有不少國家也會受到影響。」

「好吧，你希望我怎麼做？」

「確保李夫和剛納平安歸來。那樣我就不用當阿爾法狼人，也不必去對抗大票吸血鬼。」

「真難想像李夫這麼可怕，他很明理。」

「對你我而言，沒錯，他很明理。他在我們公司工作非常勤奮。但根據傳言，對其他吸血鬼來說，他簡直是地獄的代名詞。他們懼怕他，而且有很好的理由。你曉得，他燒成那樣根本不該有辦法活下來。」

我皺起眉頭。「不該嗎？為什麼？」

「那並不是停下來在地上滾滾就能撲熄的火焰。那是地獄火，阿提克斯，幾乎不可能撲熄。那道火焰可以摧毀所有我聽說過的吸血鬼。」

我一言不發，思考著這件事。一場吸血鬼戰爭確實會影響所有人，但是不管怎麼做，我都看不出自己有什麼能耐阻止這場戰爭。再說我也可以輕易說服自己此事並非我的問題。

霍爾打破沉默。「我們來談正事，好嗎？」

「好，來吧。」霍爾把公事包放到桌上，拿出一本黃色便條紙。我把我的需求告訴他：約莫三百本普通稀有的書籍——沒什麼特別，只是年代久遠——明天早上用聯邦快遞寄來；還要請事務所幫忙處理三個月後以一塊七毛二將書店賣給蕾貝卡．丹恩的文書作業。

「幹嘛還來個七毛二？」霍爾大聲提問。

「因為所有知道這場交易的人都會問這個問題。我要傑佛特警探以為那是什麼有特殊意義的線索，希望這能讓他想出一套陰謀論。不過這個數字單純只是為了要擾亂他，浪費他的時間而已。」

他聳了聳肩，寫下我的要求。我還要求事務所提供蕾貝卡和她決定雇用的其他員工三個月薪水。「我會讓她知道我要把店交給她去經營，還要她告訴所有來問的人說我跑到安提波德斯【註二】放長假去了。」霍爾揚起眉毛，不過沒說什麼。

我帶了一個包裹來餐廳，放在旁邊的塑膠椅上。我把包裹拿到桌上，解開繫繩，打開上蓋，一本眞正的珍本書躺在一堆面紙上。綠布封面上的燙金字體與壓花葉片終於讓霍爾有點反應。

「那是……初版的嗎？」他問。

「嗯哼。極度稀有的惠特曼《草葉集》【註二】。應該至少可以賣到十五萬塊，可能更多。等蕾貝卡．丹恩買下書店後，這本書就歸她所有——那之前可不要給她。」我蓋回盒蓋，霍爾一直盯著封面，直到書被盒蓋遮住爲止。

「好了。」他搖搖頭，將書拋到腦後，再度回歸正事。「還有什麼事？」

「我和我的學徒需要新身分。隨便挑兩個愛爾蘭名字。」

「好。寄幾張照片給我。你不在的時候，她要待在哪裡？」

「她會在這裡多待兩天，然後前往安全的隱密地點。」我這種說法讓霍爾抬起頭來。「不，副總統不在那裡【註三】。」

「好吧。沒事了嗎？」

註一：安提波德斯（Antipodes），屬於紐西蘭世界遺產亞南極群島的無人火山島，水半球的中心；傳說得名自它是英國格林威治位於地球正對面的對蹠點（Antipodes），但實際上略有誤差。

註二：惠特曼（Walt Whitman，1819-1892），美國詩人、散文家、新聞記者、人文主義者；曾因他的著名詩集《草葉集》由作者親自增刪修改的版本就有九種之多，加上《草葉集》本身的重要性與影響力，故僅僅印了一千本的初版極爲珍貴。

註三：小布希的副總統迪克．錢尼（Richard Bruce "Dick" Cheney）曾在受訪時提及，他在九一一後藏身於「安全的隱密地點」（secure undisclosed location）。

「快好了。如果三個月後關妮兒還沒有我的消息，她就會聯絡你。如果事情走到那個地步，你就可以假設我已經死了。」我眞希望不用安排這個，不過最好還是爲最壞的情況做點打算。「我需要有人照顧歐伯隆，最好是交給關妮兒；另外我還要幫她設信託基金。」

我們討論了一點細節，接著霍爾說：「我有些消息要告訴你。還記得我們找了私家偵探調查那個自稱上帝之鎚的組織嗎？」

「記得。」

「私家偵探失蹤，大概已經死了。」

「嗯。那我們是不是該假設拉比已經帶著援軍回來了？」當初我說服尤瑟夫．比亞利克拉比，讓他安然離開坦佩，不過我一直認爲他會回來。

「對，部族所有成員很快都會在衣服裡穿上輕薄的防彈背心。應該能夠抵擋銀飛刀。」

「他們還有加持刀柄，讓你們試圖拔出飛刀的時候再度受創，所以我建議你們要戴手套。」

霍爾聳肩。「我不怕魔法。只怕銀。」

我很想知道活在世上只怕一樣東西是什麼感覺。

和霍爾吃完早餐後，我前往書店和蕾貝卡．丹恩碰面。我說要給她升職加薪，然後花了一個早上的時間教她怎麼獨自管理書店。她沒辦法製作需要羈絆法術的複雜藥茶，不過單純藥草調配的藥茶都不是問題，包括本店最受歡迎的關節炎藥茶——莫比利茶在內。「喜歡的話就多顧一些人手。我要離開一段時間，關妮兒也一樣。我們要去安提波德斯進行考古挖掘。」

「喔。」她說，微微不安地皺起眉頭。「要去多久？」

「可能要幾個月。」肯定要幾個月。好幾年。我盡量幫她進入狀況，向她解釋麥格努生與浩克律師事務所會支付薪水，並且保持聯絡。扛下這麼大的責任讓她興奮不已。她活力充沛、平易近人，我的顧客都很喜歡她。她散發一股純眞的氣息，以誠懇謙恭的態度服務顧客。我希望這樣足以在敵人找上門來、發現她什麼都不知道時救她一命。

和我共進午餐的是瑪李娜·索可瓦斯基，曙光三女神女巫團的領袖。我們在第八街的四峰酒館碰面。她身上穿的還是兩個月前我們首度見面時所穿的紅羊毛外套，一頭金髮像是裸體躺在長沙發上的有錢女子般垂落在肩膀上，光滑柔順，頹廢到了極點。當她對我展露明亮動人的微笑，並愉快地呼喚我名字時，我感應到背上傳來許多男人嫉妒的目光。

我很難想像自己會和一個女巫團和平共處，但我必須承認瑪李娜的團員與眾不同。儘管她們還是會佔人便宜，而且永遠都會透過某種方式試圖控制其他人，至少她們還會假裝要當好市民。我們曾經並肩作戰，在范恩圖【註】上找出女巫和德魯伊間的小部分交集，讓我們可以碰面——然後假裝范恩圖上的面積大多只是未知領域，而非讓我們心安的安全地帶。

我們一開始先閒話家常。她問起關妮兒和歐伯隆的近況；我則問問她們女巫團過得如何。我們的生啤酒來了；我點的是基爾特李夫啤酒，她則是桑布魯克許啤酒。我們舉杯慶祝友好的同盟關

註：范恩圖（Venn diagram），又稱文氏圖，兩個圓圈畫在一起的交集圖。

係，然後在愉快的輕嘆聲中放下酒杯。

「這樣的啤酒差點讓我忘了我們處境有多危險。」瑪李娜說。

「不好意思？我是說，對呀，啤酒很讚，但有什麼危險？」

「由於不認為上帝之鎚的人會就此罷休，我們持續在進行占卜儀式。根據預知結果，那個拉比肯定會帶更多和他一樣的喀巴拉教徒回來。但是不只這個——」瑪李娜說：「還有其他危機蠢蠢欲動。好幾個。我認為其中之一是巴庫斯，他或許會來找你。」

我在史考特谷對他的女祭司做出那種事，還在阿斯加德嫁禍給他，他要來找我也是剛好而已。「多快？」

「如果我沒解讀錯誤的話，明天一大早。」

這倒讓我吃了一驚。「看在地下諸神的份上。」我詛咒道：「我沒時間應付他。」

「時間？」瑪李娜氣急敗壞。「力量才是問題吧？你不會是奧林帕斯眾神的對手。」

「我依稀記得妳之前也不認為我是安格斯．歐格的對手。」我逗她：「難道以我的戰績還不能讓妳覺得我有一點點打贏巴庫斯的機會嗎？不過前提是我想要和他起衝突，而我不想。妳還預見了什麼？」

「很多吸血鬼。」如果我須要確認霍爾對於吸血鬼大戰的說法，這就算了。「海加森先生復元的狀況如何？」

「據我所知狀況良好。我約了他今晚碰面。但是，聽著，這事妳們女巫團知道就好，他今晚就會離開。」

瑪李娜緊閉雙唇。「永遠離開？」

我聳肩。「我是這麼認爲的。要不了多久，這裡就會擠滿想要取代他的吸血鬼。」

瑪李娜眉頭緊蹙，喃喃說了一句波蘭語，我猜多半是髒話。

「順便一提，我也要離開了。」

她瞪大雙眼，罵了句更大聲的波蘭髒話。

「外加剛納·麥格努生。」

她當場震驚到說不出話來。阿爾法狼人怎麼會離開部族？「現在是什麼情況？」她低聲問道。

「不能告訴妳。但是身爲盟友，我誠心建議妳們離開此地。上帝之鎚此行不但是要對付我，同時也要對付妳們。再說，吸血鬼開打的時候，妳們絕對不會想要待在附近。不管最後獲勝的是誰，八成不會像李夫那樣放任妳們女巫團不管。」

「不會，這點無庸置疑。」瑪李娜說著喝了一大口啤酒爲自己打氣。「我認爲你的建議不錯，我們應該照做，只是我不知道能去哪裡。我們本來期待可以安安穩穩地在這裡長住下去。」

「安穩的日子已經過完了，這座城市即將經過麻煩不斷的影之谷，最好還是趁有機會的時候搶先逃跑。」

「你現在就是這樣嗎？逃跑？」

「我想我是逃開一場麻煩，去參與另外一場麻煩，隨便妳怎麼看。聽著，今晚就把妳們所有家當塞進優豪爾【註】搬家車裡，盡快離開亞歷桑納。租個小倉庫放置一切，然後再慢慢去找地方定居。」

「看來你以前做過這種事情。」

「當然做過。很棒的做法。但如果妳不喜歡這樣，不如就重建妳們女巫團？回波蘭去找幾個新成員，眼光放遠一點，不要太看重短期損失。這是長久的生存之道。」

「那……聽起來是很棒的建議。不過我不知道有沒辦法及時離開，我們在這裡有大筆資產。」

「交給麥格努生和浩克事務所。讓他們變賣一切，然後把錢匯入妳們的海外帳戶。有需要的話，他們也能幫忙打理新身分。我建議換新身分，因爲上帝之鎚可能已經探過妳們的底細。」

「你的建議讓我獲益良多。」

「喔，別這麼說。」

瑪李娜帶笑地看了我一會兒，接著在想到這次道別後可能很久不會見面時慢慢不再微笑。「我們的命運還有交會的一天嗎？」她問。

「或許，但至少要等到十年以後。如果能在這次事件中活下來的話，我會銷聲匿跡。」

「但你又不肯告訴我要去做什麼事。」

「不，妳不知道比較好。最安全的做法就是離開這裡，重新開始。」

她點頭表示了解，說道：「好吧，我們短暫的相交讓我增長不少見識。你殺了我們女巫團半數成員，又幫助剩下的人保住性命。你是在被迫自衛的情況下殺害我們的姊妹，但是你沒有義務要幫助剩下的人。我的結論是德魯伊很危險，不過也很夠朋友，當然我的調查取樣很小就是了。」她微笑。「不管你打算去做什麼，我都希望你能存活下來，日後和我們重逢。如果知道你要來的話，波塔會幫你烤蛋糕。」

「謝謝妳。有什麼地方比較可能找得到妳們的嗎？我想學點恰當的波蘭口音。」

她嫣然一笑：「你還是不要學比較好。」

註：優豪爾（U-Haul），亞歷桑納州的搬家裝備租借公司。

第八章

既然今晚會是我待在亞歷桑納的最後一晚，我很希望能夠休息一整個晚上。我不懂吸血鬼爲什麼就不能讓別人晚上好好睡覺，然後還期待別人白天不要去打擾他們。

我一整個下午都在和蕾貝卡・丹恩複習藥茶配方、幫她引見藥草供應商中度過。然後我在餐桌上花了一個小時，根據觀察和拉塔托斯克的說法繪製一張阿斯加德地圖。我於晚秋的黃昏與歐伯隆出門跑步，然後在太陽下山後回到家裡，結果就看到個西裝筆挺的吸血鬼在我家前廊上等我。他身邊還坐著一名穿著講究的狼人。

正常情況下，狼人與吸血鬼不會混在一起，但是李夫・海加森和剛納・麥格努生有不少共同點：他們都是律師，也都來自冰島，而且都痛恨索爾。他們相處還算融洽，不過我不認爲他們是知交好友。他們分頭開車來我家——或許因爲他們控制慾都太強，無法容忍讓其他人開車。李夫的黑色捷豹ＸＫ敞篷車就停在剛納的ＢＭＷ Ｚ４敞篷車前面。坦佩部族大多數都開這種車，不過我從沒問過他們爲什麼要開這麼小的車【註】。

註：李夫和剛納開的都是雙座敞篷車，捷豹ＸＫ的尺寸爲：4794 mm × 1892 mm × 1322 mm，Ｚ４則是4239 mm × 1790 mm × 1291 mm。

「喔，看呀，有個死人和條濕淋淋的狗。」歐伯隆在我們停在我的草坪前時說道。在昏暗街燈下，李夫和剛納起身迎向我們，都將雙手插在口袋裡，凸顯他們帥氣的上衣——也許在他們眼中算是背心。李夫穿的是維多利亞酒紅色背心，綴以黑緞飾邊，以及八顆黑鈕子，雙排、一邊四顆；全被扣起來，還有一條金鏈子橫越它們，連在一只懷錶上；他甚至打了條傳統黑領帶。除了顏色很淺的玉米穗絲直髮、沒留八字鬍外，他看起來就像是從蒸汽龐克小說【註一】裡走出來的人物一樣——更厲害的是，他看起來完全不像被地獄火燒過。

剛納的西裝一樣很傳統，不過是灰色和銀色的。他的背心是灰色毛料搭配銀色佩絲里漩渦花紋【註二】，綴以青銅色緞邊。他的西裝比較現代，黑色繡有佩絲里花紋，而且也有佩戴金懷錶。他的頭髮是淺黃色，像是黃褐色的獅子鬃毛，而他把兩側的頭髮往後梳，上方任其鬈起；下巴與上唇間留著濃密的落腮鬍。以狼人而言，這種穿著配色有點奇特，直到我想到這代表身分地位，部族裡的一切都代表身分地位。身為阿爾法狼人不能對銀顯露絲毫恐懼，所以他當然會在情況允許時開銀色車子、穿銀色衣服。現在想起來，我從沒看霍爾穿過銀色衣服。他開的是金屬藍的車，不過就這樣了。如果他要成為阿爾法，他就必須把衣櫥裡所有衣服通通換掉。

「這傢伙身上沒有霍爾那種柑橘味。」歐伯隆說：「他毫不掩飾身上的狗味，我認同這種做法。」

「晚安，阿提克斯。」李夫面無表情地說道。

「阿提克斯。」剛納僵硬地點頭和我招呼，我們之間向來有點緊繃，不過原因並不在我。我喜歡剛納。他的問題在於他不曉得打不打得過我，而他手下的狼人也一樣。既然我也是個變形者，而且比他還老幾百歲，一旦時機來臨，他們有可能會擁戴我為阿爾法。剛納想要確保這種時機永遠不會來臨。他早在幾年以前就宣稱我是部族之友，並且盡可能避免與我一起出現，不讓手下狼人有太多把我們兩個放在一起比較的機會。我們向來誠摯對待彼此，但是自從他在迷信山脈為了拯救因我而被捲入該事件的霍爾時損失兩名部族成員後，我們之間就開始出現嫌隙。

「晚安，兩位。」我說著一一向他們點頭。「很榮幸兩位大駕光臨。我可以邀請你們進屋去喝點啤酒——和鮮血嗎？」我三不五時會給李夫來杯我的血，而現在我不禁懷疑這是否和他能逃過理應無法逃過的劫難有關。

他們發出友善的回應，熱情地在歐伯隆耳朵後方搔了幾下，然後我們一起進屋。

我幫剛納和自己從冰箱裡拿了兩瓶歐梅根三哲人啤酒，然後從碗櫥裡拿出一個杯子，自餐具抽屜中拿出牛排刀在手臂上劃了一刀，任由鮮血注入杯子；我施法壓抑疼痛感。

「我聽說你已經完全康復了，李夫。」我說：「你自己覺得呢？」

「史努利幾乎拿血袋把我給撐死了。」他答道。史努利是在史考特谷醫院工作的狼人醫生。

註一：蒸汽龐克小說（Steampunk novel），科幻小說的分支。大量使用蒸汽動力的設定，再組合奇幻或科幻元素，其中有很多作品是以英國維多利亞時代或美國西部作為時代背景。

註二：佩絲里漩渦花紋（Paisley），源自於波斯、印度的紋樣設計，可以說這個紋樣類似菩提樹葉、太極的水滴、日本的勾玉，或是變形蟲。

「儘管我攝取了足夠的營養，但卻無法滿足我的食慾。喝血袋永遠無法品嚐到醉人的恐懼氣味或慾望的甜美，再說，那些血都是冰過的。」他說著抖了一抖。

「那這杯應該非常美味。」我邊說邊看著杯中的鮮血越積越高。「不過恐怕我無法提供恐懼與慾望的氣味。你認爲此刻你的身體狀況恢復正常了嗎？」

「還不算。」李夫說：「不過你的血會很有幫助。你的血很特殊，這個我們以前已經討論過了。」

「沒錯，我很想知道我的血究竟哪裡特殊。」我說。杯子快裝滿了，於是我將傷口的細胞與皮膚羈絆在一起，阻止血液繼續外流。「當然，接下來幾天內，只要我的身體狀況允許，你想喝多少就喝多少。你爲了幫我傷成這樣，這是我欠你的。」

我拿洗碗布擦掉手臂上的血滴，然後將血杯遞給他。他道謝，然後說：「幫我殺索爾就可以償清欠債。」

「我也一樣。」剛納插嘴。我想他指的是那兩個身亡的部族成員，不過他們可是自願前往迷信山脈的；我沒叫他們去。如果有人要爲他們的死亡負責，那也該是剛納，但我沒把這話說出口。如果他認爲我本來就打算要做的事可以償清他想像中的欠債，我也沒理由和他爭辯。

「那就舉杯吧。」我說著舉起我的酒瓶。「或許該由你們來說點什麼，因爲這件事情對你們而言意義重大。」在我看來，我對北歐諸神已經造成夠嚴重的傷害了。

李夫和剛納彷彿排練過般異口同聲地說道：「殺了索爾！」我想他們之中有人說得口水都噴到

我身上了，或許兩個都有，他們的怨念非常強烈。

「說得好，說得好。」我盡可能熱誠地說，然後三人一起碰杯喝了一大口。李夫的臉色幾乎立刻好多了。

「就是這種時候讓我希望能有可以抓東西的拇指。」歐伯隆說：「不發出碰杯的聲音可不能參加喝酒儀式。」

「你要來些點心當作安慰獎嗎？」

「點心可以大大撫慰我的內心。」

我從食品櫃裡拿了些點心給歐伯隆，然後對客人說：「那麼，你們是來打電動的嗎？還是要來幾場傳統的快艇骰子遊戲【註】？」

「心情好的話，或許。」李夫冷冷說道：「我比較想要討論阿斯加德之旅的細節。」

「沒有問題。來吧，請坐。」我比向餐桌，我們一起就座。我剛剛畫的地圖依然正面朝上躺在桌上。我翻過地圖，以免擾亂他們的思緒，晚點再給他們看。「我可以問問除了剛納外還有誰要去？」

李夫十指交抵，手肘放在桌上，從手掌旁邊斜眼看我。「當然。另外還有三個人要一起去，他們會在約好的時間去會合點與我們碰面。」

「我可以給你GPS座標。那樣足夠嗎？」

註：快艇骰子（Yahtzee），一種骰子遊戲。使用五顆骰子與計分表進行遊戲，五個骰子都同點的狀況，稱Yahtzee。

「非常夠。」

「另外三人是誰？」剛納大聲問道。我想李夫本來就要說了，不過沒有狼人開口得快；就算李夫有絲毫不快，他也隱藏得很好。

「佩倫【註二】，斯拉夫雷神；瓦納摩伊南【註二】，古芬蘭巫醫文化的英雄；張果老，中國的八仙之一。」

「我喜歡最後那傢伙的名字。」歐伯隆說。「他和白眉【註三】打鐵籠擂台的話，誰會贏？」他湊到我腳邊的地板上來，我輕撫他的頸部。

「當然是張果老。他還活著，白眉死了。」

「白眉至少在六部電影裡死過六次，所以他顯然有辦法死而復生。他有很多時間可以從《追殺比爾第二集》裡黛瑞．漢娜給他吃的毒魚中恢復元氣。他現在八成有上臉書，去搜搜看。」

「就這樣？」阿爾法狼人問：「我們六個對上所有阿斯加德諸神？」就算是例行狩獵，剛納也習慣和六個以上的同伴一起行動。

「我不在乎阿斯加德諸神。」李夫解釋：「我只要幹掉索爾。」李夫的問題和剛納相反。他向來獨來獨往，而且戰無不勝，所以對他而言，六個人已經有點以多欺少了。

「阿斯加德諸神都不會坐視此事的。」我指出這一點，「而且他們還有許多我們必須應付的資源。」

「比方說？」李夫問。我向他們解釋去偷金蘋果時所遇到的事情——索爾的雙輪戰車、古鐸因博斯帝、渡鴉胡金和暮寧、還有十二個火大的女武神，外加奧丁和其他諸神，更別提他們可能召喚住在英靈殿裡的維京戰士亡靈——英靈殿戰士。

「英靈殿戰士每天都在作戰，準備迎接諸神黃昏。」剛納饒富興味地說：「他們每天都在維格利德原野【註四】上戰死，然後第二天又重新復活。他們毫不畏懼死亡，而且人數肯定眾多。他們是完美的軍團。我的朋友，我們很厲害——但是沒有那麼厲害。」

「我們不會一上去就遇上英靈殿戰士。」我保證，「那是行動後期可能面對的狀況。只要我們盡快行動，英靈殿戰士不至於是個大問題。」

「你怎麼知道？」李夫問。

我翻開早先所畫的地圖給他們看。「這是阿斯加德地圖，而我可以肯定至少有部分還算精準。」我說：「我們要從世界之樹的樹根上去。看到這裡了沒有？根據我的消息來源，維格利德——還有英靈殿——都位於阿斯加德的另外一邊。」拉塔托斯克在約頓海姆到阿斯加德的樹根之旅中告訴

註一：佩倫（Perun），斯拉夫神話的主神，掌管雷與暴風，同時有著爲大地降下甘霖、保佑豐收之神，以及戰士守護者的面貌。

註二：瓦納摩伊南（Väinämöinen），芬蘭民間傳說的重要人物、更是民族史詩《卡勒瓦拉》（*Kalevala*）中的主要英雄，大多被描繪爲留著白鬍子的睿智老人，聲音充滿魔力。

註三：白眉（Pai Mei），傳說中的少林五老之一，常在香港電影中登場；近期在電影《追殺比爾》中指導主角的白眉道長被視爲對他的一種詮釋。

註四：維格利德原野（Field of Vigrid），諸神黃昏傳說中諸神與巨人最後決戰的戰場。

阿提克斯與拉塔托斯克的

簡略阿斯加德地圖

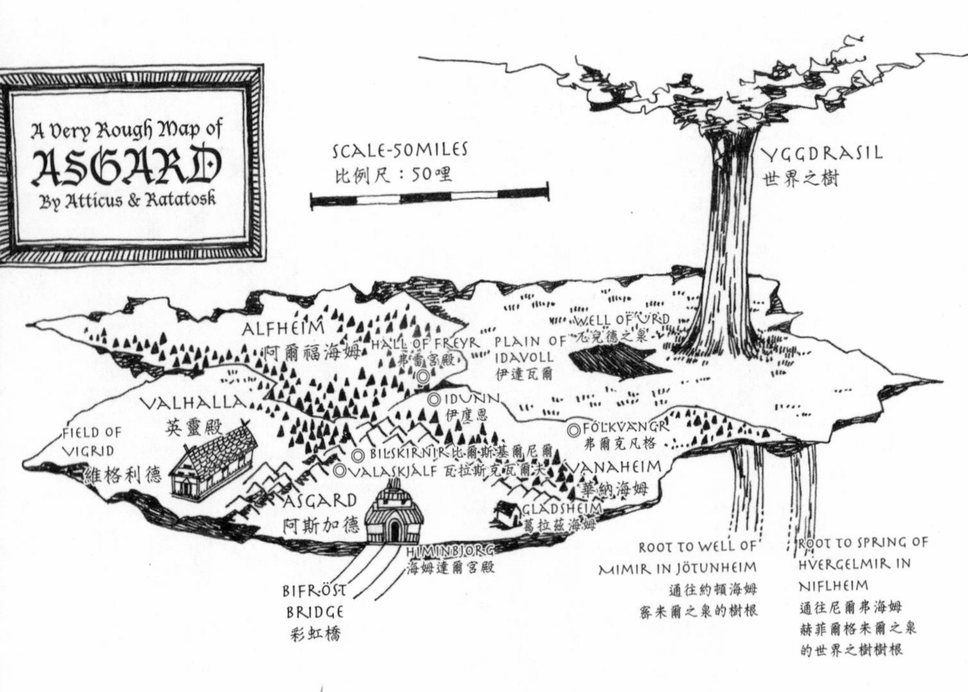

我這些，以及其他情報。

「你的消息來源是誰？」剛納問。

「這個，牠是……牠是……一隻松鼠。」

「松鼠！」阿爾法狼人口沫橫飛，「你不能相信松鼠！」

「這點我和狼人的意見一致，松鼠很狡猾。」歐伯隆說。

「聽著，牠的情報幫我省了不少事。我證實過的部分都很精確，我沒有理由懷疑其他情報的眞實性。如果我們能把索爾引到伊達瓦爾平原上——越接近世界之樹越好——英靈殿戰士就沒有時間趕來。他們不像女武神有飛馬可騎，必須全程行軍，那要走好幾天。」

「好，我了解了。」李夫說：「但是我們怎麼引出索爾？他難道不會就這麼坐在葛拉茲海姆或比爾斯基爾尼爾的高牆後，等我們找上門來嗎？」

「不會。我們只要嘲笑他的力量，或是說點和他媽有關的事情就好了。他是個惡棍，對吧？惡棍不會用腦子打架。」

「拜託，阿提克斯。」李夫說：「他根本不會知道我們來了，更別提會理會我們嘲弄天知道和他有沒有血緣關係的父母？」

「喔，他會知道的。」我說：「我都計劃好了，不過這計畫並沒有考慮到其他同行者的能力。」

「說出來聽聽。」剛納說，李夫附議。我把計畫告訴他們，而他們除了橡膠衣和攀爬工具外，完全同意。

「我們不需要那些東西，相信我。」李夫說：「什麼時候行動？」

「明天晚上出發。」李夫看起來很高興聽到這個消息，但是剛納似乎不太樂意。

「一定要這麼趕嗎？」狼人問。

「上帝之鎚還有一個神都在趕來殺我，所以，沒錯，就是這麼趕。我喜歡砍人，不喜歡被砍。」

剛納看向李夫。「比你預定的時間表要早很多。」

「沒錯，不過還是辦得到。」吸血鬼回道：「只要有德魯伊幫忙就行。」

「你們在說什麼？」現在應該是我們互道晚安，然後相約明天同一時間碰頭的時候。他們聽起來似乎須要我去幫什麼忙。

李夫轉動冰冷的藍眼，嘴角揚起一絲絲微笑。「地盤，當然。」

「啊，是了，霍爾早上有提到整個州都是你的地盤，恭喜。」

李夫沒有答話，剛納趁機插嘴。「是呀，好了，他受傷的事已經傳開了，有些吸血鬼跑來刺探。」

「聽說了。」我說：「你們何不發幾封存證信函給他們？你們很擅長做這種事。」

「我不是這樣對付外來吸血鬼的。」李夫不苟言笑地說。

「那你都怎麼對付他們？」

「摧毀他們。」

歐伯隆說話了，「看到了沒？你不能毫無徵兆就說出這種話來。他應該找丹尼・艾夫曼【註一】特別爲他編首戰慄主題曲，這樣每當他說出那種狠話時，他就可以用錄音機錄下來，事後配點情境音樂重播，或至少可以來點『哇哈哈哈哈！』的笑聲。」

每當歐伯隆做出這種評論都讓我忍不住想要大笑，不過我享受這種憋笑的感覺。這可以讓我保持警覺；萬一我笑出聲來，甚至顯露一絲想笑的模樣，李夫很可能會有不好的反應。如果他知道我的狗在開他玩笑，他一定會覺得被冒犯了。於是我小心翼翼地維持正常表情，對李夫說道：「我懂了。而你要我幫忙？今晚？」

「對？」

我擔心的就是這種情況。我嘆氣道：「李夫，我今晚必須休息，因爲明天我會爲了帶大家去俄國的事忙上一天一夜。你想去阿斯加德的話，今晚我就不能到處亂跑。你的地盤問題必須自己解決，我很抱歉。」

「現在有六十三個來自曼非斯的吸血鬼在看亞歷桑納紅雀隊【註二】的比賽。」李夫說著以食指輕拍桌面。「我需要有人支援。」

註一：丹尼・艾夫曼（Danny Elfman），知名電影配樂家，近作有《星際戰警3》、《派特的幸福劇本》、《瞞天大布局》等。

註二：亞歷桑納紅雀隊（Arizona Cardinals），職業美式足球隊，隸屬國家美式足球聯會（National Football Conference，簡稱NFC或國聯）。一九八八年至二〇〇五年，球隊曾以坦佩爲主場，二〇〇六年後主場則改爲鳳凰城大學球場。

「你怎麼知道他們在那裡？」

李夫略過我的問題，以另一個問題回應。「我可以仰賴你嗎，阿提克斯？」

「我只想睡覺。你怎麼知道那些吸血鬼在那裡？」

我的堅持無效。他繼續無視我的問題，轉而要求剛納同去。每當問到李夫不想透露的吸血鬼能力時，他就會裝作沒聽到。我幾個月前曾利用過這一點。我帶他去看人生第一場棒球賽，當時是六月的夜晚，響尾蛇隊在屋頂開啓的卻斯球場主場迎戰教士隊。我知道李夫會對這種球賽和這麼多人齊聚一堂的行爲好奇，但他從頭到尾都在問問題：既然球隊吉祥物應該是響尾蛇，爲什麼會有隻叫作巴克斯特的山貓像個白痴一樣跑來跑去？這種掛羊頭賣狗肉的吉祥物是否代表了人類對於利齒生物的原始恐懼？球員爲什麼都喜歡嚼口香糖、菸草或葵花子？爲什麼有些球員會有趁投球空檔撫摸下體的需求？這是人們稱呼他們爲「球員」【註一】，而不是運動員、競爭者，或參賽者的原因嗎？我終於被問到受不了了，於是問了他一個我一直想問的問題。

「嘿，李夫，我一直想問你。有本知名童書叫作《大家來大便》【註二】，吸血鬼也會嗎？既然你們都只攝取液態食物？我可以想像大量累積血紅素也會讓你們不太舒服。你們有用特殊瀉藥之類的嗎？」李夫冷冷看了我兩下心跳的時間，然後一言不發地站起身來，擠開人群走向中央大廳。「嘿，既然你起來了，順便幫我買罐啤酒。」我叫道：「還有熱狗，加芥末和洋蔥。」接下來三局比賽我都沒有看到他，不過最後他還是帶著熱狗和啤酒回來了。

剛納也推掉了支援任務。如果明天要把一切處理完畢，那他自己也有很多事要做。「我必須好好處理一下部族的事務。」他說：「幫不上忙。」

李夫放棄狼人，又轉回來找我。「阿提克斯，你非幫不可。在外面有這麼多吸血鬼的情況下，你要回家睡覺實在說不過去。」

「他是認眞的嗎？當外面有吸血鬼的時候，睡覺可是待在家裡最充分的理由！」

「不要誤解我的意思，李夫。」我說：「我也很喜歡獵殺吸血鬼。我最喜歡看著冒煙的腦袋飛向一邊，身體卻倒向另外一邊的畫面了，但是你一定要相信我，帶我們三個前往提爾．納．諾格非常耗費心力，你絕不希望我在狀態不佳的狀況下那麼做。」

「你又不會累。」李夫指出這一點。「你可以從大地吸取能量。」

「抓到別人說話前後矛盾時，你應該要說：『逮到你了！』」

「我知道，但是聽來有點低俗。」

「或許。反正現在也不是說『逮到你了』的好時機。我是指心理上的疲憊，而不是生理上。穿梭世界最大的影響不在於生理層面，而是心理。如果我沒有氣完神足，那——」

「不必說了。」李夫插嘴：「我了解。我自己去殺光他們就好了。」

「他又來了。我告訴你，丹尼．艾夫曼一定很想幫那些台詞配樂。」

註一：球員英文是「ballplayer」，ball也可以用來指睪丸。

註二：《大家來大便》（*Everyone Poops*），日本作家五味太郎的繪本。

「不是約翰・威廉斯【註一】？」

「如果現在是一群勝算渺茫的英雄對抗邪惡勢力，還有帝國部隊，那就該找約翰・威廉斯。如果你想要首讓人去拿面紙的曲子，蘭迪・紐曼【註二】就對了。但若要來點詭異的氣氛和毛骨悚然的和弦來搭配隨口說出的死亡威脅，那麼丹尼・艾夫曼可說是不二人選。」

剛納告辭、起身離開，趕去處理部族事務。我們都站起來握手，祝他有個美好的夜晚。他如同一道銀光般迅速離開，我又和李夫坐了下來。

「那等你抵達球場之後要怎麼做，李夫？南方吸血鬼全都知道你長什麼樣子，在棺材裡貼你的小海報嗎？他們會嘰嘰叫然後向你要簽名嗎？」

「不好意思？你說什麼？他們會尖叫然後要……？」

「不，我是說嘰嘰叫。」

「我沒聽過那個字。」

「那算滿新的用語，是在看到崇拜的名人時發出的尖銳聲音。」

李夫花了點時間消化這種說法，接著揚起一邊金眉毛。「告訴我，阿提克斯，你有沒有，呃，嘰嘰叫過？我時態沒拼錯吧？」

「沒有，正確。另外，有，事實上我有嘰嘰叫過。」

「請說。」

「幾年前我跑去聖地牙哥漫畫展找我最喜歡的一名作者，而他讓我不由自主嘰嘰叫。我還小跳了一段舞，而當他跟我握手時，我可能漏了點尿。」

「你才沒有。」李夫冷冷地說。

「騙子！」歐伯隆也說。

「好吧，或許我沒有漏尿，但是跳舞可不是瞎說，不然我是山羊之子。對大多數人而言，作家都不是多了不起的名人，但我喜歡聽人說好故事。不過除此之外，我還以爲那位作者眞的擁有超自然力量。他有辦法讓人失去理智，而且我肯定其中有些書迷還失去了控制膀胱的能力。」

「我懂了。這位作者是誰？」

「尼爾・天殺的・蓋曼。」

「他的中間名是天殺的？」

「不，李夫，那是粉絲們給所有名人上的尊稱。沒有羞辱的意思，反而是莫大的恭維，而他值得這個封號。你會喜歡他的；他和你一樣穿一身黑。只要讀上兩本他的書，等你見到他時一樣也會嘰嘰叫。」

李夫不喜歡這種說法。「我絕對不會做這麼不莊重的舉動，也不希望有人看到我時做出這種反

註一：約翰・威廉斯（John Williams），美國著名電影配樂家，代表作有《星際大戰》系列、《辛德勒的名單》、《哈利波特》前三部電影等等。

註二：蘭迪・紐曼（Randy Newman），知名電影配樂家，代表作有《玩具總動員》、《怪獸電力公司》、《門當父不對》等等。

應。吸血鬼會讓人尖叫，不是嘰嘰叫。非自願失禁很常見，我可以接受，不過正確的失禁應該是由恐懼感引發，而非英雄崇拜到欣喜若狂時的反應。」

「正確的失禁？我們是在舉辦小便俏皮話派對嗎？」

我只能從雙眼微微瞇起這一點跡象看出李夫被逗樂了；他臉上其他部位都毫無反應，聲音也變得更沉。「如果今晚沒有仔細瞄準目標的話，我可能會把球場噴得亂七八糟。」

「喔，非常俏皮。讓他們知道他們是多黃的懦夫。」我說。

「等我把他們沖出觀眾群。」

「你會降下制裁之雨，淋濕他們嬌貴的皮膚。」

「啊！那我完事後得要洗個手。」

我輕笑，李夫終於也露出笑容。笑的感覺眞好，不過接著我又想問李夫吸血鬼究竟會不會小便。既然他從不回答這個問題，我還是問點別的好了。

「李夫，曼非斯吸血鬼爲什麼窩在體育館？」

「公然挑釁我，他們是在宣告所有球賽觀眾的所有權。」

「如果你在球賽期間攻擊他們，很可能會造成間接傷害。」

李夫點頭。「他們就希望這樣。」

「他們認定你不想傷害無辜？」

「不，他們認定我不會把事情搞大，把一堆吸血鬼屍體留在人類屍體中，進而洩露我們存在的祕密。但是他們計算錯誤；我已經不在乎那個了。我很想把事情鬧大，讓體育館遍布吸血鬼屍體肯定會上新聞。這樣所有人都會知道我還在這裡，而且有能力看守我的地盤。」

「這樣同時也會讓世人得知吸血鬼眞實存在。這不是計畫中的重大缺陷嗎？」

李夫揮開這個說法。「他們永遠不會承認這種可能。現在科學對世人來說神聖不可侵犯，而站在科學角度，吸血鬼不可能存在，所以我們不存在。吸血鬼至今尚未曝光完全是由於這個原因。任何不正常的實驗結果都會被假設遭受污染。」

「你知道這些曼非斯吸血鬼年紀有多大嗎？」

李夫不屑地哼了一聲。「我是大西洋以西最老古老的吸血鬼。」

「那大西洋以東呢？」

他眼中的藍冰向下一沉，凝視著他的空酒杯和我。「創造我的那傢伙還在那裡，而且還有……其他人。」

「有比我老的嗎？」我爽朗地問道。

「據我所知有一個。或許還有更多。不過我從未見過他；我只有聽過他的名號，聽說他至今還在狩獵。」聽他說這些話讓我有種他會突然把頭轉到背後，發出類似《幽冥怪譚》【註】裡的守墓者那

註：《幽冥怪譚》（*Tales from the Crypt*），又譯作《無限戰慄》、《魔界奇談》等，是HBO自一九八九至一九九六年間播放的恐怖影集。主持人是個看似骷髏頭、亦男亦女的守墓者（Crypt Keeper），每一集會講一個恐怖故事。許多知名演員曾參與演出或導演。

種嘶啞尖銳的笑聲，但他卻決定要保持沉默，凝聚緊張的氣氛。

「看來你說得對。」我向歐伯隆說：「他需要背景音樂。」

「獵狼犬一分，德魯伊〇分。」

「你敢說出他的名字嗎？」我輕聲問道。

李夫兩眼一翻，回應我的嘲弄。「他叫希歐菲勒斯。」

「哈！」我大叫，覺得他名字中的希臘字根非常有趣。「歐洲有個古老吸血鬼的名字意指『上帝寵愛』？」

「我沒說他在歐洲，不過沒錯，那就是他的名字。我不知道那是本名，還是只是在嘲諷。」

「創造你的吸血鬼叫什麼名字？」

吸血鬼瞇起雙眼。「你問這個做什麼？」

我聳肩：「好奇。」

他盯著我看，觀察我的反應。「斯丹尼克。」

「聽起來不像冰島名。」

「你的聽力不錯，那是捷克名字。」

我揚起眉毛。「你是一千年前在冰島被捷克吸血鬼轉變成吸血鬼的？」

「我沒說過我是在冰島被轉變的。」

我皺起眉頭，回想我們的關係，接著發現那一直是我一廂情願的假設。「沒錯。」我說：「我有機會聽你說說你是在哪裡、怎麼被轉變的故事嗎？」

他收起笑容。「或許改天吧。現在我要去搞點破壞，守護地盤。」他站起身來，對我伸手，我也起身和他握手，他客氣地聳肩說道：「附近總共只有八十個年輕吸血鬼，大多聚集在足球賽那裡。明天晚上見，阿提克斯。」

「嘿！只有八十個。他是在表示他拉的屎比你大坨。」

「我不認爲吸血鬼會拉屎。」我回應。

「胡說八道。大家都會拉屎。」

我們送李夫到門口，然後祝他好運。在這間屋子裡睡最後一覺的時候到了，我一邊關門一邊跟我的獵狼犬說話。

「酷！我們可以先看最後一部電影嗎？」

「好吧，老兄。要看什麼？」

「我想看《神鬼尖兵》【註】，因爲那片裡的愛爾蘭人贏了。而且貓的下場淒慘。它符合我的世界觀，讓我得到自我認同。」

註：《神鬼尖兵》（*The Boondock Saints*, 1999）是Troy Duffy執導的犯罪電影，講述一對愛爾蘭裔的兄弟在自衛意外殺害俄羅斯黑手黨後，成爲清除惡徒與黑手黨的私刑者／聖者。

第九章

我一大早打個呵欠，舒舒服服地伸個懶腰。我會在伸懶腰的時候發出聲音，因爲這比一聲不吭地伸懶腰感覺好十倍。我帶著留戀之情做了頓最喜愛的早餐，最後一次讓烹飪的香味瀰漫在這個廚房裡。歐伯隆的早餐是鍋香腸；我喝咖啡和柳橙汁（有果肉的那種）、橘子果醬吐司，還有起司香蔥口味的歐姆蛋，淋上卡巴斯哥辣醬。做歐姆蛋就像是好好過活：想要享受好蛋就必須注重過程。

報紙的頭條新聞都在報導李夫的球場地盤保衛戰。《亞歷桑納共和報》在頭版印了斗大的「體育館屠宰場」，隨處可見「全面破壞」和「戰場」之類的字眼。我注意到屍體數是六十三，剛好就是他昨晚提到的吸血鬼數，這表示他剷除了所有曼非斯吸血鬼，沒有傷害任何人類。

人們也不知道這一切都是一個人——或說一個吸血鬼——所造成的。昨晚體育館突然停電——肯定是李夫幹的——幾小時後電力恢復，體育館裡到處都是屍體。還有很多受到性騷擾的球迷、一些傷者，廁所裡有人驚慌失措，還有因爲丟了太多旗子出去而「剛好」被「搞不清楚狀況」的球員打昏的線審。人們利用手機螢幕的光離開體育館，而狂熱的美式足球迷則因爲賴瑞・費茲傑拉德【註】沒有接到球和達陣得分而嚇得屁滾尿流。

註：賴瑞・費茲傑拉德（Larry Fitzgerald, 1983-），亞歷桑納紅雀隊的明星球員。

警方懷疑是幫派戰爭。有人向迪克・錢尼【註二】詢問看法，他立刻把事情怪到恐怖分子頭上；本州少數偏執的政客把矛頭指向非法移民和人口販賣圈，因爲他們覺得所有壞事都是國界以南的人幹的。唉。

「我今天可以跟你去上班嗎？」歐伯隆問。

「當然，老兄，我看不出有何不可。不過我們不會一整天都待在店裡，我只是要去打包我的珍本書，然後隨便塞點新書進去。」

「然後我們要去哪裡？」

「這個，我得把所有稀有魔法書藏到安全地點，然後要去找凱歐帝談談。」

「眞的嗎？他最近如何？我們好幾個月沒碰到他了。」

我家獵狼犬差勁的時間觀念總是令我發噱。「我想他很好，歐伯隆。畢竟，我們也才三個禮拜沒見到他，而他很擅長生存。」

在永遠離開這裡之前，我還有最後一件瑣事要做。我將富拉蓋拉掛在背上，調整一下背帶，因爲我在T恤外面穿了一件厚皮外套。就清爽的亞歷桑納秋季而言，穿這件外套有點太暖和了；但我想抵達西伯利亞，還有阿斯加德後，一定會很慶幸有穿上它。我鎖上門，跳下前院，然後有條不紊地移除所有防護我家的力場與警報，讓擔任我家守衛的牧豆樹回去安安靜靜地休息；它不久前才在一頭逃出地獄的惡魔手中救了我一命。我站起身來，抱了抱它，然後離開。

「你還眞是多愁善感。」歐伯隆笑道。

「我喜歡抱樹，這點無庸置疑。」我說。

抵達書店後，歐伯隆心滿意足地窩在我的藥茶櫃檯後，趁我幫常客泡莫比利茶時曬太陽。我告訴他們或許有一陣子不會見到我，但是我不在的時候，蕾貝卡會招呼他們。他們離開後，店裡有一段時間沒有顧客上門，於是我開始將珍本書裝箱。蕾貝卡晚點才會來，我希望她以爲店裡沒有任何不同。我懷疑她曾仔細留意玻璃櫃裡的書。

書店裡的眾多力場也必須解除，我甚至解除了防止客人偷竊還有頂樓暗門上的羈絆。

聯邦快遞送來霍爾幫我訂的普通稀有書籍，接著我打電話給關妮兒，叫她來接我。她負責把真正稀有的珍本搬上車，我則將不到兩百年歷史的其他書籍擺上書櫃。這些書裡還是有些好東西：初版的《愛麗絲夢遊仙境》、早期版本的《物種起源》、作者簽名的初版《沙丘魔堡》【註二】。

蕾貝卡約莫十一點半進店，我把如今只剩下普通門鎖保護的珍本書櫃鑰匙丟給她。「有時間的話，妳或許會想分類稀有書籍，看妳覺得怎麼做比較好。」

蕾貝卡的大眼睛睜得更大，有點緊張地伸手撫摸掛在脖子上的埃及生命十字架。她身上戴了許

註一：迪克．錢尼（Dick Cheney），美國第四十六任副總統（總統爲小布希），請參見79頁註三。

註二：《愛麗絲夢遊仙境》（*Alice's adventure in Wonderland*），英國作家與數學家路易斯．卡洛爾（Lewis Carroll）的經典作品，初版年份爲一八六五年，插畫是約翰．田尼爾（John Tenniel）；初版《物種起源》（*The Origins of Species*）於一八五九年出版，達爾文在本作中初次提出演化論；《沙丘魔堡》（*Dune*）爲法蘭克．赫伯特（Frank Herbert）的經典科幻小說「沙丘」系列第一集，初版爲一九六五年。

多這種法器，因爲她還沒有決定要接受什麼信仰，偏偏又想要累積好運。「你確定嗎？我以爲我不能碰那個書櫃。」

「現在可以了。我把整家店都交給妳了。」我出門時拍拍她的肩膀。「願妳心靈和諧。」

我跟關妮兒和歐伯隆一起上車，然後指示關妮兒向西開往布希公路。這條蜿蜒的道路深受新手腳踏車騎士喜愛，它順著鹽河而下，匯入沙孤阿羅湖。我們在有幾棵派洛沃德樹可以充作路標的地點停車，讓歐伯隆負責看車，然後小心翼翼地將書一箱一箱地搬到沙漠裡。書全搬好之後，我盤腿而坐，讓刺青接觸大地。

「我會進行三次召喚。」我對關妮兒解釋：「一次召喚凱歐帝，另外兩次召喚元素。元素是德魯伊最好的朋友。少了它們，我們能做的事就很有限。蓋亞的反應通常很慢，如果妳懂我的意思，就連我漫長的一生對她而言也不過就是半個小時。不過元素都活在當下，它們隨著大地改變。」

「我不在的時候，它們會保護這些書；如果我回不來，它們會把書交給妳。其中有本是我寫的。那本書於十一世紀寫成，當時我就已經很清楚自己就是碩果僅存的德魯伊；我每隔一段時間就會謄寫一份，以免德魯伊的知識就此失傳。世界上就這麼一本記載德魯伊知識的書籍。」

「但我以爲有口耳相傳的傳統，」關妮兒說；「德魯伊的知識不能抄寫下來。」

「是呀，好吧，情況不同了。我是瀕臨絕種的生物，不是嗎？所以這是長遠的安全機制。那本書裡包含了我所有知識、所有儀式、指示妳如何與大地產生羈絆。妳得要另外找個人來羈絆妳——妳沒辦法自行紋身，相信我。我建議找圖阿哈．戴．丹恩的富麗迪許幫妳，不要找布莉德或莫利根，不然妳會陷入她們之間的權力鬥爭。怎樣？」

關妮兒搖頭。「你會回來的，老師。我不須要聽這些。」

「別傻了。妳有一點可能非知道不可，整個宇宙的存在就是鳥事隨時都會發生的證據。現在聽仔細了。」

「我連和這些元素溝通都辦不到，更別說是富麗迪許了。」

「那個我現在正要處理。耐心點，我做給妳看。」我將意識沉入地底，首先呼喚索諾倫沙漠元素，拜託它告知凱歐帝說我想找他。然後我請它埋葬並且保存我那些書裡的寶貴知識。

與元素交談有點像是撰寫心靈畫冊。它們不會說人類語言；它們使用和情緒語法相關的影像。我描寫這種溝通方式時，總是難以表達真實體驗，此刻我發給索諾倫的訊息是：／／索諾倫來／書籍／須要保護／幫忙／／

一分鐘過後，我感應到回應湧入手臂，在我心中形成影像：／／索諾倫來／詢問：需求？／／

我在心中形成一個八呎深的大洞，有足以支撐我們體重的台階通往洞內。我集中精神想著畫面，大洞在我右邊逐漸成形。關妮兒倒抽一口涼氣。在她眼中，我必定像是在施展類似尤達大師的招式，但其實真正出力的是索諾倫。一棵球刺仙人掌沉入地底，讓大地回收；雜草與草根在地洞越裂越大、越來越深時分崩離析。一切只花了兩分鐘。

「好了，我們把書拿下去吧。」這件事花了超過兩分鐘，不過弄完之後，我還有更多話要和索諾倫，以及另一個元素——鐵元素說。

「如果我就這樣把書留在地底，它們有可能損毀。除此之外，如果不想辦法遮蔽它們，在找這些書的人會有辦法透過占卜得知它們的下落。」

「誰會找它們？」

「壞蛋。所以我要請鐵元素把它們通通包在鐵裡。」

「厲害，所有元素都會聽你的話嗎？」

「這是個好問題，不過答案是否定的。有些元素樂於幫忙，有些則否，不過一般說來，它們願意合作，因爲我是唯一可以照料它們的德魯伊。」

「等等，你照料它們？」

「當然。不然它們幹嘛讓我們運用它們的力量？」

「但是我不懂它們怎麼會要你照料？它們是擁有超強法力的魔法生物。」

「沒錯。而有時候會有女巫或巫師爲了竊取它們的法力，而在違背它們本意的情況下羈絆它們。這種時候就要德魯伊出面解放它們。事實上，兩個月前就發生過一次。三個女巫羈絆了凱貝元素，我剛好在附近解放它，沒讓那些女巫做出什麼超級蠢事。」

「嘿！你是說我們狩獵的時候？那就是你突然跑掉的原因？」

「對。」

「你說有隻松鼠需要幫忙。我還以爲你瘋了呢。」

「你是指大峽谷北邊的凱貝高原？」關妮兒問，我點了點頭。「萬一中國的元素需要你幫忙呢？」

「我會透過元素的交流管道得到這類消息，然後轉入提爾．納．諾格，接著前往接近事發現場的地點。」

「萬一你無法及時趕到呢？我是說，萬一元素死了呢？」

「那世界上就會多一片撒哈拉沙漠。」

我看著她的嘴唇略動，她差點就要脫口說出：「狗屎。」但接著她克制下來，說道：「撒哈拉沙漠已經存在數百萬年了。」

「沒錯，但它並非一直都像現在這麼乾燥。從前它比現在潮濕多了，足以支撐更龐大的生態體系。大約五千年前，有個巫師羈絆了撒哈拉元素，將魔力據爲己有。」

「他是怎麼辦到的？」

「他也沒辦到。他在試圖掌控那股力量的時候陷入瘋狂，最後以死亡收場。」

我的學徒皺眉。「這樣元素不會獲釋嗎？」

「會，力量獲釋了，但它不再具有元素身分，變成狂野魔法在尼羅河三角洲附近釋放出來。沒過多久，埃及文明就開始建立金字塔。」

「你是說……？」

「不是，因爲我不喜歡因果關係之類的謬論。不過這是有趣的巧合，妳不認爲嗎？」

她點頭。「這些都是元素告訴你的？」

「對。那是我出生前三千年的事了。只要妳客客氣氣地對待它們，它們就會與妳分享各式各樣的祕密。一旦和妳混熟，它們回應妳的速度就會加快。我餵現在要召喚的鐵元素吃了很多年妖精，它非常喜歡我，自稱費力斯。」

關妮兒神色一凜。「夠了，老師。」

「什麼夠了？」

她吐一口氣，將一絡髮絲撩到耳後，然後一臉懷疑地瞇著眼睛看我。「它叫費力斯？和『含鐵』【註】同音？我才不相信會有鐵元素和你一樣愛用雙關語。」

我微笑。「不，妳說得對。因為我們這些年來攜手合作過很多次，它允許我幫它取名。」我暫停片刻。「雖然元素生物沒有性別，但我把它當作男的。我可能有點性別歧視。」

「可能。」關妮兒同意，「不過既然你注意到這一點了，我就幫你的敏銳度加一分。」

「這就讓你的總分高達一分了。恭喜！」歐伯隆說。

「謝謝。」我對他們兩個道謝，然後將注意力放回大地，透過紋身傳遞我的想法。

「它以前幫我做過這種事。」我解釋道：「它很清楚該怎麼做。看著。」

//德魯伊需要費力斯/保護書籍/鐵密封箱//

關妮兒湊到洞口，看著鐵滲出地面，在箱子下方凝聚成形。鐵如同磁鐵粉般沿著箱緣上移，緩緩硬化成黑色外殼，然後在箱頂匯集，變成絲毫沒有縫隙的鐵箱子。

「哇！」關妮兒說：「你可以去建造銀行金庫了。」

「那些書比任何金庫裡的東西還要値錢。好了，現在它們不怕占卜預測了。接下來怎麼樣？要索諾倫塡滿地洞嗎？」

她看著我，心知我是在考她。

「不，我想不是。」她回答道：「沒有防護措施的話，一旦下雨，雨水滲入地底，鐵就會生鏽。」

「非常好，那我該怎麼辦？」

「向費力斯道謝，找索諾倫回來，請它在鐵箱外圍放置不透水的岩石，然後再塡滿地洞。」

「妳說得對，我們該向費力斯和索諾倫兩個道謝。索諾倫會要我們做點事情回報，如果在妳能力範圍內的話，我認爲應該由妳去做。妳最好現在就開始建立友好關係。」

「費力斯不求回報嗎？」

「這些年來我餵它的妖精多到讓它覺得欠我人情。」我向兩個元素道謝，然後請索諾倫用花崗岩包覆鐵箱，並且塡滿地洞。我們一言不發地看著索諾倫辦事。等我的書安安穩穩地在地下藏好後，我向兩個元素介紹關妮兒。

／／新德魯伊／尚未羈絆／希望交談／／

一顆黑鐵色彈珠幾乎立刻浮出地面。

註：費力斯（Ferris），音同Ferrous（含鐵）。

我指著它說：「那是費力斯的一部分。撿起來，然後專心釋放歡迎和好奇的意念。問問看有沒有什麼妳能爲它做的事情。」

她微微張嘴，疑惑地看著我。她還是有點難以相信這種事情會發生在科學年代。在她撿起彈珠前，另一顆彈珠浮出地面，是藍綠色的。

「那是索諾倫的一部分？」她問。

「對。如果我沒有回來，這就是妳和它們聯絡的方式。最好先練習練習，感受一下。先和費力斯聊聊，它喜歡聊天。」

她小心翼翼地用拇指和食指撿起鐵色彈珠，好像那是什麼令人作嘔的昆蟲。

「握在手裡，閉上雙眼，在內心打招呼。」我說。

她依照我的指示去做，兩秒過後，她身體一晃，驚訝地說了聲：「喔！」接著讚歎驅散驚訝，逐漸吞噬掉她臉上震撼的神情。然後她嘴角浮現微笑，就這麼笑個不停。

「費力斯是告訴她說她會中樂透還是什麼的嗎？」歐伯隆問。

「不知道。」我說：「我不能偷聽他們交談。」

「那些元素知道我在這裡嗎？」

「索諾倫認識你。它稱你爲德魯伊之友，這和幫你取名字差不多。不然，它就會直接叫你狗狗了。」

「酷。爲什麼費力斯不認識我？」

「你不屬於它的生態體系，而且沒餵它吃過妖精。妖精在費力斯眼中和豬肉在你眼中的地位一樣。」

「哇，你是說妖精吃起來像培根嗎？」

「不，世界上只有一樣東西吃起來像培根——」

「——就是培根！」

「沒錯。我只是打個比方。鐵會吃魔法，而妖精是在魔法世界出生的魔法生物，所以當我餵費力斯吃妖精時，就和給你來份『培根大爆炸』外加一杯培根拿鐵一樣。」

「你從來沒有給我吃過那些東西！你爲什麼沒有給我吃過那些東西？」

「因爲辦不到。根本沒有培根拿鐵這種東西。」

「不對！就邏輯上而言，一定有這種東西。吸血鬼存在、狼人存在、妖精存在。如果那些不可能存在的生物都是眞的，那麼培根拿鐵必定也是眞的！我們現在就去星巴克來一杯。」

「歐伯隆，說眞的，我不認爲有那種東西。我只是在打比方而已。」

「你騙不了我！那一定在祕密菜單上！杯子上的美人魚在笑就是因爲她知道培根拿鐵在哪裡！」

「拜託，歐伯隆，別傻了。」

「不，我才不傻！付五塊錢去買熱牛奶加調味糖漿才眞的叫傻！但是現在我知道那一切究竟是怎麼回事了。他們定價那麼貴是因爲他們需要研發經費！西雅圖市郊【註一】有座守衛比第五十一區【註二】還要森嚴的祕密機構，裡面有很多視力很差、髮型很糟、身穿實驗白袍的男人，而他們試圖製造出所有咖啡飲料的王者。」

「培根拿鐵？」

「不，阿提克斯，告訴過你那個已經有了！我是在說那則預言！『在蒸氣與泡沫之中，一個身穿白衣、視力極差的男人將會創造出意想不到的美味飲料，人們將稱之爲三倍脫脂雙倍培根五起司摩卡！』」

「歐伯隆，你在胡扯什麼？」我正要問他是不是在電視上看到的，關妮兒已經睜開雙眼。

「眞是太神奇了。」她喘息說道：「我腦中的影像就像是……作夢一樣，不過我能夠控制這場夢，並且不用言語就能表達出我想表達的意思。」

「這樣說很酷。它怎麼說？」我問。

「它希望兩個德魯伊表示它有兩倍妖精可吃。」

我微笑。「聽起來不錯。該向索諾倫打招呼了。妳會發現它比費力斯有深度一點；如果費力斯是一杯牛奶巧克力，索諾倫就是慕斯。」

「哇，好。」關妮兒說：「不過我要把索諾倫當作女性。」她把鐵色彈珠放入牛仔褲口袋，然後拿起藍綠色彈珠。這一次她自信滿滿地將石頭握在手中，然後閉上雙眼。開始接觸時，她身體微微顫抖，並且倒抽一口涼氣，像之前那樣面露微笑。

「好了，她還會忙著聊一會兒。」我對歐伯隆說：「現在向我解釋一下，雙倍培根五起司摩卡怎麼可能脫脂？」

「唉，是不可能。這就是爲什麼研發這種東西的傢伙一定留著很糟的髮型：他們已經展現了很爛的判斷力，只有判斷力很爛的人才會以爲有可能研發出這種東西。」

「沒錯。你的邏輯應該貼上警告標籤。你是從哪裡聽來剛剛那則預言的？」

「這個嘛，說起來倒也有趣——嘿。」歐伯隆聽見聲音，立刻轉頭望向西方。「有人來了。」

我順著他的目光看去，只見一條熟悉的犬類動物身影穿越沙漠灌木叢朝我們而來。

「是凱歐帝！」歐伯隆說著搖起尾巴。確實是凱歐帝，或至少是某個版本的凱歐帝：這個凱歐帝宣稱他代表納瓦霍部族。他舌頭垂在嘴側，一邊向我們愉快地招呼，一邊快步奔跑於泰迪熊仙人掌之間。在我們有時間回應前，他已經變形爲身穿藍色牛仔褲、靴子、白色背心的美洲原住民。他漆黑的長髮自牛仔帽下垂落在背上，臉上帶著一絲微笑。

「你好，德魯伊先生。」他說：「你不會還在生我的氣，是吧？」他那模樣根本就不在乎我有沒有生氣。這麼問是指他之前騙我的事——甚至還威脅我——要我幫他對付來自第五層地獄的墮落天使。他講話緩慢低沉，似乎有點樂在其中，我用差不多的語氣配合他。

「沒有，幾個禮拜下來我的氣已經消很多了。」

註一：星巴克總部在西雅圖。

註二：第五十一區（Area 51），位於拉斯維加斯附近的美國空軍基地，也是祕密研究設施。時有傳聞說這裡在進行和不明飛行物（飛碟、外星人等等）相關的研究，因此在大眾文化中常常代表著與外星人相關的極機密研究設施。

「我想也是。你好嗎，歐伯隆？」他彎下腰去，對我的獵狼犬招手。歐伯隆衝到他面前，興沖沖搖尾巴。

「沒什麼好抱怨的，凱歐帝，除非你忘了帶香腸給我。」

凱歐帝大笑。他和我一樣可以清楚聽見歐伯隆的心聲。他伸出雙手輕拍歐伯隆，一手撫摸歐伯隆的背，一手輕搔他的喉嚨。「不好意思，歐伯隆，我沒時間買香腸，不然就得讓德魯伊先生等了。這位女性朋友是誰？」

「關妮兒。」

「我的學徒。」我解釋：「她正忙著和索諾倫聊天。我們就讓她去長舌一下吧。想去走走嗎？」

「當然，德魯伊先生，我沒意見。」他站起身來，我們兩個向南走去，免得我們的交談聲打擾到關妮兒。歐伯隆跟在後面，開開心心地吸著仙人掌和雜酚灌木的氣味。

「我需要你的特殊才能。」我對凱歐帝說，告訴他此行去阿斯加德很可能會面對的結果。

他輕笑。「我一直在想你什麼時候會想自殺。」他說，轉頭吐口口水。「對付北歐諸神。你比粉紅眼鸚鵡還要瘋狂。」

「好啦，或許只是和你一樣瘋狂。」我說，「我所想的交易可能對你對我都有好處。」

「交易，嗯？」

「喜歡的話可以當作是做生意。」

「做生意？」凱歐帝露出狂野的笑容，雙眼閃閃發光，這下他沒辦法拒絕了。他會一直討價還價，聲稱我在洗劫他，直到自認佔到我的便宜爲止。當我提出我的想法之後，他捧腹大笑，笑到眼淚都流下來了。但是等我讓他再度開口說話後，我們開始認眞協商，最後談妥握手。

「和你碰面每次都很有趣，德魯伊先生。」他說：「我會在這附近等到你回來。除非你回不來。」他低頭看向歐伯隆。「下次見面時，我一定會帶一包你超喜歡的雞肉蘋果香腸。」

「好，我記下來了！」

揮手道別後，凱歐帝化身犬科動物，向來時的東方走去。歐伯隆和我回去找關妮兒，正好看到她站起身來，拍掉膝蓋上的塵土。

「和索諾倫聊得如何？」我問。

她渾身綻放孩童般的光芒。「超棒的！她交代我一項大任務，我迫不及待要著手進行了，因爲此事非做不可。」

「什麼事？」

「我要趕走東沃德河裡所有淡水龍蝦。」

我揚起眉毛。「不是開玩笑的。那可是件大工程。」淡水龍蝦是侵略型的外來物種，會透過吃掉其他魚的卵和競爭食物等手段慢慢除掉本地的魚類和青蛙。「妳到時候要怎麼確定已經把牠們全趕跑了？」

「索諾倫會指引我——她會告訴我牠們在哪裡，教我她的生態體系，動物與植物間如何相互羈絆。我等不及了。」她雀躍不已，興奮拍手。「大地原來眞的是活的。我沒想到會是這樣，老師。元素也有階級之分嗎？」

「沒錯，有的。我就知道妳會想到。妳認為費力斯的地位如何？」

「最低。」

「沒錯。它是一種礦物的化身，能力極度受限，但是在它的能力範圍內卻無所不能。而既然鐵這麼好用，和鐵元素交朋友自然是好事──不過妳永遠沒有必要召喚，比方說，鈹元素或鉬元素。它們都身處自然界中，不過不會隨傳隨到，如果妳懂我的意思。索諾倫高一個層級，而它們這種元素就是德魯伊理應保護的元素。它們是某個地區生態體系的元素，擁有強大力量，不過卻無法對抗人類的愚行。如果妳理解我的意思，每當我們從大地擷取力量時，就是在擷取它們的力量。」

「還有什麼階級比它們高的？」

「地表板塊。理論上它們比生態體系低階，但就階級角度來看，它們還是高階一等。最好不要惹火它們。妳不會和它們有多少接觸，它們之上就是蓋亞。」

「哇，她是什麼樣子？」

她的笑容有傳染性，我不由自主地和她一起笑道：「很有耐心、和藹可親。要和她交談困難多了。我認為索諾倫把淡水龍蝦的問題交給妳來解決，而且它還這麼願意與妳交談是件好事。」

「『她』這麼願意與我交談。」關妮兒刻意強調。

「好啦，『她』。」我同意，無所謂地聳了聳肩。「妳出城走走也是好事。妳該帶歐伯隆一起去；他會很高興去河邊閒晃，總比再回去和麥當納寡婦那些完全不怕他的貓混有趣。」

「一點也沒錯！謝謝你，阿提克斯，你眞是考慮周到。」

「你要保持警覺，好嗎？她忙的時候負責巡邏，有人出現就警告她。她還沒有開始偏執妄想。」

「好，交給我。」

「帶他去沒問題，只不過我那台小車會有點擠。」

「沒錯。我們回城裡去，到銀行走走。我提點現金給妳；妳可以租輛貨車，然後買些露營用具，還有放淡水龍蝦用的大油漆桶。」

「太好了！」關妮兒說，然後我們三個回去擠入她的小車裡。

「我會想念和你聊天的。」歐伯隆說：「不過至少關妮兒不會把我當作普通狗。」

「不要亂跑，別讓她擔心。等我回來，我們再去狩獵，就你跟我。」

「去哪裡？」

「我想去科羅拉多的聖璜山脈。」

「淡水龍蝦的事情忙完之後，」在布希公路上回程途中，我對關妮兒說：「把歐伯隆送去寡婦那裡。我今天下午會過去一趟，讓她知道你們要來。」

關妮兒爲了她的新任務而興奮不已，不禁讓我想起第一次和元素生物互動的情況，那是愛爾蘭的一個沼澤之靈；當時我讚歎的程度與關妮兒不相上下。我認爲她的個性非常適合德魯伊的生活。一直到我們在米爾街自動提款機前分道揚鑣，她都還處於興奮狀態。我打算去買點午餐，她則要帶歐伯隆去REI運動賣場購買器材，然後租貨車。

「你要回來，老師。」她說著伸指戳戳我的胸口，確保我有聽進去。「你已經收我為徒，可不能就這樣丟下我不管。那就像是給小孩子買了個玩偶，然後又不准他拆封一樣。」她一雙綠眸直視我的雙眼，看得我突然說不出話來，儘管心知該說點話安慰她；一段尷尬的時刻過後，她決定不要等我說話。她抓起我的上衣，把我拉到面前，在我臉上親了一下。她退開後，我依然能夠聞到她的香氣，混合了紅酒花香洗髮精與草莓護唇膏的味道。她立刻轉身朝她的車走去，肩膀高聳，一副等我罵她的模樣。她打開後門讓歐伯隆上車，然後繞到駕駛座，頭也不回地上車。

「她那樣很貼心，但我不認為我能那樣道別。我想我可以很深情款款地蹭你的腳還是什麼的。」

我蹲下去輕笑，摟起歐伯隆的頸部。「乖一點。」我對他說：「我盡快趕回來，然後我們去找個新家。」

「我要有更大的奔跑空間。」歐伯隆說。

「我想可以安排。」我帶他走到車旁，他輕輕跳上後座。我關上門，然後揮手請關妮兒開車。我愉快地嘆息，在腦中反覆回想她那一吻，享受依然繚繞在空中的香味，同時為了自己這種反應感到罪惡。我希望日後她還會再度親我，而我責備自己這種心態。

全世界最棒的炸魚薯片就在正北方的魯拉布拉等著我，於是我脫離出神狀態，朝那邊走去，打定主意要享受在坦佩市的最後幾個小時。

「嘿，敘亞漢！」一名男子在我身後叫道，我本能性地矮身閃避，隨即轉身面對攻擊。我的右手抓向右肩後方的富拉蓋拉隱形劍柄，不過在發現沒有威脅後，我鬆了口氣，還劍入鞘。一個體格壯碩的非裔男子站在崔皮嬉皮商店前方對著我笑。「哇，你偏執的程度比上次見面還要誇張。」認不出知道我本名的人讓我覺得非常尷尬。他看起來很友善，但我眞的不認得他。

第十章

「到耶穌這裡來。」男人笑呵呵地說，雙手攤開，要我上前擁抱。他身穿紅、黃、綠三種顏色爲主的紮染T恤，正面印了白色和平的標誌。下半身是藍色寬鬆牛仔褲，還有一雙經典黑色的查克．泰勒鞋【註一】。他看起來很親切，那嗓音和粗獷的外表讓我聯想到陳香牌【註二】沐浴乳廣告。

我還是想不起他是誰，這讓我非常困擾，因爲我應該要知道才對。陌生人絕不會知道我的愛爾蘭名——我現在的朋友大多不知道，包括關妮兒。他也不太可能猜到這種名字：敘亞漢已經很久沒有榮登最受歡迎一千大寶寶名的榜單了。不管他是誰，肯定從前就認識我，或是認得認識我的人。我有點想用妖精眼鏡去看他，不過遲疑了一下。萬一他眞的是耶穌呢？如果透過魔法光譜看他，我的視網膜當場就會像炒蛋一樣燒掉。我決定口頭詢問。

「你要用阿拉姆語交談嗎？」我用阿拉姆語問他。「我都忘了上次說阿拉姆語是什麼時候了，你呢？」

他流暢地轉爲阿拉姆語。「我當然記得。」他回答，臉上依然掛著饒富興味的笑容。「我們當年

註一：查克．泰勒鞋（Chuck Taylors），帆布膠底鞋牌子，也就是Converses全明星帆布鞋。

註二：陳香牌（Old Spice），美國一家專賣男士清潔用品的品牌。

在英國搬運聖殿騎士的寶藏，留下假線索時一起說過。你知道，我很滿意那次下凡的成果。關於寶藏的說法越傳越有創意，而且它還餵飽了許多近視眼學者。」

「耶穌，眞的是你！」我站直身子，接受他的擁抱，以充滿男子氣概的方式拍擊對方背部。「眞是太棒了，老兄；你氣色不錯。誰想到讓你用這種形象現世？」

耶穌微微轉頭，看向身後的崔皮嬉皮，然後切回英文。「這家店裡的一名熟客想出來的。我想更新一下我的形象。」他解釋。

「有什麼不好的，是吧？」我也切回英文說道：「我想這比頭戴荊棘冠的半裸形象要舒服多了。」

「這樣講太含蓄了。不過我特別欣賞他能想到這個比較符合我原始膚色的形象，很少能這麼自在。」

「顯而易見。我正要去吃點午餐。要來嗎？」

「你請客？」耶穌笑問。

「當然，帳單算我的。你下凡多久了？」綠燈亮了，我們順著米勒街向北前進。

「你來之前我剛到。」他說：「聽我媽說你想一起喝杯啤酒。」

「沒錯，我是這樣告訴她的。她很親切，幫我賜福了幾支箭。我很榮幸你接受我的邀請。」

「你是在說笑話嗎？」耶穌輕哼一聲。「我很感謝你邀請我。坦白說吧，很久沒人只想找我一起閒晃了。人們要嘛就是向我尋求解釋或求情，不然就是分享太多不必要的瑣事。『爲什麼，耶穌？幫助我，耶穌！喔，耶穌，這樣感覺眞好，不要停！』我現在隨時都只能聽到這些話。你是唯一請我出門喝酒的人。」

「以前還有別人和你一起喝酒？」

「伯特蘭．羅素【註】。」

「喔。那個沒信仰的老兄？好了，很高興我讓你有藉口下凡。」

「我必須先說，我這次下凡還有其他動機。」耶穌說：「我不希望你之後覺得我說要來和你喝酒不盡不實。不過正事可以晚點再說。」

我們路過一個戴著寬邊墨鏡、皮膚曬得很黑的彈吉他男人。他彈著〈紅熱〉——一首描寫熱騰騰墨西哥粽的老藍調歌曲——以沙啞的聲音唱著極富感染力的歌詞。他把打開的吉他盒放在身旁的架子上，耶穌隨著曲調前後擺頭，接著肩膀也晃了起來。「眞是愉快的曲子，」他說：「你知道是誰寫的嗎？」

「我相信是羅伯特．強森，一個密西西比三角洲藍調歌手。」

「當眞？」基督教神暫停跳舞，轉頭看我。「把靈魂賣給魔鬼的那個？」

「就是他。」

註：伯特蘭．羅素（Bertrand Russell），英國哲學家，諾貝爾文學獎得主，曾發表過一本《爲什麼我不是基督徒》來解釋他爲什麼不是基督徒。

他笑了笑，繼續向北走，搖頭道：「我想我的敵人正在嘲笑我，不過這種意料之外的事情倒也滿有趣的。這個腦袋無法承受無所不知的神力，所以我會理解得比較慢一點。」

我們身後的吉他手突然停止演奏，說道：「搞什麼？」我回過頭去，只見他目瞪口呆地看著他的吉他箱，突然間莫名其妙——奇蹟地——裝滿了美鈔。他大聲歡呼，連忙闔上箱子。

「我想你讓他心花怒放了。」我說。

「這很容易。不過就是一堆綠色的紙。」

我們抵達魯拉布拉，我幫同伴打開店門，揮手請他進去。我們坐在店門對面的吧檯，點了兩杯啤酒。我點的是史密斯威克；耶穌認為今天是喝健力士的好日子。我們兩個都點了遠近馳名的炸魚薯片，我要了一份威士忌酒單。

「這家店有特別針對威士忌製作酒單？」耶穌問。

「喔，有啊，好東西呀。他們有些超過六十年的陳年老酒。要不要和我乾一杯啊？」

「不，最好不要。」耶穌說著雙手在身前交叉揮動。

「喔，來嘛，我請客。」

他暫停片刻，說道：「這樣啊，那好吧，我想來點新體驗也不錯。」

太棒了！我成功說服耶穌和我乾一杯。絕對不會有人相信的，但是我不在乎。我們點了貴得不像話的美酒，一點七五盎司要價七十五塊的頂級愛爾蘭威士忌，因為如果你要與耶穌乾一杯，你絕不會點蘇格蘭威士忌。我們為世界各地的愛爾蘭酒舉杯，烈到冒煙的美酒順著我們的喉嚨灼燒而下。

「哇！」他說著用力蓋下酒杯，咳了咳嗽。「眞是好東西。」

我由衷同意。「還要再來一杯嗎？」我問。

「喔，不。」耶穌輕聲說道，雙眼越睜越大。「這是那種我必須停下腳步，問自己如果是耶穌的話會怎麼做的情況。」

我哈哈大笑，拍拍他的肩膀，接著再三考慮尋找新體驗的想法後，我們決定拋下威士忌，換兩杯愛爾蘭汽車炸彈【註】喝喝就好了，因爲他也沒有喝過汽車炸彈。

炸魚薯片上桌時，我們都已經微醺了，於是立刻大吃大喝，試圖讓食物吸收一點酒精。吃了幾口後，耶穌發出享受美食的聲音，說道：「好了，這才是給諸神吃的食物啊。」

「眞的嗎？你是刻意使用複數嗎？」

耶穌皺眉。「這麼明顯嗎？我從前總是能夠現場掰出寓言，讓那些牧師花好幾個世紀的時間向信徒講解其中的寓意，結果兩杯黃湯下肚，就變成直腸子了。」

「所以你想和我聊聊諸神的事？」

「其實是針對一個神，不過沒錯。」他說著拿塊薯片去沾番茄醬。他吃了一會兒，然後繼續。「這實在太好吃了。我認爲大家都該來嚐嚐，沒錯吧？」

註：愛爾蘭汽車炸彈（Irish Car Bomb），一種以愛爾蘭酒種調配的啤酒調酒。名字中的炸彈就是所謂的Bomb Shot，在大杯裡面放小杯的調酒形式。

「世界會變得更美好，我無法否認。」

「辦好了。」

「對不起，什麼辦好了？」

「嘿！」坐在我左邊隔兩個位子的男人叫道：「這些炸魚薯片是哪裡冒出來的？我沒有點。」

「我也沒有。」一名和男性朋友坐在我們身後的年輕女子說道：「不過看起來我們兩個都有。」其他客人也發現他們桌上多了他們沒點、且不記得服務生有送來的炸魚薯片。服務生慢慢發現客人桌上多了許多沒有追加上帳單的餐點；他們詢問彼此是誰送的餐，接著跑進廚房要求廚師解釋，沒過多久又跑出來找經理。一切都很詭異。我轉頭看向耶穌，他臉上揚起一絲笑意。

「你看起來有點得意。」我笑著說。

「神蹟要出現在意想不到的時候才有趣。」

「沒錯，基於同一個理由，我常常喜歡用羈絆法術來惡作劇。」

和平王子輕笑說道：「我知道。好了，我說到哪裡？喔，對了！我要和你談的神是索爾。你與幾個志同道合的朋友打算殺了他，是不是？」

「這個，呃……」我沒想到他會這麼說。「對。」我尷尬地說完。通常我不會承認這種事，但是你不能對耶穌撒謊。「不過我希望我扮演的角色只是計程車司機，前往目的地與逃脫的交通工具。我沒有興趣殺他。」

「坦白告訴你，這是不智之舉，你最好不要參與。」

「你在擔心我的生命安全？」

「對，那是部分原因。在我所預見的未來裡，你大多沒有存活下來。」

這句話幾乎讓我完全清醒過來。我換上勇敢的表情說道：「這個，我很擅長絕境求生。我想不會有問題的。」

「啊。」耶穌點頭，暫停片刻享受嘴裡的炸魚，然後拿餐巾擦嘴，繼續說道：「你是指你與莫利根的協議。」

「這你也聽說了，是吧？」

「安格斯・歐格在地獄裡的叫聲就連天堂都清晰可聞。你認爲莫利根的庇佑在阿斯加德派得上用場嗎？她可以前往阿斯加德，但她不能取代女武神的角色。如果你死了，他們不太可能讓你待在英靈殿裡。弗雷雅也不會帶你前往弗爾克凡格【註】。他們會讓赫爾帶你前往她的國度，然後你會待在那裡，不會回到提爾・納・諾格。」

「好了，這種說法值得深思，不過是就戰略策劃的觀點深思，而不是考慮要不要放棄。」

「連自我保護的本能都沒辦法說服你。嗯。那好吧，考慮這一點：殺害索爾會讓北歐萬神殿對

註：弗爾克凡格（Fólkvangr），北歐神話中女神弗雷雅的宮殿；傳說弗雷雅擁有和奧丁競爭死者的權利，女武神們會先將英靈殿戰士們帶到她宮殿的大廳瑟斯瑞慕尼爾（Sessrúmnir）進行揀選，沒被選上的才會前往英靈殿（Valhalla）。

你和你的家人與朋友展開報復，其他萬神殿的神也會認爲有必要與北歐諸神聯手剷除你。」

「他們會嗎？可是大家——至少是所有眞正認識他的人——都討厭索爾，他們不是也有可能會送我布朗尼蛋糕、禮物籃，或是神界佳餚之類的嗎？」

耶穌一臉嚴肅。「你這樣說也有道理。如果你原諒我說粗話，我認爲我聽過其他神提起他時最禮貌的稱呼是『大混蛋』。」

「說得好。」我點頭道：「他是個混蛋。但是他在人間的形象很好。凡人認爲他是他們的守護者，某種英雄，但事實上應該依照維京葬禮傳統把他送到海裡去一把火燒掉。」

耶穌嘆氣，伸手輕揉腦側。

「諸神不會坐視不管，敘亞漢，就算他們討厭他。你必須考慮到這種行動會讓所有神都了解到自己有多脆弱。他們將會採取很糟糕的反應。」

「包括你在內嗎？」

「我不會參與衝突。」他說。他暫停片刻，似乎在重新考慮，接著搖了搖頭，確認他的說法沒錯。「沒有人可以強迫我。但是我有些朋友可能會受傷。」他刻意揚起眉毛，側頭看著我道：「你是其中之一。」

「眞的，你是我朋友？我的好兄弟耶穌？」

他輕笑。「就算沒有其他交情，我們也是好酒友。況且你還是個德高望重的長輩。」

「呃，長輩？你讓我覺得自己好老。」

「你不打算接受我的建議嗎？不要去找索爾。這不是什麼體面的事，也不符合你的作風。」

「我也希望可以這樣。」我說：「但是我不能違背對朋友的誓言，那也不是我的作風。他冒了極大的風險幫助我剷除與地獄交易的女巫團，我不能在這個時候背棄他的信任。」

耶穌一言不發地考慮這個情況。他小喝一口健力士，用餐巾擦拭嘴上的泡沫，然後說道：「那確實得要列入考慮。我不能要你違背承諾。我本來期望你能想辦法解除你對朋友的責任。」

「我想我可以試試看。但是我可以肯定李夫會堅持要我同行。他一心只想殺死索爾。」

「所以你已經下定決心要參與這次暴力行動，掀起牽連整個世界的軒然大波？」

「我希望你不要那樣說。又不是我很喜歡挑起紛爭。只是最近紛爭常常主動上門。我還有幾場很想避開的紛爭即將到來。我眞的不想和巴庫斯作對，或是任何羅馬諸神，既然說到這個了，還有希臘諸神。他們是眞正的不朽之神，能把我嚇到脫褲子。喔，另外還有一群把我視爲目標的傢伙——或許你對他們略知一二。你有聽說一個自稱上帝之鎚的組織嗎？」

耶穌雙眼之間冒出一條皺紋。「你是指古代的瑞典女巫獵人？」

「不，他們是現代的女巫獵人，俄國來的。」

皺紋加深。「先等一等，他們聽起來像是混蛋。」

我眨了眨眼，不確定我有沒有聽錯。「不好意思？」

耶穌做個鬼臉，指著自己的腦袋。「這個人類的小腦袋——我必須建立檔案系統來處理這些資訊，不然根本不知道該從何找起。聽起來這些人應該被歸類在『打著我的名號行邪惡之事的混蛋』。」

「耶穌啊。我是說，哇。你的檔案系統裡眞有這種分類？」

「不幸是最大宗的分類之一。不過我有細分成其他子目錄。找到了。『自認有權打著我的名號審判並且殺人的混蛋』。」他閉上雙眼片刻，接著睜眼說道：「好了，現在我知道你在說誰了。上帝之鎚是個多重信仰組織，利用喀巴拉巫師擔任突擊隊。他們怎麼了？」

「這個嘛，我想你已經回答我的問題了。我想知道他們有沒有獲得你的官方許可。」

「不，絕對沒有。」

「有趣了。他們偶爾也會殺上一、兩頭惡魔，是不是？」

「對，但就連壞掉的鐘一天也會準兩次。聽著，當他們剷除不屬於這個世界的生物時，我也不方便說他們做得不對。但是他們對於邪惡的定義過廣，常常會攻擊行善大於作惡的人。他們毫不寬容、缺乏耐性，而且完全不提供任何贖罪的機會。」

「我懂了。我想你不會幫我去找他們，要他們別來煩我？」

他突然轉頭看向身後通往米爾街的店門，彷彿在傾聽街上傳來的聲音般側過頭；接著回頭看我，面帶微笑、神祕兮兮地說道：「我想應該沒有必要。」說完一口喝光剩下的健力士啤酒。

我在尤瑟夫．比亞利克拉比闖入餐廳的瞬間了解耶穌的意思。他身後跟著九個哈西迪猶太人，個個留著長鬍鬚、帽緣下還有很長的鬢髮。人們停止用餐，盯著他們看。哈西迪猶太人在坦佩市很少見，而這群猶太人臉上的表情都與他們的衣服一樣陰沉猙獰，看起來不像是爲了找尋符合猶太教規的愛爾蘭食物而來。事實上，他們忽視問著「有多少人用餐」的餐廳接待員，在門口站成三排。中間四個人，兩旁各三個。

「基督呀，那是戰鬥陣型。」

「我知道。」耶穌說：「那是喀巴拉生命之樹。這下可有趣了。」

我還沒來得及問他哪裡有趣，站在最後面、最接近門口的那位男人已經開口說話。他在這個陣型中的位置代表「馬可哈特」，生命之樹的樹枝，也就是地球。他叫道：「Yahweh, higen aleinu mimar'eh ha'aretz.」我不太精通希伯來文，不過聽起來他像是在要求上帝幫他抵擋來自大地的攻擊。十名喀巴拉教徒全都伸直手臂，在胸前擊掌。掌聲造成奇特的回音，彷彿空氣中凝聚了強大的壓力；我感應到擊掌的威力，而顯然很多其他客人也都感應到了，因爲突然間所有人都想付帳了。

我啓動妖精眼鏡查看喀巴拉教徒的魔法力場，結果發現……完全沒有。他們身邊沒有任何羈絆，我看不見任何靈絲與靈氣；他們和他們周遭的空間乃是世間的一片虛無。

「他們還沒打招呼就封閉了你的力量。」耶穌小聲說道。

「是呀，我看出來了。」

尤瑟夫拉比指著我，對其他夥伴以俄語說道：「就是他，那個蒼白的傢伙。」

耶穌輕鬆轉換語言，以俄語說道：「誰，我嗎？你說我蒼白？」

「不要多管閒事，先生。我們是來找他的。」拉比咆哮道，再度指向我。

「你好，拉比。」我用英文道，因爲拉比依然不知道我聽得懂俄文。我微笑揮手，裝作毫不擔憂。「你絕對不會相信我在和誰共進午餐的。我很希望你們談談。」我沒有給他機會回應，轉頭向頭髮稀疏、鼻子通紅、有點年紀的酒保說道：「富蘭納根，給這十位和平使者每人一杯健力士。」

「馬上就來。」他說。

「不用！」尤瑟夫斷然揚起一手，終於降低身分用英文說道：「我們不是來喝酒的。」濃重的俄國口音讓他的「酒」字聽起來特別刺耳。「也不是爲了和平而來。我們是來進行審判；我們是來復仇的。爲了上帝，爲了全人類。」

這時餐廳接待員終於開口了。「聽著，如果你們不打算點餐，就必須離開。」他說。喀巴拉教徒不理他。

「我都不能爲自己說幾句話嗎？」我問：「我錯過審判了？」

「你說什麼都不能爲你的行爲開脫。」拉比吼道。

「我不想爲我的行爲開脫；我要你們尊重我的行爲。我沒有與惡魔結盟——我是在殺惡魔，我甚至殺過墮落天使。問我旁邊的耶穌；他不會騙你。」

「嘲弄夠了。」他微微轉頭對身後的夥伴說：「開始。」

「但是你不了解。」我說著比向我身旁的英俊男子。「我眞的找到耶穌了。」

餐廳接待員閃到旁邊去找保鏢，或許是去報警。餐廳的客人開始把錢丟在桌上，然後從後門離開，穿越天井前往停車場。經理衝出廚房門，站在吧檯後，終於發現外面出問題了。

「這下又是怎麼回事？」經理怒道。他還在努力弄清楚多出來的炸魚薯片是怎麼回事。他看起來像是會發起對抗英國人革命的那種人，不過他身上誇張的夏威夷衫毀掉了所有氣勢（與尊嚴）。

富蘭納根抬起紅鼻子指向喀巴拉教徒，說道：「那些黑衣人要打阿提克斯。」

「那就出去打！」經理叫道。上帝之鎚的人根本不聽，他們自口袋裡取出銀護身符，拿在揚起的手掌中。他們唸誦希伯來咒語，護身符在他們掌心發光。「Yahweh, shema koleinu bishe'at hatzorkheinu. Natan lanu koakh l'nakot et oyveikha bishemekha.」我聽懂的不多，不過像是他們在請求上帝賜與他們力量——我還認爲與天譴有關。閃光消失時，護身符上依然散發珍珠光澤。喀巴拉教徒握掌成拳，拳頭隱隱綻放紅光，像是晚上把手電筒放在掌心後方一樣。接著他們同時左腳跨步上前，揮出發光的右拳——從餐廳的另外一端揮拳，而且邊揮邊叫「Tzedek!」（意指「正義」）。

我的寒鐵護身符沉入肉裡，就像有個保險櫃落在它上面，我整個人向後撞上吧檯，脊椎在劇痛中嘎啦作響。「喔！」我叫道。耶穌拍腿大笑。

「嘿，不好笑。」我一邊揉背，一邊抱怨道。那一擊顯然打算打斷我的腦袋或是在我胸口轟出個大洞——或是某種同樣致命的效果。

「你在開玩笑嗎？我已經很久沒有見過這種集體施法了。不管他們的動機如何，阿提克斯，這實在太酷了。」

我皺眉看他。「你有賜給他們力量嗎？」

基督微笑。「沒有，那些是耶和華的力量。你聽到他們唸咒了。」

「但你不就是……？」

「喔，對呀，對基督徒而言，我是；但是對這些傢伙而言不是。他們觀念中的耶和華和基督徒差很多，所以他們是在與不同的神交談。看清楚了，他們要開始要變難纏【註】了。」

他說得一點也不錯。看到我毫髮無傷，喀巴拉教徒一點也不驚訝或失望。如果有什麼反應，大概就是他們更加堅定了殺我的決心。尤瑟夫和他身旁的兩名喀巴拉教徒的鬍鬚突然暴長，在他們下頷糾纏成觸手，下巴兩側各有兩條。觸手首先交纏變硬，接著竄入空中，以人類快走的速度朝我直逼而來。我有很多時間可以閃躲，不過這些鬍鬚變長的速度遠遠超過正常鬍鬚。當剩下的客人察覺這一點時，他們立刻失去所有冷靜面對危機的能力，紛紛衝向天井；有些人失聲尖叫，也有人彬彬有禮地請其他人不要擋路。

經理大聲抗議，連忙追上。「喂！先付錢，然後再尖叫逃命！」

「我受夠了。」富蘭納根說，雙手緊抓吧檯，雙眼瞪得老大。「我要回我的旅行車，永遠都不下車了。喔，耶穌啊，看看那個。」

「我在看。」耶穌說。富蘭納根惱怒地瞪他一眼，不過很快又驚恐地看回朝吧檯逼近的鬍鬚。我深感同情。我曾見過那些鬍鬚觸手的厲害；除了令人打從心裡感到詭異，而且又刺又癢外，它們還比外表看起來強韌許多。三個月前，尤瑟夫拉比曾以鬍鬚勒斃一名法力高強的女巫。它繞過她的防禦力場，現在我突然想到它也有可能繞過我的護身符。沒錯，鬍鬚是由魔法控制，但是那道魔法的目標是鬍鬚，不是我；而且除了噁心之外，那些鬍鬚可以像繩索一樣迅速束緊我的氣管——而且此刻有十二條鬍鬚朝我逼近。只要有一條鬍鬚纏上我的脖子，而我靈氣中的鐵質又沒有中和其中的魔法，麻煩就大了。

我的選擇有限。酒吧裡沒有多少空間可以揮劍，而且我也不想大開殺戒。再說，一杯史密斯威克啤酒下肚之後，又灌了威士忌和愛爾蘭汽車炸彈，我的平衡感應該不太適合耍劍。由於喀巴拉教徒已經以力場隔絕大地，我不可能對他們的身體施展羈絆法術；拔腿就跑會讓我看起來與從後門狼狽落跑的午餐顧客沒有什麼兩樣，而我想要我的好兄弟耶穌認爲我也很酷；這表示我只剩下徒手搏鬥一條路可走了，每天都有醉鬼在幹這種事情。

我學過許多武術，足以應付各式各樣武器，但是鬍鬚不包括在內；甚至沒有遇過多少類似的東西。我決定把它們當作鞭子。我迎上前去，面對右手邊第一條觸手，在空中抓住它，接著用力向下扯，希望能夠將喀巴拉教徒的臉扯向左邊，或許就此打亂他們的陣型。

事情沒有想像中那麼順利。

註：變難纏（Things are gettign hairy），同時有「開始變得毛茸茸」的意思。

第十一章

我手中完全沒有緊繃感，彷彿鬍鬚沒有連接在任何人的下頷上一樣。就像扯下一條轉輪鬆開的釣魚線，每一秒都拉出好幾碼的十磅釣線。我失去平衡，另外十一條觸手突然像是眼鏡蛇般人立而起，然後展開攻擊，以難以想像的力道擊中我十一下。被類似打結的大水手繩打中並不像被巴士撞上那麼糟糕，不過也沒有像讓蝴蝶翅膀拂過那麼舒服。其中一條擊中我的臉頰，導致我轉向後方，面對笑嘻嘻的基督教神。

「我想現在不會有天降神恩？」我問。

「不會。」他愉快地說。

我拍開兩條試圖纏上我脖子、踢開幾條想要絆倒我的毛髮繩索。「那來點建議如何？」

「如果有人打了你的右臉，左臉也讓他打。」

「你在引述《詹姆斯王版聖經》【註】？」我難以置信地問道：「我覺得現在不適合引用那段經文。記得那句『我並非為和平而來，我持劍而來』嗎？我喜歡那句。如果你想借用，我這裡有把長

註：英國國王詹姆斯一世的欽定版聖經（*King James Version of the Bible*，簡稱KJV），一六一一年出版，至今仍是頗有權威性的英譯版聖經。

劍。」

「不，那並非我所願。」

喔喔，謎語。什麼是他所願？他剛剛說不希望我與索爾衝突，因爲那會激怒所有萬神殿，而我的回應是非做不可。這讓我成爲麻煩。或許只要任由上帝之鎚得逞，他就可以解決掉這個麻煩。

「看來我的左臉還是得讓他們打。」我說著衝向右邊，直奔其他客人逃跑的天井。通過魯拉布拉後方唯一的出口，右邊有座戶外吧檯，不少人待在座位區附近；左邊有面熟鐵柵門，通往坦佩米迅棕櫚飯店停車場。這間飯店位於天井東側的水泥磚牆後，只隔了一條紅圓石人行道。這時柵門算不上是什麼出口；還有十個喀巴拉教徒守在那裡，允許客人一個接著一個通過。如果我試圖從那裡出去，他們就會宰了我。

磚牆看起來不錯。牆並不很高，只有四呎左右，我覺得儘管有點微醺，我還是有辦法跳過去。門口的喀巴拉守衛打破了我偷偷翻牆出去的希望，一定有人告訴他們要找個紅頭髮的山羊鬍。我聽見一名守衛以俄語叫道：「他在那裡！」我的「輕鬆逃跑」計畫就此幻滅。我全速衝向磚牆，準備承受他們的「正義」，或是其他魔法攻擊。結果當我跳上空中、躍過石牆時，背上傳來一陣劇痛。飛刀自我身旁呼嘯而過；我一邊下墜，一邊想到的是有幾個喀巴拉教徒對我投擲他們爲了應付狼人而隨身攜帶的飛刀。其中一把插入我左肩胛骨後的肌肉，另外一把則射中我右邊的臂。

或許別人——史考特谷的居民——會在這種情況下哀悼他的皮夾克。但是就連這種時尚奴隸也不能忽略插在臂上的飛刀，因爲它會引發無以倫比的劇痛。那種痛能凍結所有肌肉，因爲你怕一動會更痛。你不敢尖叫或呼吸，因爲就連這點動作都會讓狀況惡化。

我重重落在磚牆另一側的人行道上，差點痛昏過去。我拔出臂上的飛刀，發出痛苦慘叫，因爲這個傷口很可能致命，接著立刻展開治療。毒素正滲入我的血液……

這下我知道對上帝之鎚客氣是個錯誤了。他們的交戰規則認可二話不說使用致命武力，而我比較傾向於脫離戰鬥。如果我一開始就採取同樣態度反擊，現在就不會陷入這種困境。毋庸置疑，我曾陷入許多不同的困境，但或許我的性命鮮少受到這麼大的威脅。

當你因爲腎衰竭而瀕臨死亡，腦袋只能尖叫時，眞的很難集中精神。我將痛覺中心的音量從十一降到一，然後開始治療腎臟；我無法在這種情況分心應付上帝之鎚。我那個在海登廣場的商店迷宮裡甩掉他們的聰明計畫肯定無法開花結果；我也不可能拔出富拉蓋拉，展開垂死掙扎。對方在倉促埋伏下投擲一把幸運飛刀就讓我面臨這種局面，而我肩膀後方還有另一把搆不到的飛刀。石板地阻擋我向大地擷取力量；顯然地板下還鋪有水泥。熊符咒裡儲存的所有魔力都要用來保命，所以我不知道對方跑來解決我時，我有什麼辦法自保。

越來越響亮的人聲隱約在我腦中掀起同等的恐懼與怒意，而逐漸逼近的腳步則表示更悲慘的命運即將降臨。

「Vot on.」有人以俄語說道。他在這裡。我的視線範圍很快擠滿黑皮鞋，以及喀巴拉教徒樸素的聖袍。

突然間，我鼻子數吋外冒出了一條牛仔褲和一雙Converse全明星帆布鞋。

「哈囉，各位先生，我們可以聊一聊嗎？」一個聲音以俄語道。

不少人激動地以俄語回應這個要求，所有人簡單明瞭地命令剛剛說話的人滾開、走遠一點、別管閒事。其中有兩個喀巴拉教徒想知道他是打哪兒冒出來的。

「我會讓開，不過我們先來聊聊。」那個聲音堅決而冷靜地說道，我認出那是耶穌。這時我們完全被黑衣人包圍。雖然我無法想像還有什麼能比把那把刀插到我的腎裡還糟，但我希望他們都沒有撿起沾有我血的飛刀，那可不是好事。

尤瑟夫．比亞利克拉比的聲音如同長鞭般甩向耶穌，「你為什麼要管閒事？此事與你無關。」

「我不這麼認為。」耶穌換回英文說道：「你們打擾我用餐，而我這個朋友還沒幫我付帳。」

「你是這傢伙的朋友？這個與惡魔結交的傢伙？」比亞利克以同樣的語言回應。

「你媽才與惡魔結交。」我說，雖然這話聽起來比較像是喉嚨裡有痰的咳嗽，而非自信滿滿的叫囂。我就只剩下這點反擊的力量，連移動半吋的力氣與意願都沒有。腎臟是個複雜的器官；想要讓它再度正常運作，我需要的魔力遠比此刻所能掌控的要多。我將腎臟修復到不會進一步毒害我的身體，但卻無法讓它運作。此刻我體內已經有太多毒素要中和，導致我的力量急速消耗。

「他和你們一樣沒有與惡魔結交。」耶穌說：「你們誤解了他的行為，傷害了你們理應幫助之人。」

「你是誰？」

「我是耶穌．基督。」

他們眼睛沒眨一下。「讓開，不然我們連你也一起殺了。」

「不可殺人，各位。」

其中一名喀巴拉教徒——不是尤瑟夫——自外套中拔出飛刀，揮刀威脅。「我們不是開玩笑的，瘋子。現在就讓開。」

「先讓我和阿提克斯・歐蘇利文談談。」

「你自找的。」喀巴拉教徒吼道。他迎上前，一刀插入耶穌肩膀——不是致命傷，不過就要請人離開而言依然有點超過。我聽見T恤衣料破裂的聲音，飛刀「吱」的一聲插入肉裡；不過除了飛刀刺穿了和平T恤這個赤裸裸的事實外，耶穌沒有向後跌開，或是出現任何承受衝擊的跡象。從喀巴拉教徒所承受的後座力來看，他就像是拿刀刺上一根木樁。

「坦白說，你真的很沒禮貌。」耶穌說：「我開始認為你沒有遵守你的聖約。」他冷靜地自肩膀上拔出飛刀，就像你或我摳出塞牙縫的菜渣一樣輕鬆。他和我一樣不受刀柄上的魔法影響，飛刀乾乾淨淨地離開他的身體，不帶絲毫血跡；我在他把刀丟在地上時注意到最後這點。

「你是什麼怪物？」尤瑟夫拉比大聲問道：「你是惡魔嗎？」

「當然不是。」耶穌說：「正好相反。我已經告訴過你了。但這年頭已經沒人相信言語，我想你們需要親眼證明。」

上方出現一道全新的光源——不熱，只是很亮——我瞇著眼睛抬頭去看，只見耶穌頭上多了道光環。光環開始飄升，然後我才發現是耶穌本人在飄升。我低頭看向地面，發現他鞋子騰空而起，飄浮在半空中。

「我是基督教的神。」他耐心地解釋道：「你們族人的先知，尤瑟夫拉比。我是猶太人。你難道還不願停下來聽我說嗎？我保證歐蘇利文先生哪兒也不會去。」

一時之間沒人說話。你不會每天都有機會看到一個身穿紮染衫、頭上頂著光圈的男人飄在地面上的。你會想花點時間消化那個畫面，然後將它儲存到長期記憶裡。

「我們願意聽。」尤瑟夫拉比終於說道，努力消化眼前的景象。惡魔無法凝聚光環——那違反宇宙常規；天使可以，但是他們不會撒謊，假稱是其他身分。耶穌點了點頭，然後降回地面。當鞋子接觸圓石地時，他關掉他的天界霓虹燈。

「你們在曾有惡魔出沒的地方感應到我朋友的魔力，但是不願意考慮他有可能是在對抗惡魔，事實上就是如此，反而認定他是在召喚惡魔。」耶穌繼續解釋在迷信山脈中打開地獄門的是安格斯·歐格，而我不但把大多數惡魔送回地獄，而且還解決了墮落天使巴薩塞爾。

「但是他與吸血鬼和狼人結交！還有女巫！」拉比說。我認為就算聲音聽起來很虛，但該我開口了。

「我今晚就會帶走吸血鬼和阿爾法狼人。」我說，基本上這是實話。上帝之鎚會將這話解釋為我要殺掉他們，而我就是這麼喜歡模稜兩可。「或至少如果還有力氣的話，我會這麼做。那些女巫也已經同意離開亞歷桑納了。」

「是吧，聽到沒？」耶穌說：「你們一直在迫害與我們站在同一陣線的人。他說要請你們喝酒，而你們卻想要殺他。」

「他們或許還是會殺死我。」我皺眉說道。我已經沒辦法壓抑劇痛了；我把所有魔力都耗在清除血液中的毒素。要在劇痛中保持專注很有難度。「嘿，上帝之子，幫幫忙好嗎？」

「請耐心點，阿提克斯。」他回道：「開始治療你前，我必須得到拉比的答案。各位，你們願意從此之後不再來騷擾這個男人嗎？他已經爲我們付出很多了。」

所有拉比都看向尤瑟夫。是他招集其他人來此的。他雙眼怨毒地低頭瞪我。他不想放我走。或許他不願意承認自己會犯錯。然而，他想不出繼續追殺我的理由。他還能怎樣？當著耶穌的面叫耶穌騙子？

「這個地區即將發生吸血鬼大戰。」我以談和的口吻說道：「看看今天的報紙，你就會知道戰爭已經開打了。如果你們一心想除掉黑暗大君的邪惡手下，接下來幾個禮拜裡會有很多吸血鬼跑來。」

其他拉比聽到這消息都有點興奮。他們頻頻點頭，眼中燃起火花；外套裡或許已經放好木樁了。

尤瑟夫看出自己已經無力可施。「好吧。」他嘟噥道：「我想這傢伙與地獄沒有瓜葛。我們暫且先去找其他獵物。」

「太好了！」耶穌對他笑道：「現在去找些吸血鬼插，特別是那些打扮光鮮亮麗、看起來像情緒搖滾【註】歌手的傢伙。」

尤瑟夫和其他拉比目瞪口呆地看著他。

「別管我。」耶穌揮手說道：「安心去吧。」兩名拉比彎腰去撿他們的飛刀，但是耶穌要求他們留下飛刀作爲友好表示。

上帝之鎚在警笛聲起、警車駛入停車場時轉身離開，他們沒有道別，也沒有爲了打擾眾人用餐道歉；他們甚至沒告訴耶穌很高興見到他。

耶穌看著他們離去，然後雙掌合十，就這麼在胸前合掌。「沒錯。好吧，他們顯然被我歸類在正確的檔案夾裡，是不是？技巧高超的魔法師，但個性偏激。我們先離警方遠一點，然後繼續聊。」他彎下腰撿起所有飛刀，包括沾了我血的那把，不過沒有拔出我背上的。本來我以爲這是很嚴重的疏失，但接著我在他握起我的左腕、拖著我走向米迅棕櫚飯店時了解了他的想法。我體內爆發另外一股劇痛，肩膀上的刀傷越裂越大；我昏迷了幾分鐘。

醒來時，我躬身坐在米迅棕櫚飯店中庭裡。我們沒經過飯店大廳便從外面抵達這裡，儘管如此，我還是不懂爲什麼沒人來打擾；難道沒人注意到有人拖著另外一個人穿越中庭？就算以爲我喝醉了，難道我背上的那把飛刀不會引人注目嗎？耶穌注意到我困惑的表情。

「我就是這麼高深莫測。別多管了。」

我在傷口強烈強調它們的存在時皺了皺眉——神經一巴掌甩在我腦袋上說：「嘿！你有注意到嗎？這玩意兒很痛。」我的魔力已經完全耗盡，不能壓抑任何感覺，也沒有辦法進行治療。「我還以爲我們是好兄弟。」我咬牙切齒地說。

「我們還是呀。不過疼痛通常具有教育意義，威士忌和啤酒就不行了。就當是嚴厲的愛吧。」

「好啦、好啦，我該學到什麼教訓？我在聽。」

「我要你想想怎麼會落到這種處境，阿提克斯。到底是哪個決定讓你淪落到這個地步——差點死在女巫獵人手裡？循著因果反推回去。」

我沒有想很久，我在馬．梅爾時就已經思考過這個問題了。「打從我決定不再逃避，看看能不能除掉安格斯．歐格那一刻開始。」

耶穌點頭。「沒錯，當你決定殺神的時候，你就引發了一連串可能導致自己死亡的事件。如果你逆來順受，本來可以承受土地的——」

「什麼？」

「不，先聽我說完。現在你又殺了諾恩三女神——沒錯，我知道那個——你絕對想不到未來將會面對什麼情況。目前你還沒能察覺那件事的後果，但你將會付出代價，就像你現在為了安格斯．歐格的事付出代價一樣。殺掉索爾會讓情況變得更糟，阿提克斯。糟透了。事態嚴重，儘管你與莫利根達成協議，依然沒有多少機會存活下來，而且整個世界也沒有多少機會存活下來，阿提克斯。你聽見了嗎？世界有危險了——這個世界。殺死安格斯．歐格引來了上帝之鎚的注意，天知道殺死諾恩三

註：情緒搖滾（Emo），龐克搖滾的一個分支。歌手與歌迷的打扮大致是：緊身牛仔褲與T恤、染黑的直髮、Converse全明星帆布鞋或相似款。

女神會引來什麼危機?」

「我敢說你知道。」我說。

「這個,沒錯,我知道,而這就是我來警告你的原因。你的情況已經很不樂觀了,我的朋友。你釋放了難以忽視的命運力量,而當命運有機會追尋自己的目標時,它很少會選擇井然有序的道路。請不要讓情況變得更糟,殺害索爾將會讓事情一發不可收拾;如果繼續下去,你現在所受的痛苦與接下來的苦難相比根本微不足道。」

我輕輕點頭,表示了解了。就連呼吸也會痛,坐著也會痛,醒著都會痛。

「學到教訓了?」他問我。

「學到了。」我輕聲道。

「很好,那你就不再需要那玩意兒了。」耶穌站起身來,湊到我身前,拔出我背上的飛刀。

「嘎啊——」

「哇、哇、哇、你眞是個愛哭鬼。」他說:「照黑騎士的說法,那不過就是皮肉傷。起來。」

「等等。你剛剛引述了《聖杯傳奇》裡的台詞?」

「有何不可?那電影很能啓發人心。」

「你所謂的啓發不是神明開示那種啓發,是吧?」

耶穌兩眼上翻。「和你說話眞需要約伯的耐心【註】。好了,我是來幫忙的。」他扶著我的左臂幫我起身,這又讓我發出一聲哀號。「下次當你認爲對付神很有男子氣概的時候,想想你現在的模樣。」

「既然我這麼危險，爲什麼不乾脆讓我死掉算了？」我問，幾乎整個人都靠在他身上。

「因爲你同時也是唯一有可能阻止最可怕的災難之人。」

「什麼災難？」

「我不能告訴你，那等於是作弊。現在安靜。」

「你突然變得很喜歡管東管西。」

「也沒多大用處，是不是？你還在講話。別動了。」

耶穌伸手放在我殘破的耳朵上，一股舒適的暖意湧入我體內。痛楚消失了，我感到肌肉毫無窒礙地癒合在一起。我的腎臟康復，體內的毒素化解，他甚至補好了我外套上的洞，另外還讓我的耳朵煥然一新。

「哇，這比莫利根治療我另一隻耳朵的方法要輕鬆多了。」我說：「感激不盡。」

他微微一笑，抱了抱我，感覺比我們剛見面時那種男人的擁抱要眞誠許多。「不必客氣，謝謝你的午餐和飲料。」他刻意強調，朝向魯拉布拉和還沒付帳的帳單點了點頭。「也預先感謝你未來作出正確的決定。」

註：《舊約聖經．約伯記》提及，撒旦認爲約伯（Job）對上帝的忠誠來自是因爲物質的利益，因此上帝與撒旦打賭，讓撒旦奪走約伯的孩子、財富、健康等，但約伯仍然不捨上帝教誨。因此，他以忍耐苦難廣爲人知。

我笑出聲來。耶穌側頭看我。「有什麼好笑？」

「下次有人問我耶穌有沒有拯救過我，我就可以誠心回答說有；我可以說你是我的救主，而他們會徹底誤解我的意思。」

耶穌嘆了口氣，搖了搖頭，臉上浮現「小男孩永遠長不大」的表情。「德魯伊。」他說，接著指向我的背後。「嘿，警察來了。」我回過頭去，沒看到人。轉過頭時，耶穌已經走了。

「好吧，騙到我了。」我抬頭說道：「這招不錯。」

但是耶穌不是在開玩笑。片刻過後，兩名警官走過通往魯拉布拉的室外短廊而來，看見我站在庭院中央。

「先生？我們要和你談談。」第一名警官說。

米迅棕櫚飯店的庭院裡有些草地，棕櫚樹就是種在那些草地上。我站上一塊草地，一邊對警官微笑，一邊吸收大地的力量，補充熊符咒的魔力。在他們有機會讓我陷入可能長達數小時的偵訊前，我在自己身上施展偽裝羈絆，然後快步離開，留下他們在原地目瞪口呆地檢查太陽眼鏡上有沒有灰塵。

爲了履行之前的承諾，我回到魯拉布拉找富蘭納根付帳，還給了不少小費。我覺得我須要盡可能累積正面的因果。

第十二章

有些事情一生中肯定只會發生一次。長子只會出生一次；童貞一旦失去了，便不可能再找回來；第一次觸摸巨型紅杉的震撼也會永遠牢記在心。但是有些事卻很容易忽略，在我們有其他事情要忙時悄悄溜過，直到一切太遲了之才察覺它們的重要性，後悔我們之前沒有加以重視。

對我而言，錯過與善良的人們道別，祝福他們長命百歲，並且誠懇地說：「你一生辛勞奉獻，建設無數；你散發善意，也得到善意的回報；你的逝去為世間帶來微笑，我將心存你的慈悲，在適當的時機與人分享，讓你的生命成為乾旱貧瘠之地的甘霖，滋潤人心。」該說這些話的時候，我常常沒說出口。我只是丟下一句：「晚點再說，老兄。」卻在事後發現我們已經後會無期，我不希望這種情況發生在麥當納太太身上。

但是當我來到她家門外時，我發現我可能又將再度錯過道別的機會。寡婦沒有在前廊上，一邊喝威士忌，一邊笑著向我打招呼。儘管房子漆成愉快的亮黃色，少了寡婦看起來依然有點淒涼。我按了按門鈴，又敲了敲門，沒有回應。屋內沒有開燈——她通常都會開燈，就算大白天也一樣——於是我告訴自己，她一定是出門了。我很擔心錯過和她告別的機會，所以拿出放在側院裡的除草機，一邊等她回來，一邊修剪前院的草坪。完工後，她還是沒有回來，於是我又抓起一把大剪刀，開始修剪她的葡萄藤，心裡擔心著萬一她到晚上還不回來，我就必須離開，永遠再也見不到她。那表示我對她說的最後一句話是「很快就會來找妳」，那是我禮拜三請她照顧歐伯隆時說的話。這句話算不上是恰當的道別，不過我或許只能將就將就了。

四點的時候，她坐墨菲太太的笨重小貨車回來。墨菲太太——一個以為我只是普通龐克大學生的寡婦鄰居，看見我等在車道旁時似乎鬆了口氣。她看起來有點煩躁，因為四個小孩在後座吵吵鬧鬧，而她擔心如果要下車扶寡婦進屋，就得把孩子留在車上。

「謝謝。」她在我打開車門、伸手扶寡婦時說道。我們還沒走出三步，她已經倒車離去，我將此解讀為車裡有人急著想上廁所。

「感謝上帝你來了，阿提克斯。」寡婦虛弱地說。她身體虛弱，老態畢現，雙頰深陷，眼神疲憊。「墨菲家的小姑娘人很好，但如果問我，她養出了一群頑童。」

「好吧，至少是愛爾蘭頑童。」我說：「要是英國頑童就糟了。」

「是呀，人得要珍惜好運，是不是？」她輕笑幾聲，似乎恢復了點元氣。「看來你除了草，還修剪了樹。你眞是個體貼的孩子。」她拍拍我的肩膀。「謝謝你。」

「不必客氣，麥當納太太。」

她扶著我的肩膀支撐。「你介意扶老太太上台階嗎？我不像從前那麼靈活了。」

「當然，麥當納太太。」她將重心放在左腳上，隨我慢慢走向她慣坐的椅子。「妳上哪兒去了？我離開之後就沒看到妳了。」

「我連續幾天跑去找那個天殺的醫生。他一直拿這個扎我，又用那個掃描我，向我收了一堆錢，然後說我身體不太好，這在我走出這扇門的時候就已經知道了。」

「怎麼了？」

「我比瑪土撒拉【註】還老，那就是我的問題。我的身體已經不行了，阿提克斯。它在告訴我它厭倦了一直保持這麼性感，嘿嘿。」

「說眞的，麥當納太太，怎麼回事？」

「無關緊要。」她在我扶她坐上椅子、釋放雙腳的壓力時呻吟一聲。「我不要你爲我操心。我身體的病痛清單有好幾哩長，而此刻最佳的良藥就是聊點別的。要不要一起喝杯愛爾蘭威士忌？」

「當然，我還有點空閒時間，而我只想在這裡與妳共渡。」

寡婦對我微笑，雙眼流露感激的目光。「眞是個好孩子。我把鑰匙給你。」她從皮包裡拿出鑰匙交給我，我進屋倒了兩杯圖拉摩爾露水加冰塊。

「啊，太棒了。」她說著自我手中接過酒杯。她小啜一口、輕嘆一聲，恢復寧靜的心靈。「阿提克斯，我得和你說件事。我想我將不久人世。再過一陣子，我就可以去和史恩團聚，願上帝讓他愉快的靈魂得以安息。每想三件事就有一件是我的墳墓。」她透過威士忌酒杯看我一眼。「這是莎士比亞那個小夥子寫的，對吧？」

「對，是他。妳是在引述《暴風雨》中普羅斯佩羅的台詞。」

註：瑪土撒拉（Methuselah），聖經中非常長壽的人，傳說他活了九六九歲。

「哼。我想他是世界上唯一沒有辜負從他母親奶水的英國人。聰明人。」

「這點毫無爭議。」我同意。

「是呀，好吧，我只是想說我很幸運生命最後幾年有你陪伴。我感謝上帝把你賜給我，而儘管你不相信我們的救主，我也幫你祈禱。」

「喔，我相信他。」我糾正她，「我也知道他會行神蹟。」我想起我痊癒的傷勢，平空出現的炸魚薯片，還有裝滿現金的吉他箱。「我只是不崇拜他而已。」

寡婦饒富興味地凝視著我。「你是個怪人，孩子。有時候我不知道該怎看。」

「妳知道妳所需要知道的一切。耶穌是眞的，至今仍是。記住這一點，不要放棄信仰。」

「我這輩子都不曾懷疑過這點，阿提克斯，我不會在這個時候放棄信仰的。」

「很好。」

「我的孩子們應該快來看我了，因爲他們以爲如果再來示好的話，我會變更遺囑，把財產留給他們。如果我能活到那個時候，世界就太寵愛我了。但如果我在他們來之前去世，你可以通知他們嗎？我會把他們的電話號碼貼在冰箱上。」

「喔。」我低頭看著我的腳。「麥當納太太，我想我沒辦法。其實我今天是來向妳道別的。」

她放下酒杯，瞪大眼睛看我。「道別？」

「我想我要離開了。」我說：「我是想回來，但是有可能回不來，所以我要先和妳說幾句話。」

「你要去哪裡，孩子？你不是才從什麼地方回來嗎？」

「沒錯，但我必須爲了另一件事再跑一趟，而這次比上次更危險。現在歐伯隆在關妮兒那裡，他們會在一起幾天，不過如果可以的話，當她回來後，會帶歐伯隆來找妳。」

「這個，你認爲你會去多久？」

「至少一個禮拜，最多三個月。如果三個月後我還沒有回來，那就表示我不會回來了。」

「喔，這下我開始爲你擔心了。」她愁道：「我會在《命運之輪》【註一】裡看到某個蠢蛋購買母音，還買了A，然後我就會開始擔心那個瘋狂的孩子阿提克斯跑到哪裡去了，他打算去做什麼可怕的事情。」

「妳以前並不覺得我很瘋狂。」我說。

「是呀，以前你不會沒事就把耳朵弄掉，然後還長回來，長回來的速度還快到和那些天殺的奇亞籽寵物【註二】廣告一樣。」

「嘿！」我笑。

「喔，是呀，你以爲我沒注意到？我的腳或許不好，但眼睛可沒問題。」

「妳全身都沒問題，麥當納太太。」我說，笑裡苦樂參半。「妳這種女孩世間罕有。」

「去，我早就不是女孩了。」

註一：《命運之輪》（Wheel of Fortune）爲美國電視益智節目，使用轉輪進行的字謎遊戲，在遊戲中玩家可以用累積獎金購買母音字母，而猜拼音文字的單字時，得知正確母音位置會很有優勢。

註二：奇亞籽寵物（Chia Pet），是一種造型盆栽，設計成當奇亞籽長成之後，會有類似頭髮或動物毛毛的效果。

「內心深處，妳還是。妳的靈魂如同花瓣般輕盈，心地似水晶般純淨。」

「喔，你太誇張了，孩子。」寡婦輕笑。

「或許，」我承認，側過腦袋做個模稜兩可的表情。我們聆聽北美斑鳩在葡萄藤上鳴叫片刻，接著我一臉嚴肅地轉向她：「不過我很榮幸認識妳。這可不是在說謊，甚至不是善意的謊言。我這輩子認識過很多人，妳知道吧？漫長的人生中認識過數不清的人。而妳……好吧，妳讓這個世界變得更加美好，我要妳知道這一點。」

寡婦伸手過來拍我的手。「喔，阿提克斯，你這話眞是太窩心了。」

我握起她的手，輕輕捏著。接著我嘆氣，鬆手，享受著滑落喉嚨的冰鎮威士忌。恰當的道別讓我心情平靜。這是一種截然不同的羈絆，沒有大地的力量，但卻依然足以證明世界上還有魔法。

第十三章

我和寡婦相處的時光過得很快。我一直陪她到太陽下山，李夫打電話給我為止。他和剛納開一輛租來的福特野馬GT跑來寡婦家接我，因為他們兩個的雙人座跑車都不能讓我們三人一起擠進去。我注意到這輛車是黑色，而不是銀色的：八成是李夫付帳。

這個畫面讓我想起歐伯隆。他一定會針對這輛車裡三種截然不同的氣味品頭論足一番：工業級的空氣芳香劑對上濕狗、遠古屍體的氣味。我祝福寡婦身體健康，在她兩邊臉頰各親了一下，然後擠入狹窄的車後座。剛納的頸毛已經根根豎起。

「坐穩了，他開車和瘋子一樣。」剛納提醒我。他與李夫的穿著打扮都比昨晚來得輕便，不過看起來還是有點荒謬、跟不上時代。剛納沒穿銀色衣服，或許是因為他暫時不用在部族成員前露面。他穿著藍白條紋的橄欖球衫，肩膀和胸部貼得很緊，還有牛仔褲，以及建築工人常穿的沉重皮靴；李夫看起來還好——黑皮夾克、黑T恤、黑牛仔褲——但是鞋子又不大對頭了。他的牛仔褲紮進長到小腿的戰鬥長靴，側面的拉鍊還拉了起來。沒穿那雙靴子，他或許還像是個專業平面設計師；但是這種穿法讓他變成想當龐克搖滾歌手，卻完全沒有發現自己早已過了叛逆青春歲月的中年人。他身上還戴了我這輩子第一次看他佩戴的首飾：垂有作工精美銀墜飾的項鍊。那個墜飾是索爾的神鎚，從前在斯堪的那維亞上很流行的異教象徵，就像基督徒會戴十字架一樣。

「麥格努生先生的意思是，瘋子開車就像吸血鬼一樣。」李夫解釋：「本事務所受人尊敬的老闆並沒有給我適當的讚美。」

「你在說什麼？我已經稱讚過你連闖四個紅燈了。」

李夫不理他。「要去哪裡？」他問。

「先去我家一趟；我要去拿一捆弓箭。」

「很好。」李夫說，然後以令人沮喪的速度輕輕加速，我忍不住面露微笑。他是在刻意逗剛納，而我很肯定他會一直保持這種龜速，直到剛納要求他加速爲止。

開到第十一街時，剛納已經快要失去耐性，不過我很高興我們開這麼慢。轉過街角後，李夫立刻煞車，凝視著馬路。他跟剛納都感應到某樣東西。我啓動妖精眼鏡，立刻也看到了：某個法力強大的傢伙正在惡搞我的房子。魔法光譜顯示有道人類形體的白光站在我的牧豆樹旁，正在比手畫腳地鼓勵藤蔓竄出地面吞沒我家。從對方靈氣中白色雜訊的數量來看，他很可能是個神。馬路上有輛雙輪戰車，拉車的兩頭豹聽見了我們的聲音；牠們的靈氣周圍也有點白色的魔法干擾。

「嘿，李夫，猜猜怎麼著？我不是眞的很需要那些箭。倒車離開吧。」

「那是——」

「別說他的名字。那是羅馬酒神。」

「他在這裡做什麼？」剛納吼道。李夫打倒車檔，然後以吸血鬼的開車方式倒車離開。輪胎在他倒回羅斯福路的路上時發出長長的刺耳聲響。兩頭豹嚎叫，發光的白色身影轉身看見我們。偷偷離開的機會就這麼泡湯了。

「他顯然是在找我。他——」

「我們要去哪裡？」李夫插嘴道。

「國道六十號東行。」李夫踏下油門，我們向南朝高速公路呼嘯離去，我趁機多看第十一街最後一眼。我關閉妖精眼鏡，白光身影變回巴庫斯的模樣，跳向他那輛超級醒目的交通工具。他並非卡拉瓦喬或提香【註一】筆下的柔弱美男子，而且肯定不是該度・蘭尼【註二】想像中的那個胖小子；他比較像是普桑【註三】畫作「米達斯與巴庫斯」中那種壯健結實的形象，只不過他皮膚上浮現瘋狂的斑點，眼中綻放憤怒的火焰。或許在平常日子裡，他看起來比較平和中性，但此刻他並不是那個懶洋洋的酒鬼；而是以狂怒的實體化身降臨人間，手臂與脖子上布滿青筋或藤蔓——我認不出究竟是哪個。

「我想我們要和雙輪戰車賽車了，兩位。」我很驕傲自己能夠如此冷靜；我真正想做的是大叫：「逃！媽的逃、逃、逃！」但是我們三個理論上都是狠角色，除了要顧性命，還要顧全男子漢的尊嚴。我們都不能透露絲毫擔憂的跡象，不然就會被另外兩個人嘲笑到死。

「距離多遠？」李夫問我：「離我們要去空間轉移的地方？」

註一：卡拉瓦喬（Caravaggio，1571-1610）與提香（Titian，1490-1576），皆是文藝復興時代的畫家。

註二：該度・蘭尼（Guido Reni，1575-1642），義大利的巴洛克藝術家。他作品中有幅Drinking Bacchus，畫中的巴庫斯是個拿著酒杯喝紅酒的白白胖胖小鬼。

註三：普桑（Poussin，1594-1665），十七世紀法國巴洛克時期重要畫家。

「一、兩個小時的車程。」鳳凰城都會區附近沒有健康的森林，這也是我選擇定居於此的原因之一，因為這樣比較不會遇上妖精。「端看你開多快。」

吸血鬼大笑，隨即開始加速。

「你辦到了。」剛納說：「我們死定了。」由於他說這話時面無表情，而且顯然是在批評李夫的駕駛技術，所以不用扣男子漢點數。

李夫向左猛轉方向盤，我們竄入第十三街，衝向米爾街。從米爾街往南便接上國道六十號；上國道後，就可以肆無忌憚地狂飆。

我們絕不考慮與巴庫斯衝突。奧林帕斯眾神（無論希臘和羅馬都一樣）和北歐諸神或圖阿哈．戴．丹恩不同，他們眞正永生不朽、無法殺死——我們只能造成一定程度的不便而已；這讓他們在任何爭端中都能取得優勢。我的嘴巴自然而然地吐出一段適合當前處境的台詞。「『所以，親愛的孩子，騎上我最快的馬；我會指引你該如何迅速逃生：來，別再拖延，走吧。』」我引述《亨利五世》〈第一幕〉。莎士比亞最厲害的地方，就在於幾乎任何狀況他都有話可說——就連搭乘野馬汽車逃離羅馬神祇的追捕也有。

李夫不耐地看我一眼，引述凱普雷特家【註】的那句老話：「『走開，走開；你太莽撞了。』」他並不反對引述莎士比亞，他只是不喜歡我在逃命時還想來場莎士比亞引述比賽。

「你以為我會在你想辦法幫我們逃出生天的時候向你挑戰？」我問。我本來應該向他道歉，結束這個話題，但我就是忍不住要說超適合這個情況的《哈姆雷特》台詞：「『大人，我眞的沒有這種想法。』」

剛納哀號一聲，將臉埋在雙手間。他知道我們在幹什麼了。

儘管李夫的車速極快，巴庫斯還是佔盡了飛天的優勢——因爲他那兩頭天殺的豹都是會飛的那種——在我們放慢車速轉往米爾街時追了上來。我們聽見牠們的吼叫聲，接著巴庫斯也發出具有以恐懼逼瘋他人魔力的叫聲。如果我們三個無法抵抗這種魔法，肯定已經完全失去理智。當我們在刺耳的輪胎聲中轉過街角時，野馬的車頂上傳來利爪劃過的聲響。

「『嗚呼，那是什麼聲音？』」李夫笑著說道，試圖融入當前的情況——在無可避免的恐怖命運之前，我們唯一能做的就是盡可能享受過程。儘管如此，我還是拔出富拉蓋拉，以免車頂塌陷，必須出手抵抗來自上方的威脅。剛納後頸開始鼓動，因爲他的狼形呼之欲出；他討厭在這種情況下身處乘客座，除了期待我們能夠跑贏神之外束手無策。

又是兩下利爪劃過車頂的尖銳聲響，我們咬緊牙關忍耐那個毛骨悚然的聲音，接著李夫猛踩油門，野馬再度拉開距離。

「希望你有加買選購的保險。」剛納說。

「我當然有買！」李夫說：「你以爲我是什麼，瘋子嗎？」

沿途喇叭聲不絕於耳，人們一看到飛天雙輪戰車追逐野馬汽車的景象立刻緊急煞車。目擊證人

註：凱普雷特家（The Capulet family），《羅密歐與茱麗葉》裡茱麗葉的家族。

肯定會在回家後拿出即興調配的酒精處方讓自己冷靜下來。

我們引發了大騷動，而李夫樂在其中。他緊壓著喇叭不放，沿路大閃車燈，逼迫人們讓路。「『趕我走，我將成就大業；是，我會控制他們。』」他以《凱薩大帝》裡里加律斯的台詞吹噓道。

這句羅馬人的台詞讓我想起《埃及豔后》裡一句超適合的回應。「『來吧，酒王，腦滿腸肥的粉眼巴庫斯！』」我說，這話讓李夫皺起眉頭，因爲我顯然贏了這一回合。他咒罵自己沒有先想到這句——如果他眞的聽過這句的話；這個攻勢非常凌厲——甚至極具分量——他難以反擊。

我們也很難甩開巴庫斯。每當我們降到時速五十哩以下，他的豹就會試圖抓穿車頂。他不是特別好戰的神；他的酒神杖頂鑲的是松果，威力並不足以砸爛比衛生紙硬的東西。儘管如此，他本身的蠻力遠近馳名，而他的女祭司都分享了這股力量；萬一讓他抓住我們，免不了會斷手斷腳。高速公路交流道上亮了紅燈，所有車道都塞滿了停下來的車，李夫絕不可能鑽過車縫。

吸血鬼比向前方的阻礙，說道：「我們有麻煩了。要不要分頭行事？」他對我說：「你下車給他追，剛納和我從後面偷襲？」

我轉過頭去，看看我們的追兵。那兩頭豹遮住了巴庫斯部分身影，這讓我想到一個點子。「不，我想我或許有辦法讓他減速。」我全神貫注在酒神杖的松果上——他正將它舉在頭頂揮舞——我在松果與其中一頭豹雙眼間的體毛上建立羈絆。這樣不會傷害那頭豹，不過絕對能讓牠分心。當我完成羈絆時，巴庫斯也分心了，因爲他從沒想過酒神杖會脫手而出，精準地落在他的豹的兩眼之間。他咒罵一聲，眼看一頭豹放聲哀號、左右甩頭，另外一頭豹則持續狂奔，導致雙輪戰車在空中打轉。要徹底解決這個情況，他得降落才行。當我們在紅燈前減速時，他也下降到馬路上。

停車之後，李夫和剛納立刻轉頭，只見巴庫斯在努力安撫兩隻非常惱怒的大貓。

「喔，不妙，喵喵生氣氣了。」我說。我轉身準備和同伴一起大笑，結果發現他們在瞪我。「幹嘛？」我問。

李夫搖晃手指，用陰沉的口吻說道：「如果你告訴我講話要像文盲傻瓜才能融入這個社會，我會打你。」

「我會拔光你的山羊鬍。」剛納補充。

「貓咪搞笑是新的歡樂聊天方式，」我解釋道：「不是一定要當貓咪才能這樣講話。」

李夫揚起拳頭，我舉起雙手。「好啦好啦，我不說就是了嘛！順便一提，綠燈了。」

他搖搖頭，面對前方，踏下油門。「我眞不懂你怎麼能從莎士比亞轉到那種毫無意義的蠢話上去。」

我沒有回答，因爲我有點擔心那頭豹。牠在對巴庫斯揮爪，而巴庫斯緊握酒神杖，一副氣到打算用蠻力連皮帶肉扯下神杖的模樣。於是我趁著他們還在視線範圍內，改變羈絆法術：我解開豹身上的結，將酒神杖羈絆到巴庫斯自己的眉心上。高興的話，他可以扯下自己的皮膚。當我們消失在通往國道六十號的交流道上時，他的狂吼聲撼動車窗。

「結束了嗎？」剛納問：「甩開他了嗎？」

「還不算。」我說：「他或許夠聰明，猜得到我們的目的地；他對付過德魯伊。他可以直線飛行，節省很多時間。」

「所以依照你的說法，」李夫說著以極端危險的速度超越人類車輛，「我應該開快一點。」

「沒錯。不過前提是我們要毫髮無傷地抵達目的地。」

我們試圖放鬆心情，開往舒伯利爾，然後駛上一七七號公路，向南前往一座名叫溫克曼的小鎮。當人在被神獵殺的時候，要假裝一切如常很難，不過因爲男子漢的自尊心作祟，我們還是努力嘗試。我們聊起其他事，彷彿是出門兜風，不是在跑路。李夫聊起昨晚在運動場的豐功偉業，花了很長的時間一步步解釋他是如何解決六十三個吸血鬼的。

「在電子時代散布混亂的要訣就在於切斷電力。」他開口，「我不但破壞了那個區域的變電器，同時也解決掉運動場的備用發電機。這表示安全攝影機都失效了，人類肉眼只能看見稍縱即逝的動作。他們的手機鏡頭在低光源下根本派不上用場。於是我輕而易舉地穿梭在運動場上，任意獵殺曼非斯吸血鬼。他們愚蠢地決定分散在運動場四周，而不是集中力量固守陣地。」他在照後鏡中露出邪惡的笑容。「年輕識淺的後輩敗給老奸巨猾的高手。」

「報紙上沒有提到屍體有什麼不尋常的地方，但或許他們要到今天才會發現異樣。」我說：「我敢說明天的頭條會很勁爆——現在肯定已經在網上了。你都不擔心吸血鬼的存在會就此公開嗎？」

李夫聳肩。「我自己的存在還是祕密。如果我能回來的話，再來擔心那個。」

「是當你回來時，」剛納強調道：「不是什麼如果。」

「拜託，李夫。」我持續追問：「總有幾具吸血鬼屍體會接觸陽光，然後起火燃燒。那會是條超級大線索。就連能力普通的法醫都能驗出那些屍體早就死了。承認吧，你已經讓吸血鬼曝光了。」

「我才不會承認這種事。他們會把自燃現象怪罪到沒注意到的氣體或體液，宣稱那些屍體是吸血鬼或任何不死生物的法醫則會慘遭解雇。不管他們查出什麼，社會大眾都會提出科學與其他懷疑論來粉碎或否定那些證據。」

我搖頭。「你一定有兩顆超大超毛的睪丸。」我說，然後補充，「除非你沒有。問你唷，李夫，吸血鬼有沒有睪丸？」

剛納試圖忍笑，不過失敗了。

「阿提克斯？」李夫說。

「在，李夫？」

「我允許你滾下車。」他假裝沒聽到我說話，繼續描述他的狩獵故事，最後以肢解曼非斯吸血鬼老大作爲收場。

我們從溫克曼南行七十七號公路，結果遇上一個迫不及待想要攔下超速肌肉車的警察。李夫鬆開油門，讓剛納握穩方向盤。他搖下車窗探出頭去，面對後方。他以目光攫住警察的雙眼，施展魔力魅惑他。沒過多久，警車不再鳴笛，警察自動停車。

李夫把頭縮回車內，看著鏡子徒勞無功地梳理被風吹亂的頭髮，剛納則繼續在乘客座上駕車。我偷笑。

「你有話要對我說嗎，歐蘇利文先生？」李夫頑皮地說。

「請不要太在意外表，海加森先生。」我回道：「我保證你看起來很美。」

剛納竊笑，李夫傲慢地揚起下巴。「我不會理會醜男的嘲諷。」他說道。

「他是在說你，阿提克斯。」剛納說。

「你媽才是在說我。」我說，狼人的幽默感當場蒸發，開始大聲咆哮。我微微一笑，接下來閉上嘴巴，李夫也一樣。開狼人玩笑不能太過分。

我們在阿拉瓦帕路左轉，然後繼續行駛十二哩，最後八哩路都是碎石地。阿拉瓦帕峽谷野地基本上算不上森林，也沒有很多橡木、白蠟樹或荊棘，但它有足以與提爾．納．諾格產生聯繫的健康河岸棲息地。這裡有兩百多種鳥類、九種蝙蝠，還有亞歷桑納原生種的魚類，外加黑熊、山貓、沙漠大角羊與長鼻浣熊。樹木大多是闊葉木，有赤楊、柳樹、胡桃、棉白楊，還有西克莫無花果，終年聳立在阿拉瓦帕溪旁。還有幾座眞正的森林離坦佩市更近，與提爾．納．諾格的聯繫也更強烈，但是想要盡快離開坦佩，這裡還是我的首選。

我們三個開門下車，李夫把鑰匙留在鑰匙孔裡。我強化夜間視覺，脫下涼鞋拿在左手上。通往野地的入口圍著柵欄，我們翻過柵欄，開始朝向溪邊跑去。兩旁的峽谷台地沒有多少野生生物；眞正生氣蓬勃的是峽谷底部。

「步行多遠？」剛納問。

「進去一哩左右，應該就能轉移了。」我說：「留意後方追兵，好嗎？」我處於人形時，感知能力無法和他們相提並論。「我還是不相信巴庫斯會放棄追殺我們。」

我們在夜空下大步奔跑，我邊跑邊與索諾倫交談，告訴它──或依照關妮兒的說法，她──我希望很快就能回來。

剛納在還有半哩左右的時候突然回頭，一秒過後，李夫也做出同樣反應。「他來了。」剛納說。

「別再慢跑了！」我說：「李夫，兩隻腳的情況下你跑得最快，可以揹我們嗎？」

「我不知道要去哪裡。」他抗議。

「直接跑入峽谷。該停的時候我會告訴你，然後你們兩個就對他丟石頭或什麼的，在我把我們轉入提爾．納．諾格前拖延時間。」

剛納不喜歡被揹著跑，但是他看出有這麼做的必要；飛豹很快就會追上我們。李夫像消防隊員般一邊一個將我們輕鬆扛上肩，然後全速奔跑。我聯想到坐在拉塔托斯克背上時的顛簸旅程。儘管如此，吸血鬼最快的速度還是比不上飛豹。我們聽見身後傳來吼叫聲，然後巴庫斯得勝般地「哈」了一聲；接著李夫突然自我們下方消失，我和剛納一起向前飛出，重重撞在一棵棉白楊的樹幹上。我翻身而起，發現李夫雙腳讓常春藤纏住──或許是葡萄藤。巴庫斯迅速逼近，俯衝而下，臉上是那種他在別人身上引發的瘋狂。

好吧，保持理性總比發狂要好。我透過大地傳遞訊息給索諾倫：／／德魯伊需要幫助／防止植物迅速成長／我的位置／現在／感激／／

剛納脫掉鞋子和褲子，開始變形為狼。他沒去管橄欖球衫，基於公益理由，他認定在變形過程中摧毀這件衣服是對所有人都好的做法。

「切斷大貓的腳筋，」我在等待索諾倫的回應前說道：「不要對神出手。」剛納點了點頭，臉部隨即拉長、變成狼鼻，人類表情就此消失。

//答應幫忙//索諾倫回應，我表達感激之情。巴庫斯落地，釋放飛豹，以拉丁語叫道：「攻擊！」接著跳下雙輪戰車，跟隨飛豹而來。飛豹撲向已經解開藤蔓束縛的李夫，他以吸血鬼的速度閃向一旁，讓牠們繼續前進。他踏步上前，直接挑戰酒神——酒神顯然沒拿酒神杖，雙眼之間也沒有一小時前曾經黏過一顆松果的跡象；剛納則衝上前去迎戰飛豹。

「把他趕回上游就好了，李夫；不要和他比力氣！」我在剛納和兩頭飛豹張牙舞爪地撞在一起時叫道。巴庫斯並非全然無能的戰士，不過從他面對李夫時的架勢來看，他也不習慣應付擁有上千年格鬥經驗的吸血鬼。李夫快如閃電地朝他下巴揮了兩拳，迫使他挺直身體；接著反身踢中酒神的膝蓋側面，令他當場屁股著地。趁巴庫斯尚未起身，李夫迅速抓起他的腳猛力拉扯，不讓他有機會出腳攻擊，然後以拋擲鐵餅的動作提起他轉了一圈，最後把他拋出數百碼外。他重重落在布滿岩石的溪床上，八成摔斷了什麼地方。眞是太遺憾了。

同一時間，剛納解決了那兩頭飛豹，不過自己也身受重傷。好消息是他會自療，而那兩頭飛豹短時間內都無法拉巴庫斯來追我們。

「丟得好。」我說：「來吧，我們走。不遠了。」

我撿起剛納的牛仔褲和鞋子，和我的涼鞋一起拿在手上；李夫則再度扛起我，繼續深入峽谷。

由於剛納已經化身狼形，所以他在旁邊跟著。

「可以的話順著溪床走。」我要求。李夫順應我的要求轉向，這讓我可以持續監視巴庫斯的動向。奧林帕斯神怒氣沖沖地爬起身來，輕易感應出我們的去向。他一手抵住背上的某個部位，不過接著我看到他雙手向前舉到腰際，緩緩上揚，顯然是在召喚某樣東西浮出地面——毫無疑問，會是藤蔓或什麼的，感謝索諾倫的幫助，他的法術沒有生效。李夫沒有受到阻撓，我偷笑。

我以閒話家常的語調用拉丁語道：「巴庫斯大王，聽得見我嗎？聽得見就點頭。」

巴庫斯放下雙手，點了點頭。

「你從未單憑一己之力殺死任何德魯伊，而你永遠也辦不到。你只有在女祭司、羅馬軍團，還有密涅瓦的幫助下才殺得了德魯伊。或許你的僕人終究還是會殺了我，而我也很清楚我永遠殺不了你，但是現在就承認吧，你本人永遠不是我的對手。大地聽從我的吩咐，孩子，不是什麼葡萄與酒杯的小神。」我換回英文補充：「忍氣吞聲吧，婊子。」

巴庫斯沒有費心去想任何回應。他只是大吼一聲，繼續追來。但是他徒步奔跑並沒有快到哪裡去；他跑得沒有凡人快，而他和我們還差好幾百碼。

「幫我找棵健康的樹，李夫，從這附近挑就可以了。」我說。李夫立刻帶著我們離開溪床，把我放在一棵高大的西克莫無花果樹旁。和一定要有橡樹、白蠟樹，或荊棘才能空間轉移的妖精不同，我可以透過任何壯健的樹木與提爾．納．諾格建立連結。不管是西克莫無花果或紅杉都一樣，只要是健康的樹就好了。

剛納坐在我們身旁，一邊喘氣，一邊流血。「好了，你們兩個同時接觸我和無花果樹。」我看向剛納，確定他有聽懂。他站起身來，伸出一隻巨爪貼上我胸口，另外一隻爪子則去摸樹幹。我須要皮膚接觸，所以揚起拎著鞋子和褲子的左手手指去碰他的毛皮。李夫放下身段，一手摸我的頭，一手放在樹上。

我又看了一眼上游方向，確認酒神的位置。他沿著溪床狂奔，沒怎麼在注意落腳處。他在一顆滿是苔蘚的石頭上滑倒，當場摔個狗吃屎，看起來一點也沒有神的樣子。我哈哈大笑，因為我知道他聽得見我的聲音，而我要他知道我看見他出糗的模樣。我們還有很多時間可以空間轉移。

巴庫斯感應到我即將逃脫，於是自溪床中抬起頭來。「你會為了羞辱我付出代價。」他以強自抑制的憤怒語氣說道：「我對朱比特發誓，我會親手撕碎你，德魯伊。你的死期早就已經過去了。」

「或許我該死。」我承認道：「但是你也不該活著。你的存在不過就是戴奧尼索斯【註】的虛弱回音。你是一個更好的神的無力版。」

我沒有給他機會回嘴，奉行「務必要當最後說話的人」那句至理名言。我閉上雙眼，找出通往提爾．納．諾格的連結，然後帶著我們前往妖精的世界。

註：希臘的酒神戴奧尼索斯（Dionysos）同時還主掌農業與戲劇，而羅馬酒神巴庫斯則僅代表狂歡與縱慾。

第十四章

一般而言，部族以外的魔法不會影響狼人，不過剛納還是安然無恙地被傳送過來了；我看不出來他有沒有擔心過這一點。反正這道羈絆法術也不是以他為目標；法術的目標是我和我想要一起帶來的東西。他吐出了他的晚餐——李夫和我刻意假裝沒看見——其他一切正常。

等他吐完後，我建議他在我們轉回地球前先變回人形。我把他的牛仔褲和鞋子丟給他，然後在他變形過程中轉過身去，以免把我的午餐也吐出來。

在提爾．納．諾格的這個地區現在是晚上，就和亞歷桑納一樣。我們不能立刻轉去納迪姆，因為那裡已經天亮了，李夫一轉過去就會化為灰燼。但我們也不能待在提爾．納．諾格，妖精不能忍受李夫的存在，此刻八成已經察覺情況有異，開始朝這裡聚來。李夫要求我們轉移到布拉格北方二十五哩外的一座森林，那裡還有幾個小時才會天亮。

剛納穿好衣服，宣稱他可以出發了。儘管赤裸的胸口上多了幾道血淋淋的爪痕，他看起來還是比穿那件橄欖球衫時要好看多了。他自療的速度很快，但我看得出來頻繁變形、打鬥，以及空間轉移，消耗了他不少體力。他還得再忍受一次。

與之前一樣，李夫和剛納一手摸我、一手摸樹，我們轉移到捷克共和國的奧辛納來斯村附近一座樹木茂密的山坡上。剛納立刻又開始吐。

「明天晚上我在這棵樹下跟你們碰頭。」李夫皺起鼻頭說道：「我應該可以輕易找到它。」

「你要上哪兒去？」

「這裡是斯丹尼克的地盤。」他解釋道：「我得去向他致意。明天晚上我們繼續旅程。請休息。」他融入黑暗，只剩下穗絲頭髮露在外面，片刻之後，頭髮也不見了。

「變成人形傳送也沒有比較好過。」剛納嘀咕道。

「抱歉。」我說：「據我所知，你是史上第一個做空間轉移的狼人。口耳相傳的知識裡並沒有足夠的資料供我預測你會出現什麼反應。」

「什麼知識？」

「德魯伊的知識。」

「那我想你會把我吐的事記入你的德魯伊知識？」他看起來不太高興。

「我不會指名道姓。」我立刻保證道：「那會是關於狼人的註腳。事實上，會是非常重要的註腳，因為如果連阿爾法狼人都吐成這樣了，比較弱小的狼人會有什麼反應？」

剛納考慮這一點，然後僵硬地點點頭。再一次，他的傷勢看起來比之前好多了。我知道，再過不久就根本看不出來他受過傷。但是這樣必須付出代價。

「我餓了。」剛納說。

「你要以人形還是狼形進食？」我問：「我們可以在這裡狩獵，或是到鎮上去弄一大堆蛋或什麼的。」

「你會說這裡的語言？」

「不會。」我承認：「我不太熟斯拉夫語系的語言。不過他們或許會說俄語或英語，而且我們也可以指著菜單點菜。」

「你有捷克錢嗎？」

「沒有。皮包裡只有幾塊美金。吃霸王餐，不然就洗盤子。」

剛納滿臉厭惡地噘起嘴唇。「那我們在這裡狩獵好了。」

我解下背上的富拉蓋拉，靠在樹上——一棵藍雲杉。我一邊脫衣服，一邊摺衣服。剛納嘆了口氣，開始脫下剛剛才穿好的褲子和鞋子。我四腳著地，將自己羈絆在愛爾蘭獵狼犬的形體之中，然後等待剛納進行時間較長、也較爲痛苦的變形過程。我仔細聞了聞，把這附近的氣味牢記在心，隨即跟在剛納身後，讓他領頭狩獵。

對我們兩個來說，這樣狩獵都有點不自在，因爲他不能透過部族連結與我溝通，我也不能像歐伯隆那樣和他建立羈絆，不過我們還是在天亮前找到了一頭小雌鹿。我讓剛納大快朵頤，自己回到留下衣服和富拉蓋拉的樹旁。我不吃生肉。

我短暫化身爲貓頭鷹，自樹林上空打量附近地形，找出最近的餐廳。我在奧辛納來斯裡找到了一間距離這裡約五哩的店。

我脫下涼鞋，以穩定的速度奔跑半小時，抵達鎮上。這座小鎮是由許多迷人的小木屋、幾隻對著黎明啼叫的公雞，還有一條貫穿位於狹窄山谷的小鎮馬路所組成。這種小地方沒有眞正的餐廳，只有專爲自然生態旅人和迫切想要逃開現代城市壓力的作家準備的民宿。民宿老闆兼廚師是個矮小、開朗、圓嘟嘟、會說俄文又熱愛工作的男人，他的圍裙上沾有食物污漬，黑白摻雜的小鬍子下掛著親切的微笑。他幫我煮了一頓豐盛的早餐，代價是幫忙打理民宿的一些瑣事——清除油鍋上的油垢、打掃烤箱後面並到室外砍些木柴再搬到客廳的火爐旁。他女兒是女主人，趁我吃飯的時候和我搭訕。她指點我出鎮的道路，對她而言，任何離開這個美麗小鎮的道路都是好路。我思考著自然界的弔詭：有些人想要逃離，有些人又迫不及待地想要回來，而他們從不了解這一切都與他們的天性有關，向來不是環境的問題。

在餐廳吃早餐的住客努力不要盯著我看，不過成效不彰。或許他們聞到我衣服上帶有狼人的味道，或吸血鬼——當然不是意識層面，因爲他們的嗅覺沒有那麼靈。他們或許聞出我有點不大對勁，讓他們隱約知道我經常和怪物混在一起。他們都沒有試圖與我交談。

我謝過老闆和他女兒，在門上的小鈴鐺宣告我離開民宿時，感受到所有人的目光。我穿過鎮上唯一的馬路，溜入森林。他們已經在心裡編造關於我的傳言，沒有關係。如果我出現在他們生命中的這片刻，能爲他們的生活增添一點樂趣，那就這樣吧。

我好整以暇地回到以剛納的嘔吐物標記的樹旁。我一點也不急，因爲在李夫回來之前，我們哪裡也去不了。我雙手插在口袋裡漫步，享受著樹木的氣息。我已經很久沒和這個地區的元素交談了，於是我送出訊息，向它打招呼，祝福它一切安好。

在接近會合點、不過還不致於聞到剛納嘔吐物氣味的地方，我搭建了一頂臨時遮篷——對於有辦法用魔法把樹枝羈絆在一起的人而言，搭這種東西十分簡單。我打算好好睡上一整天，因爲現在是亞歷桑納的睡眠時間；而遮篷是用來避免空中搜索，而非遮風避雨。由於沒有泰迪熊或枕頭，甚至是歐伯隆可以抱的關係，我只好將就將就抱著富拉蓋拉入眠。

樹林地面很冰冷；很快就要下雪了……

我醒來時，剛納平躺在我旁邊，兩隻爪子以可笑的姿勢舉在空中，舌頭則垂在一側嘴旁。他在打鼾。眞希望我有帶相機——最好是有超大閃光燈的那種，因爲天已經黑了。我是被人吵醒的——奇怪的是，吵我的並非狼人。

我啓動妖精眼鏡，沒有移動，也沒有發出聲響地搜索四周。我什麼也沒看到，什麼也沒聽到。或許我是因爲尿急才醒來的，沒有其他原因。儘管如此，我還是認定有東西在遮篷外監視著我——或許是在等我探頭出去。

我不打算讓對方稱心如意。我打算叫醒狼人，趁他在應付受驚狼人常常會引發的問題時出去。移動剛納身體下方的地面應該可以很快叫醒他。我以掌心抵地，正要命令大地干擾剛納睡眠，一個聲音已經幫我把他吵醒。

「冷靜點，阿提克斯。你也是，剛納。是我。」李夫自一棵樹後現身，剛納和我起身迎向他，對於他這種出場感到不悅。從他笑嘻嘻的模樣來看，他似乎很滿意我們的反應。「你們今天過得如何？」

「幾乎整天都在睡。」剛納吼道。

「我每天都這樣。」李夫說：「睡得像死人。」

「斯丹尼克怎麼樣？」我問。

「完美得體。他沒想到會看到我。對我公開捍衛地盤的行爲有點不悅；滿意我有去向他致意。我們要出發前往納迪姆了嗎？」

我解除綑綁遮篷的羈絆，然後跑到一邊去解放膀胱，接著回來宣布我準備好了。

「你可以一到提爾・納・諾格就把我們轉移離開嗎？」剛納問：「或許我可以只吐一次，同時爲兩趟旅程付出代價。」

「我盡量。」我說。

我們空間轉移，我盡可能不在提爾・納・諾格上耽擱，迅速把我們傳送到納迪姆南方的樹林裡。一抵達目的地，剛納立刻狂噴猛吐。李夫和我走到旁邊，一方面給他一點隱私，一方面也是爲了拯救我們的鼻子。

等剛納宣稱他可以繼續後，我們在明亮的星空下奔向北方，於午夜時分抵達會合點。李夫體貼地自願幫我們拿劍和衣服，好讓剛納和我變形趕路。我們頻頻注意天上，看看有沒有暴風凝聚的跡象，不過顯然北歐諸神正在其他地方搜索我的下落。這很合理：他們認定我會盡量遠離阿斯加德，不會再跑回去。當小湖映入眼簾時，我在夜色中看見一座營火，照亮湖畔一棵熟悉的大樹與樹枝。應該有三個人在等我們，但我只感應到兩個。或許李夫沒有及時找到所有人、通知他們會面的地點。兩名長者坐在營火的兩端，顯然毫不懼怕火光範圍外的黑暗中可能隱藏的威脅。

「看來我們最後抵達。」李夫說。要嘛就是他早就知道只有兩個人會來，不然就是他已經看到第三個人藏身何處。「來吧，變回人形，我幫你們介紹。」剛納和我變形著裝，我們一起走向營火。李夫出聲招呼，兩個老人轉身面對他出聲的方向。他們沒有顯露任何關節炎或是視力不佳的跡象，身手矯健地自原先坐著的石頭上起身。

其中一名老人是亞洲人，應該就是張果老。他下巴附近稀稀疏疏地長了幾撮白鬍鬚，腦側留著一輪白髮，彷彿剛剛成形的白雲，可以透過它們看見後方的天空。他身穿傳統式仙袍，深藍色滾金銀菊花圖案，袍領、腰帶和袖口則是天藍色。儘管他年紀顯然很大，卻隱約透露一股不該因爲年紀而小覷他的氣勢。根據經驗，我很清楚那種寬鬆的仙袍可以用來掩飾肩膀、手肘甚至拳頭的實際動作。低估他的事情就交給李夫和剛納去做；我可不會輕易上當。開口說話時，他的英文十分流暢，只帶一點口音，他向我們鞠躬說道：「三位駕臨令我深感榮幸。」

另外一個老頭是瓦納摩伊南。他指著我的山羊鬍說：「可愛的鬍子。」他自己留著令人望而生畏的白鬍子，我絕對不會用可愛去形容它；他可以在鬍子裡暗藏任何東西。可能有武器，也可能是化作煙霧逃生專用的爆破丸，又或許只是一個椋鳥家族在裡面築巢。他的鬍子從凸起的顴骨如同雪崩般一路留到肚子；他的八字鬍比大鬍子還要亮白，不可一世地蓋在上唇上，細鬚如同剛降的粉雪般順著下巴兩側垂落。

他的眉毛也和鬍鬚一樣壯麗花白，如同捲起來的遮雨棚般架在顯著的額頭和深陷的眼眶上。這讓他的雙眼完全籠罩在陰影下，像墨水潭般喜怒不形於色。他頭戴芬蘭無邊帽，兩旁的耳罩用額上的紅巾固定，給人一種這個人不好欺負的感覺。他看起來像是邪惡版的聖誕老人，精瘦、飢餓，只有在撲到你身上的時候才會說：「嗬嗬嗬！」

他身穿森林綠短衫，腰間繫著黑皮帶，外面披著很密實的紅色羊毛斗篷，繫在鬍鬚後看不見的地方。固定在腰帶上的劍鞘裡插著一把短劍，下半身淡棕色馬褲紮在及膝的毛靴裡，靴子以鞋帶交叉綑綁到腳踝。

握手時，他的手掌孔武有力。「你的帽子很好看。」我對他說。如果他要用這種小讚美來損我，那我回嘴的時候就不會有任何內疚。這並不是外交任務。再說，我認為他只是想比比看誰是最凶狠的狠角色。

當瓦納摩伊南轉頭問剛納「你的上衣怎麼了」時，就證實了這一點，好像穿得比較體面會比一點也不怕冷還要有男子氣概。

「醜到爆。」我解釋道，暗指在某個時間點上有人毀掉了它，而且沒人悼念。剛納一邊瞪我，一邊和芬蘭人握手，不過他沒有反駁我的說法。

一名貨眞價實的神祇到來阻止了瓦納摩伊南進一步宣稱自己是世界上最有男子氣概的男人。一隻老鷹從天而降——大概原先棲息在上方的樹枝上——在我們面前化身爲肌肉壯健的雷神。他不是索爾；他是俄國雷神佩倫，也就是我沒看到的第三個人。

時至今日，他的名字——或是某種變化形——依然在許多斯拉夫語族中代表「閃電」。他的肌肉彷彿建築用的石板，成形但卻沒有打磨；體毛遮蓋了肌肉明顯的線條，因爲他體毛超多，就連肩膀上都長了毛。他的紅銅色鬍子濃密，頭上頂著一團狂放不羈的亂髮。

他的藍眼隱隱綻放電光，比《星際奇兵》【註】裡的特效要壯觀多了，接著他熱情地向我們微笑。我突然覺得他像坐在禮拜六晨間卡通的車子裡：他就是佩倫，毛茸茸的歡樂雷神。

他以很有教養的俄文詢問，是否可以用這種語言和我們交談。看李夫和剛納臉上茫然的神情，我向他解釋不是所有人都會說俄文。

「那就講英文吧？」他的英文口音很重。我們全都點頭或出聲同意。「這會招來厄運。我不擅長這種語言。」他將厄運拋到腦後，「不過無所謂。」

佩倫和大家握手，故意小電我們一下，然後開心地觀察我們的反應；接著他拿出幾根看起來像石吸管的東西。

「我有帶禮物。」他說，然後發給我們每人一根。「我不知道這玩意兒的英文名稱。它們可以防閃電。」

我很快就想到那是什麼。「啊，是閃電熔岩。」我說——被閃電擊中的沙所形成的中空管，內部經過高溫加熱，如玻璃般光滑，外部則很粗糙。

佩倫要我再說一次「閃電熔岩」，我照做。他複誦幾次，然後說：「隨身攜帶閃電熔岩，可以抵擋索爾的攻擊，這下不用怕他的閃電了。懂了嗎？」

註：星際奇兵（*Stargate*）是一系列由電影、影集、電玩、動畫與小說等組成的科幻作品，現仍持續創作、發展中。

李夫懷疑地看著他的閃電熔岩。「這個可以擋閃電？」

「太棒了。」佩倫拍手，向李夫微笑。「有人自願示範。」

「不好意思？」李夫說。

「別擔心。」我說。佩倫舉起綁在背上的斧頭。我不確定他化作老鷹型態時把斧頭放在哪裡；我在想他願不願意教我怎麼做。「我想他是把閃電熔岩當作護身符。」

「你或許記得我上一個護身符並沒有好好守護我。」李夫有點嚴厲地說。他指的是我給他去應付會丟地獄火的女巫的寒鐵護身符。「我的皮膚極度易——」就在這個時候，一道閃電正中李夫腦袋。我們眼睜睜地看著閃電穿透他的身體、散入地底；雷鳴聲把我們通通嚇了一跳，而我真的以為李夫已經淪爲地上一堆冒煙的焦炭。不過有趣的是，他安然無恙。「——燃？」他以疑問語調收尾。

「哈！看到沒？」佩倫叫道：「比盾牌好用。你沒有感受到高溫和電流，對不對？」

「是……有一點……癢。」李夫說。

所有人咧嘴笑開。「實在太了不起了。」瓦納摩伊南說：「接下來可以劈我嗎？」

佩倫以另一道閃電回應，芬蘭人臉上連一根毛都沒有烤焦，這次所有人都熱烈表達讚歎之情。佩倫洋洋自得，繼續用屬於我們這陣營的閃電去劈剩下的人。「練習練習。」

「這些東西的防禦效力有什麼限制嗎？」我指著我的閃電熔岩問：「只能擋十二下閃電之類的？」

「沒有，在我的加持下，這些熔岩永遠有效。」佩倫保證道：「你們日後再也不用怕任何閃電。

索爾、宙斯……不管哪個神，只要隨身攜帶這個，就沒有閃電傷得了你們。」

「不好意思，高貴的朋友，所謂隨身攜帶是說放在口袋裡或其他袋子裡嗎？」張果老好奇道。

「呃？」佩倫的眉毛如同兩條熱情的毛蟲一樣交纏在一起。「不。一定要和皮膚接觸。手、腳、背後，哪裡都行。放在袋子裡，閃電熔岩就會保護袋子，不是保護你。」

大家開始意識到這個禮物多有用，我們都誠心誠意向他道謝。

「沒什麼大不了的。」他說，儘管他顯然很享受我們的反應。

「既然全部到齊了，我來施展幻象。」瓦納摩伊南說：「讓在附近閒晃的人看不見我們。」

個人認為這種事情應該在五道閃電劈在同一個地點之前先做，不過現在做或許也還來得及。

「原諒我問個不太禮貌的問題，你的幻象騙不騙得過胡金和暮寧，奧丁在米德加德上的眼線？」我問。

巫師的黑眼眶轉過來打量我。「非常棒的問題。答案是肯定的，我曾經躲過他的法眼。」他大步走回之前坐的石頭，從袋子裡拿出一個奇怪的物品。它看起來像是某種動物的下頷，牙齒顯然還在，用上好的黃線加以固定。

「這是我的坎特勒琴【註】，」他解釋：「用大狗魚的下頷和金髮女人的頭髮所製。」我驚訝到無

註：坎特勒琴（kantele），一種撥弦樂器，芬蘭的民族樂器；傳說是由瓦納摩伊南索發明，也被當成芬蘭民族的象徵。有五弦到十弦的小型坎特勒琴，也有橫跨三、四個八度音階的大型坎特勒琴，最多可達三十九弦。

言以對，這種話能怎麼接？「哪個金髮女人」或「你爲什麼不挑黑髮的」？

瓦納摩伊南開始唱歌，我則啓動妖精眼鏡，透過魔法光譜觀察他在做什麼。我們周遭的正常羈絆變得模糊不清；他將我們阻隔在正常環境以外，製造出一個口袋空間。施法完畢後，他的八字鬍微微上揚，我看出他是想要微笑。「好了。大家吃過了沒？我們正在煮東西。」巫師說著指向掛在火堆上的鐵鍋。

剛納表示他餓到什麼都吃，於是我們全部圍在火堆旁。我們一直站著等佩倫和李夫搬來更多圓石坐；他們可能在比賽看誰能找到附近最大、最重的圓石。

「簡陋的一餐。兩隻野兔，佐以紅蘿蔔和洋蔥。我們沒有馬鈴薯。」張果老帶著歉意說道：「不過太陽下山前就已經開始煮了。有加鹽和胡椒，現在應該已經入味，也夠爛了。」

我微笑。「你們兩個眞的煮了一鍋燉肉？」二十世紀奇幻小說裡最讓我覺得有趣的部分，就在於那些英雄能以多快的速度在營火上煮好一鍋燉肉。在我看來，那比屠龍還要神奇，因爲煮一鍋味道尚可的燉肉起碼需要四個小時——冬天通常還要更久——但是書中角色總是能在沒有任何解釋的情況下，在一個小時內煮好一鍋肉。儘管布拉格才剛天黑一個小時，但納迪姆卻已經快要午夜，那鍋燉肉眞的應該可以吃了。

瓦納摩伊南和張果老的袋子裡裝了不少餐具和盤子，他們兩個都很習慣露宿野外。所有人都吃了起來——除了李夫；他喝了一杯我的血。佩倫很欣賞他們的廚藝，不過對食物的量有點意見。

「很好吃。但是下次吃熊吧。」他說。

沒有人願意洗餐盤；他們好像全都變成海明威式的英雄（所有沙文主義的特徵一應俱全），寧願死也不要在其他男人面前做「女人的工作」。於是我自願洗碗，就當是討好他們的自尊，所有人都鬆了口氣，在我把所有餐盤拿去湖邊時表達感激之情。

「尊貴的德魯伊，」張果老說：「除了你能帶我們前往阿斯加德外，海加森先生沒有透露其他細節。請解釋一下我們要怎麼去。」

「我會把我們通通轉移到那裡去。生理上不是問題，但是心理上就是大問題了。我有能力帶這兩個夥伴穿越整個地球，」我指向李夫和剛納。「因爲我跟他們相識已經超過十年。我熟悉他們的想法，知道什麼會讓他們高興，什麼會激怒他們。他們是朋友。」

「但我卻才剛認識你們。」我指著坐在對面的三人說道：「我不熟悉三位的本質。當我必須以心靈力量轉移張果老、瓦納摩伊南和佩倫時，你們對我而言除了三個名字之外還代表了什麼？你們不光只是名字，你們是經驗和智慧、睿智與愚蠢、仇恨與哀傷、力量與脆弱。你們受到不同力量驅使，心裡存著不同目標。我必須將那一切都牢記在心，以免轉移到北歐世界時，不小心留下了些什麼在這裡。」

「所以我們必須把那些事情通通告訴你？」瓦納摩伊南問。

「不只是告訴我，你們必須告訴我們大家。想要活下來，我們就必須看穿同伴的心靈之窗。我們要藉由講述人生的故事來開啓這些窗戶。」

「故事？什麼樣的故事？」佩倫問道。

「各式各樣。美國人稱之為搏感情，這算是很精確的描述。我們必須生理和心理上都羈絆在一起，這樣我才能帶大家的肉身前往北歐世界。所以我們要在這裡待到我認為大家準備好了，而我們將會分享故事。我建議各位的第一個故事就從我們的共通點開始——也就是你想殺索爾的原因。之後你們可以挑選比較輕鬆的話題。同意嗎？」

所有人一邊點頭，一邊輕聲表示同意，但是每張臉都皺眉凝望火堆——毫無疑問，他們在火中想像北歐雷神。

「誰要先說？」我問。

他們五個同時說話，不過其中四人在看到剛納面帶怒色時立刻住口，以免他開始懷疑我們不尊重他。

第十五章

狼人的故事

我或許是這裡最年輕的成員，才三百多歲，但是感覺上我恨索爾早就超過三百多年——雖然他得罪我個人只是十年前的事。赤裸裸的情緒可以拉長或縮短時間實在很奇怪；更奇怪的是，有神可以在經常與人類爲敵的情況下獲得人類之友的名聲——因爲我知道索爾曾經傷害過你們，不然你們現在也不會在這裡。我也很清楚他還傷害過很多人；我聽說過流言和故事，任意施暴和零星惡行的傳聞。或許他天生就是這麼凶狠任性，身體就是支裝有惡劣氣候的瓶子，而他的意志並不是什麼好瓶塞。他的是非觀念亂七八糟。

但那些都不是理由。狼人天生就是殘暴的獵食者，想要在世上生存，就必須控制狼性。我們得隨時遵守部族法律，並在不牴觸部族法律的前提下遵守世俗法律。法律就是讓我們遠離野蠻暴行與內心獸性的關鍵；是控制黑暗天性的必要手段。諸神也應該以同樣方式克制自己。既然我們必須遵守法律與秩序，他們也應該遵守。我們聽說有個更高等的神在制裁他們，但他們受到的制裁根本不能與他們犯下的罪行相提並論，偏偏他們對凡人的懲罰往往都很極端、無法挽回。我覺得是讓那個神得到報應的時候了。

要完全了解索爾對我做了什麼，我必須帶各位回到一七〇五年的冰島。當年我是信差兼小販，夏季會在島上四處奔跑，傳遞訊息、賣點東西、分享新鮮事，爲偏遠地區的農夫一解孤寂。通常他們會很高興看到我，就像我很高興看到他們一樣。我用腦子裡的八卦消息換取免費食宿，而他們則支付一點金錢或馬飼料請我送信給朋友或親人。

那年夏天造訪納帕維鐸爾農場改變了我一生。農場人大多下田工作，當時唯一在家的是個名叫蘭薇歌．拉格納斯多提爾的女孩，十九歲，一輩子過著農家生活。她頭髮如同夏日的麥穗，微笑時臉蛋微紅。我抵達時，她正在廚房裡揉麵團，衣服上沾滿麵粉，完全沒想到會有客人。我的出現令她緊張不安，完全忘了許久以前曾經學過、卻從未練習過的禮儀。我認爲她很可愛，而當我們於桌子兩邊坐下、喝著飲料閒聊後，她覺得我卑微的生活很浪漫，充滿冒險。幾分鐘後，她看我的眼光就變了；她開始與我調情，而我承認我鼓勵她這麼做。我已經好幾個禮拜沒有碰女人了。沒過多久，她提議出門去找走失的綿羊。她用籃子裝了點肉乾和麵包，然後去馬廄牽了匹母馬，帶我去現在的史卡夫塔非爾國家公園【註】。她說那裡有個很特別的地方，我該去看看。那是道名叫史瓦提夫斯的瀑布，順著許多熔岩冷卻結晶後形成的玄武岩柱灑下；那地方陰暗卻又如同仙境般美不勝收，而天黑之後，她說她要我。我給了。

蘭薇歌的生命中沒有多少樂趣。納帕維鐸爾農場裡住了二十個人，大多是親戚，年輕女孩在這種情況下除了順從之外，沒有其他選擇。我對她而言是段愉快的人生插曲，一時享樂、回味無窮，我了解這一點，也爲此慶幸。

她做起愛來十分飢渴，我記得她說過她不想老是待在農場裡；她想要眞正活過。她和我都把這句話解釋爲，在滿月底下好好做場愛肯定比打鼾一整夜，然後起來面對一整天做麵包、看爐火的生活要好得多。但是有人偷聽到了她那句話，並且做出截然不同的解讀。

攻擊我們的狼人自稱烏爾弗・達爾斯加德。他趁著我們抱在一起時狠狠咬中我的腳筋，然後撕裂蘭薇歌的小腿。我們傷勢嚴重，無法逃跑或抵抗，以爲死定了；我們以爲會有一整群狼撲到我們身上，但很快就發現只有一匹狼——當然，是匹很大的狼——而他向後退開，看著我們流血。

一開始我不敢相信我的眼睛：冰島沒有狼；不過我當然聽說過這種動物。眼前這匹狼的舉動與故事裡描述的大不相同。我不了解他的行爲。我們受傷了，血流如注、驚嚇過度，這些跡象應該會讓他動手殺我們；但他只想要我們待在那裡，沒有其他意圖。如果我們試圖爬離現場尋求援助，他會放聲吼叫撲向我們。爲了某種特殊目的，他留我們活口。

「他想怎樣？」蘭薇歌問我。

「我不知道。」我回道：「但是我們除了等待，沒有其他選擇。」

「你想他已經吃掉我們的馬了嗎？」打從我們把馬拴在一哩外，讓牠們自行吃草後，就沒有聽見牠們的聲音了——但那也沒什麼好奇怪的，因爲我們相隔甚遠，旁邊又有瀑布。

「不知道。」我回答。我們除了安靜等待，想像自己是會失血過多致死，還是被咬斷喉嚨而亡

註：史卡夫塔非爾國家公園（Skaftafell National Park），冰島東南方的國家公園，面積涵蓋了著名的瓦特納冰原（Vatnajökull）與最高峰華納達爾斯赫努克火山（Hvannadalshnúkur）。

外，什麼也不能做。

答案於黎明揭曉。當陽光驅退明月的微光時，那匹狼在地上扭動嚎叫，身上突然發出許多骨頭碎裂、肌腱折斷、皮膚滑動的聲響。在這段變形過程中，他無法追趕我們，蘭薇歌認爲那是個逃跑的好機會。她拿起衣服、站起身來，說道：「來吧，我可以跑了。」我發現她小腿的傷在天亮前短短幾個小時內已經癒合。我低頭去看，發現我的腳筋也一樣痊癒了，這個事實，加上眼前正在上演的變形畫面，爲這匹狼的奇特行爲提供解釋。

「他是狼人！」我叫道：「而他在滿月的時候咬了我們！」現代的狼人故事在細節上有很大不同，但當時的說法很清楚，狼人只有透過在滿月時咬人才能增加同伴。這些證據指向非常可怕的結論，但蘭薇歌尚未察覺這一點。

「來吧，剛納！我們走！」蘭薇歌說著已經跑出數碼外。

「不，看，妳沒看到嗎？他變成人了！」我指向在地上扭動的形體，已顯然可以看出是人。他比我矮一點，但是比較壯，肌肉也較結實。他的金髮理成平頭，但是鬍子很多。我話還沒說完，他已經不再扭動，站在我們面前，赤身裸體，絲毫不覺羞恥。

「妳說妳想要眞正活過。」他語帶嘲弄地對蘭薇歌叫道：「我現在就是在給妳機會。今晚不是完全的滿月，不過還是足以引發變形。你們將會和我一樣變成狼人，或是在變形的過程中死去。我們會組成部族，一起在人類與自然世界裡生活。」

「但是我不想當狼！」蘭薇歌抗議。

男人哈哈大笑。「學會控制之後，一個月就只有一次非變狼不可。當成月經就好了，只不過流血的人不是妳。」

「你爲什麼不先問問我們？」我說：「我絕不會選擇這種生活。」

「這種生活選擇了你。」他糾正我。「我身處狼形時不太可能問你。而除非親身嘗試，你絕不會了解自己拒絕了什麼。你們會喜歡當狼的，相信我。」

「我爲什麼要相信你？」蘭薇歌大聲說道。

「你他媽的咬了我！」

「不客氣。」烏爾弗回道：「我知道你們晚點會向我道謝。」

「道謝？謝什麼？把我變成怪物？讓我下地獄？」

「妳在擔心地獄？」他對我揮手笑道：「這個男人不是妳丈夫，對不對？」

蘭薇歌臉色一紅。「上帝會原諒一時脆弱，但卻不會原諒……邪惡的怪物！」她叫出最後那個字，然後開始迅速著裝。我或許該解釋一下，蘭薇歌是路德教派的——當時我也是，大多數冰島人都是。但是整個斯堪的那維亞都有人堅持信仰古老北歐神話，相信時至今日還是如此。烏爾弗是個丹麥移民，依然信奉古神。（當時因爲丹麥人統治冰島的關係，持續有丹麥人移民進來，但是弗雷德里克四世完全忽視我們，心思全都放在和瑞典的北方大戰裡。）

「一切端看你信什麼神。」烏爾弗說：「阿薩諸神完全不在乎雙重天性。」

「看吧？」蘭薇歌對我說：「他在宣揚異教信仰。他會身受詛咒，我們也是。」

烏爾弗轉過頭來，哈哈大笑。「這是祝福，不是詛咒。你們遲早會體會這一點的。和我一起在月亮下奔跑狩獵，親嚐熱血滋味——」

「啊！」蘭薇歌捂住雙耳跑開，她不想聽什麼親嚐熱血滋味的話。我拿起我的衣服緊追而去。烏爾弗再度大笑，在我們身後叫道：

「想跑就跑吧！但是天黑之後不要接近任何人，不然你所嚐到的熱血會是人血！」

蘭薇歌一直跑出半哩外才放慢腳步。她盡快趕往我們拴馬的地方，我一直到快抵達目的地時才終於拉近距離。抵達拴馬處時，她淚流滿面；而我們發現只剩下一匹馬活著，另外一匹馬已經是地上的一灘血肉殘骸。

「喔，天啊！喔，天啊！」蘭薇歌哭道：「他吃了我們的馬！剛納，他吃了我們的馬！」

「好吧，如果這樣能讓他不來吃我們的話，我很感激那匹馬。」我說。

她轉過身來，揮拳猛捶我的胸口。這幾拳的力道不弱；她在全力發洩，憤怒如同火山般猛烈爆發。「你！怎！能！感激！」她吼道，每說一個字就捶一拳。「我們完蛋了！完蛋了，聽見了嗎？我們療傷的速度和惡魔一樣！我們不再是人了！我們的救贖沒了！沒了！」她開始哽咽，癱倒在地，雙手緊抱著我。我蹲下去抱她，但卻不知道該說什麼。我不能告訴她一切都會沒事。她很難和農場裡的男人們解釋那匹馬怎麼會落到那種下場；而如果她今晚眞的變成狼，所有人都會有性命危險。爲了不讓他們陷入這種危險——也爲了如果我們能回來，有時間想出一套說詞——我們決定繼續西向前往寇克尤拜亞克勞斯徒【註】。結果很難做到，因爲剩下的那匹馬不讓我們碰。牠發出恐懼的嘶鳴聲，一看到我們走近立刻人立而起，最後我們只好割斷繩索讓牠自行離開。牠朝納帕維鐸爾奔去。

眼看沒有其他選擇，我們開始跟隨牠。我們認爲一天不吃不喝應該不會有事，然後第二天清晨我們就能抵達農場。那天烏爾弗沒有再來找我們。

蘭薇歌和我累得筋疲力竭。昨晚我們徹夜未眠，今天白天則完全都在趕路。太陽下山時，我們經過討論同意癱在一棵樹下休息。我們都很害怕接下來會發生的事情，但卻沒有精神繼續擔心。我甚至小睡了一下子。

我被世界上最粗暴的方式喚醒。我的骨頭折斷了上百處，然後以不同的形體重新組合：器官壓迫變形，然後又重新塑形；還有你知道雙眼之間產生的那種疼痛嗎？當你的口鼻從那個位置拉長時，簡直痛得死去活來。人類衣物的限制對這種情況並沒有任何幫助。

蘭薇歌也在承受類似的變形過程。我並沒有忍耐，但她的哭聲和痛苦的叫聲比我的還響亮。我們的衣服終於破了，變形也總算停止。痛楚在我們一動也不動地躺在樹下啜泣時逐漸消失。我轉過頭去，眼前的景象變得前所未有的清晰，而蘭薇歌剛剛的位置上多了一匹身上披著蘭薇歌衣服碎片的白腳灰狼。

我站起身來——四腳站立——深深吸氣。我從未聞過或未曾察覺的氣味湧入心中。附近有個野鼠窩；牠們的排泄物還沾在我們此刻身處的小片林地上。我可以在通往納帕維鐸爾農場的方向聞到馬

註：寇克尤拜亞克勞斯徒（Kirkjubæjarklaustur），意思是「教會在某個村莊的修道院」，冰島南部的聚落。

兒的恐懼氣息。想到那匹馬就讓我發現自己有多餓，我須要獵食。

蘭薇歌也起身了，她看起來也很餓。她聞到馬的味道，我們開始一起追蹤而去。我不知道我們是如何溝通的；一定是透過本能，因爲當時我們還沒有部族連結。

奔跑的感覺很好。我們沒有全力狂奔，比較像是慢跑。蘭薇歌跑在我身旁，看起來似乎也很享受這感覺。我感覺得出來我們離馬越來越近。牠要不是放慢了速度，就是在天黑後停止狂奔，不確定該往哪跑；但隨著逐漸逼近，我們聞到也聽到還有其他馬匹的聲音，而且還有另外一種氣味——人類的味道。我開始流口水，心中僅存的人性逐漸消失，狼性不單控制了我的身體，還控制了剩下的心智。恢復意識後，我聽見腦中冒出其他人的聲音。

「很好。你吃過人了。現在你的狼性壯大。一開始會難以控制，但最後你會成爲部族裡的重要人物。」

「什麼？誰在說話？」我問。我環顧四周，發現蘭薇歌在旁邊，口鼻部全都是血。我感覺到自己的口鼻也有血，還聞到一股銅味。另外一匹狼冷冷地坐在一段距離外。我認得那匹狼：烏爾弗。

「你認識我。我是你的阿爾法。我們是部族。」

蘭薇歌恢復意識，慢慢發現出了什麼事。我不認得被我們撕爛的那具屍體，但她認得。她向後跳開，驚懼尖叫。透過部族連結，我聽見她叫道：

「不！是席加德！我們殺了我哥哥！剛納，我們吃了我哥！」

他一定是來找她的。我轉頭打量現場；路上還有一具屍體。我不知道是誰，因爲我在那座農場只見過蘭薇歌，但我認爲她認得他。

「我很遺憾。那位妳也認識嗎？」我問。她沒注意聽，依然沉浸在吃掉自己哥哥的事實裡。她很想吐。我很遺憾那個男人落到這個下場，但卻不會因此痛恨自己；我已經知道我什麼都沒做。這些人是被狼吃掉的，不是人殺的。

「你想得對，剛納。」烏爾弗說，顯然可以聽見我的想法。「不是你做的，是你的狼性做的。蘭薇歌？蘭薇歌，冷靜下來。」我以爲她會像無視我一樣無視他，但她立刻冷靜下來。他身爲阿爾法的影響力十分強大，她夾起尾巴，哭聲轉爲輕聲啜泣。

烏爾弗說：「聽我說，你們兩個。我們要往北走，前往冰島的另一端，然後定居下來。我們慢慢壯大部族，建立屬於我們自己的地盤，然後開枝散葉。明天早上變回人類後，你們會感覺更好，更強壯，你們永遠不會生病。我會教導你們控制狼性，這樣只要你們想，就可以一個月只化爲狼形一晚，而不是『他』想要的三個晚上。只要部族連結還在，你們就永遠不會再像剛剛一樣在化身狼形時完全失去理智。」

「我們要下地獄了，剛納。」蘭薇歌說。

「或許。」我承認道：「但或許我們能夠找回救贖之道。」我不確定我會花多少力氣去尋找那條道路。我已經感覺得出來我會喜歡當狼，而且沒有感受到她那種恐懼。「另外那個人是誰？」既然她冷靜下來了，我再度問道。

她走過去，看看屍體殘破的臉。「是伊納。我祖父。他是農場的主人。喔，天呀，我不敢相信會發生這種事。」她仰頭嚎叫。

「不是會發生，蘭薇歌，已經發生了。而且不是我們幹的，那是意外。」

「不要一副沒人得負責的樣子！我們未婚私通，於是上帝派遣這個怪物來詛咒我們。這下我們殺了我哥哥和我祖父！」

「我不覺得受詛咒。」我說。

「而且妳現在也是『怪物』的一分子了。」烏爾弗補充道。蘭薇歌悲鳴一聲，躺在地上，像人一樣用雙爪遮住雙眼。她耳朵下垂，尾巴塞在身體底下。

「聽我說，蘭薇歌。」我說，試圖抓住眼前的機會。「妳說過妳希望能夠眞正活過，現在妳可以了。妳不需要丈夫或哥哥照顧，妳有妳的部族，懂嗎？」

「沒有錯。」烏爾弗說：「我們要去胡沙維克【註一】，妳想做什麼工作就做什麼工作。滿月時，我們就離開市區，獵點海豹、善知鳥【註二】，或什麼想吃的。夏天我們可以去梅瓦頓【註三】吃鴨。」當時冰島沒有多少東西可獵食，挪威的馴鹿一直到十九世紀中期才遷來冰島。

基於同樣的理由，當時冰島也沒有大型陸地獵食動物，最凶猛的算是北極狐。不會有人相信這兩個人是被北極狐吃掉的；發現他們的屍體後，人們會開始追捕殺害他們的凶手。

「我們必須離開。」烏爾弗說：「來吧。我們明天就能趕到寇克尤拜亞克勞斯徒，給你們兩個弄點衣服穿；就說遇到強盜了。」烏爾弗早就準備好應付變形，有事先準備一套衣服，還有一袋財物。

「冰島有強盜？」我表示懷疑。我之所以能夠獨自擔任信差兼小販，就是因爲強盜無法在聚落間貧乏的貿易體系下生存。

「有何不可？只要裝作可憐兮兮的樣子，他們就會相信你。」

裝可憐一點都不難，因為變回人類的過程就和變成狼時一樣痛苦。寇克尤拜亞克勞斯徒裡的善良百姓送給我們衣服和食物，烏爾弗幫我們弄了些袋子來裝長途旅行所需的補給。我們沿著兩條冰川間的通路縱貫全國前往冰島北部，夜晚露宿荒野，毫不畏懼任何東西。蘭薇歌鮮少與我們兩個說話，經常在夜裡哭泣。她不想要旁人安慰。

我們在梅瓦頓停留一段時間，然後繼續前往胡沙維克。我們在海邊找到工作；我們不能和漁船或捕鯨船一同出海，因為滿月時可能無法返航，於是我們找了其他工作。我們慢慢習慣狼人的生活，又在胡沙維克增加了一男一女兩名部族成員。

兩年後，一七〇七年，瘟疫傳入冰島，四分之一人口因而死亡。我建議烏爾弗以比預期更快的速度壯大部族，因為狼人不怕瘟疫，我們這樣做等於是在拯救人命。那是我首度察覺他根深柢固的種族歧視，以及無可理喻的固執。烏爾弗同意一邊救人一邊擴張部族是好主意，但他只救斯堪的那維亞人；凱爾特人不救，其他人種也不救，而且希望對方都是異教徒。我無法認同他憑藉個人喜好任由

註一：胡沙維克（Húsavík），冰島東部的鎮，面斯堪的那維亞灣。

註二：善知鳥（Puffin），又名海鸚鵡。是一種遠洋海鳥，體型嬌小，羽毛呈黑白兩色，喙的顏色鮮艷；有人形容牠們像是企鵝與鸚鵡的混合體。

註三：梅瓦頓（Mývatn），是冰島北部的火山湖，又譯作米湖。附近水鳥種類豐富，特別是鴨子。

胡沙維克其他種族的人口面臨恐怖死亡的決定。

當我質疑他時，烏爾弗大發雷霆，問我是不是質疑他的領導。我是部族第二把交椅，不過有三名部族成員有事經常會來找我，而不是找他。特別是蘭薇歌，她只有在絕對必要的情況下才與烏爾弗交談。

「不是質疑你的領導。」我回道：「只是想討論一下你決定排除凱爾特人加入部族的理由。我認識兩個在下個滿月可以拯救的凱爾特壯漢。」距離下次滿月只剩三天。

「凱爾特人會破壞部族和諧，造成成員內鬨。」他說，儘管我不太確定他所謂的和諧是什麼。當時部族成員才個位數而已，已經終日紛爭不斷。

當我們自滿月狩獵回歸後，那些凱爾特人不是死了，就是病得奄奄一息。在我看來，那是浪費，也是非常糟糕的決定，而那就是我與烏爾弗不和的開端。

「我們本來可以拯救他們的。」我說。他大吼一聲，甩我一掌，打得我摔倒在地、兩眼發黃。

「物種純淨就是部族法規。」他吼道：「永遠不准再度提議更改這條法規。」我認為他根本不了解種族與物種之間的差別，但我嚥下這個回應，偏開目光。

「如你所願，阿爾法。」我說。

隔週我遇上其他部族的狼人，他名叫霍伯瓊．浩克。「我是雷克雅維克部族的第二把交椅，」他說：「凱帝爾．葛林森的手下。你是烏爾弗．達爾斯加德的副手，對不對？」

「對。」

「我可以和你私下談談嗎？」他問。

「這裡沒有多少可以瞞過部族耳目的地方。」我說。我們是個小部族，但胡沙維克也是小鎮。

霍伯瓊微笑。「我了解。那我就長話短說。你知道烏爾弗·達爾斯加德曾是雷克雅維克部族的一員，兩年多前被逐出部族？」

「不，我不知道。他爲什麼被逐出部族？」

「凱帝爾和其他人厭惡他那個種族純淨的想法。他不停毀謗或挑釁不同背景的部族成員，包括我在內。我父親是盎格魯·薩克遜人。凱帝爾叫他去別的地方繼續他的種族聖戰，將他趕出雷克雅維克部族。」

「你來這裡做什麼？」

「讓你和你的狼知道，如果你們打算離開，冰島還有另外一個部族。只要你們不追隨烏爾弗的理念，我們就歡迎你們。我們那裡五湖四海的人都有。」

「就這樣？你大老遠跑來就爲了說這些？」

「不，我也很想知道你對部族法規有多少了解。」

「烏爾弗制定法規，阿爾法的話就是法規。」

「當然。但是有什麼撤換領袖的機制？」

「我……什麼？」

「假設你們部族裡有人不認同阿爾法的做法。或許是部族中階級較低的人，或許是你，甚至可能部族中大部分成員都想換個新阿爾法。那樣該怎麼辦？」

「我不知道。」

浩克輕哼一聲，搖了搖頭，彷彿他知道會聽見這個答案一樣。「任何部族成員都可以隨時挑戰阿爾法。打一架。贏的人就是阿爾法。」

「打什麼樣的架？」

「血淋淋的那種。打到其中一方投降，或是傷勢嚴重到超越自療能力爲止。」

「有趣。烏爾弗刻意不向我提這條法規。」

「小心一點。」浩克警告道：「如果他透過部族連結聽見你的想法，你就會在還沒準備好的情況下和他決鬥。」

「現在就讓他聽見。」我說。我立刻召集烏爾弗之外所有人來我家開會。他很快就會察覺是怎麼回事，就看到時候他會不會過來接受挑戰。我們還有機會拯救一些受瘟疫侵襲的胡沙維克人。

儘管當時是新月時分，我們的狼形都處於最虛弱的形態，我還是透過部族連結挑戰烏爾弗，然後憑藉自己的意願展開痛苦的變形過程，等待烏爾弗抵達。

我不打算多提決鬥的過程；很快、很殘暴，不到一分鐘我就殺了他。直到遇上得要發揮實力的時候，我才知道自己的力量有多強大。但是多年之後我才想起他死時空氣中出現了一股寒意。當時我成爲了胡沙維克的阿爾法，之後又在與凱帝爾．葛林森爲了與這個故事毫不相關的事情爭執後，成爲全冰島的阿爾法。我成爲阿爾法後的第一道命令就是更改部族法規。

「招募新血時，候選人的種族將不再是評判標準。」我說：「有人質疑這個決定，或是想要挑戰我的領導嗎？」沒人說話。他們打從一開始就支持撤換烏爾弗。

一七八三年拉基火山爆發後【註】，我帶著二十多名部族成員離開冰島。我們來到新世界，慢慢接納不同背景的人進入部族。有些人離開我的部族，加入其他部族，不過大多數都留了下來。一九一八年的西班牙流感爆發造成我們部族最大一次人數擴張。在那之前，我都沒有多少機會透過轉化爲狼人的能力救人——不過蘭薇歌也讓我非常清楚並非所有人都將此視爲禮物。但在那段可怕的疾病爆發期間，我一直聯想到冰島那次瘟疫，以及我們沒有在有能力時出手救人。我打定主意不要再度犯下同樣的錯誤。於是那年在滿月之前的日子，我命令部族成員四下打聽可能吸收的成員。我要找的是沒有親人要照顧，又瀕臨死亡的人。他們還得是在偏遠地區的家中，而不是在醫院裡等死。我們不能透露我們的存在。

符合條件的人不多，不過那年我們救了八個原本可能死於流感的人。他們都不是斯堪的那維亞人。

有一個美洲原住民、一個墨西哥人、兩名中國女子、一名德國青少年、一個印度瘦男孩、一個來自英國的女孩，還有一個全家都死於流感的菲律賓移民。他們都是善良的好人，美妙的狼人。他們豐

註：拉基火山（Laki volcano）這次爆發從一七八三年六月八日開始，大量酸性物質與有毒氣體噴發，造成眾多人與牲畜的死亡，引起其後的大饑荒。火山噴發一直持續到一七八四年二月，有毒氣體甚至飄向挪威、德、英、法等地，影響了歐洲與北美。

富了整個部族的生活，特別是蘭薇歌的。

她和我是非常不同的狼，你看：我很強勢，她很順從。雖然偶爾她也很有冒險精神，但我不能讓她成為我的伴侶，因為她無法表現出阿爾法的氣魄，部族絕不會接納如此順從的狼擔任領導職位。事實上，儘管所有人都喜歡她，但部族裡沒有人願意當她的伴侶。所以當她和那個菲律賓人墜入愛河時，我真的為她感到高興。

他名叫漢諾拉多，而他終於讓她脫離兩世紀的苦難。真的，他們兩個在一起後，她整個人煥然一新。之前那些遭受詛咒的想法消失了，因為身受詛咒的人怎麼可能擁有如此真摯的愛情？第一次，她開始將自己的狼性視為美禮，而非詛咒。要不是兩世紀前烏爾弗選中了我們兩個，她就沒有機會遇上漢諾拉多。

但是死了百年的烏爾弗還是有辦法從墳墓裡爬出來摧毀她的幸福。他死時我所感覺到的那股寒意——是女武神挑選他成為英靈殿的英靈殿戰士。我很確定。而他必定是在日復一日為諸神黃昏做準備時表現突出，終於吸引了索爾的目光。當他獲得索爾的注意後，他就把神變成了殺手。

十年前，我帶整個部族去挪威度假。我們每年都會造訪幾個特殊地點，而既然部族成員大多是挪威或冰島人，他們自然想要回故鄉走走。我們打算在那裡待一個禮拜，狩獵、玩耍、放縱我們的狼性。在那裡的第三個晚上，滿月之夜，我於一九一八年拯救的八名摯友——包括蘭薇歌的丈夫——都被閃電擊斃，但所有斯堪的那維亞部族成員毫髮無傷。我向各位強調，當時並沒有什麼風暴，天上只有一點烏雲，我立刻明白這絕不是自然生成的意外；我的懷疑在索爾駕駛戰車從天而降時獲得證實。他小心謹慎地盤旋在部族的攻擊範圍外。

他說：「烏爾弗．達爾斯加德，英靈殿最頂尖的英靈殿戰士向你致意。他希望你重新考慮接納不同種族進入部族的法規。」接著他在我們對他呼喊吼叫的時候哈哈大笑，享受著我們無力與之抗衡的感覺。他二話不說地揚長而去，留下我們在原地怒吼哀悼。

你們可以想像，蘭薇歌完全崩潰了。她當晚爲慘遭殺害的丈夫漢諾拉多嚎叫的聲音，至今依然繚繞在我腦中。

索爾不是我們部族的成員。他永遠不會加入我們部族，無權置喙部族法規。他沒有資格干涉我早在許久之前透過送烏爾弗上英靈殿就已了結的恩怨。而且，從人類角度來看，他無權殺人，不管爲了任何理由，更別說是爲了人類的膚色。烏爾弗不可能提出任何值得讓他出手的條件，你們懂嗎？他這麼做完全是爲了好玩而已。除了邪惡之外，你能用其他形容詞來形容他嗎？

蘭薇歌……好吧，兩個月前，她在對抗使用銀武器的女巫之戰中戰死。儘管很想念她，我不禁認爲這或許是種解脫。在她丈夫死後，她一直都有自殺傾向。如果不是體內的狼性和路德教派的信仰，我認爲她早就自殺了。

現在你們明白我爲什麼必須前往阿斯加德了。我不能再殺烏爾弗一次——就算可以，既然他完全沒有從我第一次殺他時學到任何教訓，殺他也於事無補。但是我可以殺了索爾，爲八條人命及一名女子的心報仇，而我也打算這麼做。到時候，或許，我晚上就不會再聽見蘭薇歌的嚎叫聲。

剛納坐回圓石上時，除了火堆中的劈里啪啦聲，四周安靜無聲。我心裡想著在東尼小屋對抗安格斯．歐格時戰死的那兩個狼人。他們的死對整個部族都是敏感話題，現在我比較了解原因了。

「蘭薇歌的事，我很抱歉。」我打破沉默對剛納說。他哀傷地點頭，不過我看不出來他認爲自己是在接受道歉還是同情。

張果老開口，「我很難過聽到索爾用這種手段對付你和你的部族。可惜這種行爲與我對他的了解十分吻合。」

「眞是駭人聽聞的性愛污漬【註】。」佩倫說道，所有人都既好笑又困惑地轉頭瞪他。「幹嘛？那不是英文單字嗎？」

我說就算那不是個單字，它也應該要是。其他人認同。

「我也要指責索爾的罪行。」瓦納摩伊恩在佩倫的新字所帶來的輕浮感消失後說道：「他那懦弱的心堅持光憑他是阿薩神族的一員，就可以肆無忌憚地擅闖他人地盤，任何針對他的批評都會招來天打雷劈。聽好了，我要來說他侵犯世界奇觀的故事。」

註：性愛污漬（Fuckpuddle），做完愛後床單上留下的濕痕。

第十六章

巫師的故事

我在芬蘭以外的地區名聲並不響亮，即使在芬蘭，大多數人也早已遺忘我的名號。就像許多神和傳說英雄一樣，我被丟到一旁，好讓人們接納新的救主，而那傢伙根本不提供魔法、性愛，甚至歡笑，只用日後應許的天國換取現在的順從。我不是喜歡緬懷過去的人：我看得出來我的人民想要把我換成比較溫和的角色，不管我如何反抗，如何掙扎、努力，我都沒有辦法取得任何成果或狗屎。

最好的做法就是優雅地退場。於是我就這麼做了：我唱歌招來一艘銅船，把行李搬上去，梳理我的鬍鬚，而目的地——和丁尼生筆下的尤里西斯一樣——是航向落日之後，發誓有朝一日，等我的人民再度需要我時回歸。有朝一日，我心想，要不了多久，他們將會厭倦這個蒼白的軟弱神祇，然後大聲要我回家。那是很久以前的事了。

許多年過去，還是沒人大喊我的名字。我厭倦了等待。他們永遠不會回頭找我；我的榮耀已經消失數百年了。

但是阿斯加德有很多用得到斧頭的地方。

我失意了一段時間，感覺自己像是放了兩個禮拜的爛麵包一樣被丟棄。但是慢慢地，隨著海浪起起伏伏，一段嶄新旋律進入我的腦海，除舊布新的浪潮，還有隨著浪潮來到海岸的全新事物。音樂在海水浸濕我的膝蓋時，自坎特勒琴中彈奏而出，於是我用歌曲將自己推往全新的心靈境界。

我的旅程中不乏食物：肚子餓了，我就對魚歌唱，牠們就會跳到我的船上。我也不缺夥伴：我對太陽下的鯨魚、大地的作物和動物歌唱，牠們則回以洋流、磷蝦、無盡旅程之歌。另外，牠們還會以歌聲訴說深海中遠古生物——人們滿懷畏懼在地圖角落上仔細描繪的巨蛇——的故事。

最後我再度懷念起陸上的生活，於是在一座綠色島嶼上岸。那裡有蒸汽雲朵自白水湖中噴灑而出，地面上會冒出泡沫，每顆泡沫都比受傷大熊的憤怒還要滾燙。今天人稱該島為冰島。島西——也就是現代的雷克雅維克，有北歐人定居，不過我沒去招惹他們，獨自跑到島東一座峽灣的北岸去住，也就是後來的艾斯基菲爾澤鎮。我在那裡靠我的手和歌聲蓋了一座小屋，一方面禦寒，一方面也為了保護我為數不多的寶物。我這麼做只是為了獨居，倒不是因為厭世。不，我熱愛人類，為了拯救他們而不惜遠離他們。

我心裡一直有些疑問，但卻無人能夠回答；我一直想見識一些奇觀，但卻沒人可以帶我去看；有些故事我想聽人講，有些歌想聽人唱，但是人類的聲音卻無法呈現。

比方說，鯨魚就提到過一些令我非常好奇的生物。海底有些比我還要古老的生物，而我真的很想見識見識。我之所以遠離人類就是為了萬一事情出了什麼差錯，不會牽連其他人。在努力一個月毫無成果後，一個波濤起伏、天色陰暗的夜晚，我終於靠嗓音和坎特勒琴成功引來一頭深海怪物。

我說「怪物」，純粹是因為人們喜歡把能將人當開胃菜吃掉的生物叫做怪物。海面驚濤駭浪，宣告牠即將到來，我高唱著和平與溝通，還有獲得與分享知識的喜悅；接著，牠浮出水面。那是頭全身包覆著藍綠鱗片、足以一口吞掉一艘龍船【註】的龐然巨獸，聳立在我面前的部分就足足有六個人高，而牠大部分身體還處於海面下。牠一定是利用海床支撐身體，才有足夠的力量把脖子伸這麼高。

牠頭上有五道骨脊，兩兩之間以薄膜相連，在風中輕輕拍動，看起來有點像皇冠。當時我只覺得看起來很壯觀，不過後來才知道那是在水中偵測震動用的感應器官。牠的眼睛漆黑光滑，有我腦袋的兩倍大，讓牠可以在陽光照射不到的海底視物。牠的眼睛發現我站在岸邊，於是發出鳴叫問好，露出一呎長的牙齒和一條黑舌頭。牠的口鼻末端長有鼻孔，我推測應該是嗅覺，而非呼吸器官：下頷下方沿著頸部長的腮不停開闔，表示牠不會在海面上待太久。但牠看見我了，我也看見牠了，這樣就夠了。牠沉回峽灣冷冷的海水裡，不過沒有離開。牠擾動海面，調整姿勢，然後頭頂再度浮出水面，讓我看見牠黑曜石般的雙眼及藍綠色的觸冠。牠像鯨魚一樣用人類無法理解、但是在我耳中卻與你們的言語同樣清楚的歌曲與我交談。我能聽懂所有動物的語言，牠們也同樣能夠了解我的話。我輕輕彈奏我的坎特勒琴，和牠談天說地。

「你不是漁夫。」牠說：「你是什麼人？」

「如果我能算是人的話，我是巫醫。」我回答：「我是巫師，當然。有人說我是傳奇英雄，也有人說我是神，但我其實是個好奇心重的生物，而我對你感到好奇。你叫什麼名字？」

註：龍船（Dragon ship），維京人的船。

「我在人類和神之前沒有名字。不過水手稱我爲巨蛇。我是怪物。」

「你怎麼稱呼自己？」

「我從來沒有必要稱呼自己，因爲我總是在這裡。你有稱呼過你自己嗎？」

「沒有，但我有個名字給其他人叫。」

「你有名字！叫什麼？」

「我叫瓦納摩伊南。告訴我，還有其他像你一樣的生物嗎？」

「還有比我更古老的。我剛到深海時，牠們教我說話，但是現在我進入好奇心旺盛的時期，所以牠們決定在我成長前不再和我交談。」

「你說得好像好奇是什麼壞事一樣。」

「對我的同類而言，確實如此。這是我們一生中最危險的時期，因爲我們想要知道海面上有什麼。我只會再好奇一段時間。」

「你在同類之中還算小孩？」

「再過幾次太陽循環就不算了。接下來的時期，我會加入同胞，一起獵捕藍鯨。牠們會唱出我的名字，然後我就再也不會浮出海面了。」

「我懂了。你的同胞有多少？」

「十二個。不過遙遠的海域裡還有其他同類。」

她——這個生物是女性——要求我生火，讓她知道火要怎麼生。她問我晚上天上的光點到哪裡去了，我則解釋那些光都被雲給遮起來了。她想知道雲爲什麼要這麼做，她想知道人類有沒有幫那些光點命名，她想知道人類的名字是怎麼來的，也想知道人類如何保持乾淨。

她告訴我過度遲鈍的西爾斯尋找大章魚巢穴的短篇冒險故事；她吟唱英勇飛蛾在溶洞大戰女海妖的民謠；她告訴我許多深海的祕密，像是傳說中亞特蘭提斯的命運——它的黃金與榮耀如今都歸人魚所有。所有國家的海岸線上都有埋藏寶藏，南美洲沿岸的海域有冰冷邪惡的神祇在沉睡著，直到有一天讓夢想掌握力量的人類再度喚醒爲止。

「你想要掌握力量嗎？」她問：「你是召喚我來摧毀你的敵人的嗎？」

「不，當然不是。我只是很高興能夠見到妳，並且交換我們兩個世界的知識。在妳參與獵捕藍鯨、贏得名字之前，我們有很多東西可以教導彼此。我可以教妳什麼？妳想知道些什麼？」

我們一路長談到深夜，單憑一堆柴火照亮峽灣的海面。烏雲邊緣隱隱閃動電光，三不五時照亮海岸。在一道特別閃亮的閃電劈過之後，巨大生物抬高鼻頭，看向天上低矮的雲層。

「天上的閃光如何生成？」

我輕笑。「關於這點眾說紛紜。通常都是某些神的傑作。」

「那些神長什麼樣子？」

「北歐雷神名叫索爾。他駕駛由兩頭山羊拉的雙輪戰車——山羊是頭上有長角的四足生物——而且還佩戴一條令他力量加倍的腰帶。」

「那邊那個就是他嗎？」

「哪邊？」我轉身看向身後，只見天上有一顆翻騰飛舞閃亮的電光球。光球中央是顆鎚頭，鎚子下有條高舉的手臂，以及一名神色陰沉的金髮男子。雙輪戰車的輪廓和兩頭山羊的羊角被電光照耀得格外顯眼。我看不清楚其他細節，只知道雷神在迅速逼近，而他的目標是我們兩個。

我深怕他想做出什麼可怕的事情，於是開始瘋狂搖手。「不！」我叫道：「等等！」

但索爾揮出他的手臂，交纏在鎚頭四周的閃電急墜而下，正中大海怪的眼睛。她慘叫一聲，痛得身形拔起，接著鑽入峽灣之中。一道道閃電緊跟而下，將她身體露在海面上的部分炸得焦黑。

我拋下坎特勒琴，開始跳上跳下，揮舞手勢，大聲罵他是笨牧羊人的腦殘後代，不過沒有用。他持續電擊迫切試圖游出淺灣、逃往深海的她。我跑回小屋，從數量不多的武器裡挑出一把長矛。我迅速在矛上加持飛行法術，然後拋向離我較近的那頭山羊。這一矛乾淨俐落地刺穿牠的身體，導致索爾的戰車側向一邊，把雷神摔到海裡。

這下終於引起他的注意了。

對我歌唱的生物暫時免於雷擊之苦，於是我再度撿起坎特勒琴與她交談。

「沉入海底，永遠不要浮出水面。」我對她說：「我很抱歉。」我沒有聽見任何有條理的回應，只有一股痛苦和慘遭背叛的情緒。我責怪自己沒有施展幻象遮掩我們的會面，以及沒有更積極阻止索爾對她進行攻擊。這就是我們的好奇心所付出的代價。但至少她還活著。或許只要我阻止雷神繼續攻擊她，她就有機會逃出生天。

他浮出海面，高舉神鎚，凝聚更多閃電。我對準他歌唱，試圖平息他的怒意。他剩下的那頭山羊拖著雙輪戰車與死去的同伴降落在海岸上。

我看不見那頭海怪的蹤影，但顯然索爾還能感應到她的位置，因為他十分果斷地以閃電攻擊峽灣入口處的一處漩渦，絲毫不受我的歌聲及魔法影響。

一陣劇痛竄出海面，緊扣我的心靈，導致我向後跌開。接著劇痛消失，一切回歸寧靜。

在那之後，我須要唱歌平息我本身的怒意。在除了我的意志，沒有任何水壩可以阻擋的情況下，憤怒的洪水差點要將怒火釋放在索爾身上；但我知道索爾肯定能夠承受我的怒潮，而且那時我也很清楚在毫無準備之下，自己絕不可能是索爾的對手。我沒有辦法抵抗閃電，於是做了早該做的事情，在我身上施展幻象，在他眼前隱藏自己。趁著索爾奮力游向海岸時，我又對小屋施展幻象，然後遮蔽我的嗓音，這樣待會開口說話時，索爾就不會得知我的位置。

雷神踏上海岸，臉上的表情看來和我一樣憤怒。他自腰間拔出游泳時掛上腰際的神鎚，惡形惡狀地朝我的方向揮動。

「懦夫！出來！殺了我的山羊的傢伙！我要你負責！」

「你願意為了殺害海怪負責嗎？」我問。我的聲音發自四面八方，雷神立刻轉身，試圖找出我的蹤跡。

「我沒什麼要負責的！」他大叫：「我是在幫世界忙！」

「再幫世界另外一個忙，把你自己給殺了。那頭海怪沒有傷害任何人。」

「愚蠢的凡人！牠馬上就會吃了你！」

「我們只是心平氣和地交談，而你問都不問一聲就殺了她。而且我也不是凡人。」

他神色懷疑，隨即擺出一臉不屑。「你是什麼人？養巨蛇當寵物的巫師嗎？」

我以同樣的語氣回應：「你又算什麼？愚蠢、驕傲、自以為永生可以開脫所有罪行的混蛋？」

不屑之情消失，他面紅耳赤，一邊大叫一邊轉圈，確定我能聽見他說話。「那頭怪物是世界之蛇的後代，這表示我有權獵殺牠！我只是爲了諸神黃昏做準備。你又有什麼目的？約夢剛德【註二】要攻擊阿斯加德絕不會等待任何許可，所以我在面對會加速這一天到來的怪物時也絕不手軟。」他走到雙輪戰車旁，從山羊屍體上拔出長矛，拋入峽灣中。接著他用神鎚觸碰山羊，當場令牠復活，除了有點驚訝外，沒有任何死過的跡象。

「不管你是誰，見證我的神力。」他說：「我是生命與死亡。再敢來惹我，後果自行負責。」

他等我回應，不過我一言不發。再去惹他的時候是現在；不是那個時候。

眼看我龜縮不出，他心滿意足地踏上雙輪戰車，甩動韁繩，飛回之前掩飾他行蹤的烏雲。

從那天開始，我每天都在悼念沒有名字的朋友，並且詛咒索爾。他自我手中奪走大海的奇觀；自人類手中奪走永遠無法接觸的世界的知識。芬蘭人或許不再需要老巫師照顧，但索爾還是必須爲他冷血謀殺的行爲付出代價。

我用鹽醃製我的仇恨加以保存，深藏在我心中的陰暗地窖裡，直到復仇的那天到來爲止。如今那天終於來臨了，我將撕開這塊醃肉，享用它的美味。

在這群聽眾面前，瓦納摩伊南的最後幾句話自然贏得許多掌聲，佩倫建議大家乾一杯。他不知道從哪裡拿出一瓶伏特加，開始幫大家倒酒。我一起乾杯，不過是爲了感謝他的好意，而不是出於對索爾的同仇敵愾。他描述無名朋友的故事中最讓我震驚的地方，就是讓我聯想到奧德修斯在冥界對我說的話——我告訴關妮兒說女海妖向他提過燉兔肉和海蛇可不是瞎說的。女海妖講述的內容在傳說中的伊薩卡國王耳中或許毫無意義，但是對我而言完全合情合理，她們吟唱給他聽的是一串比諾斯特拉達姆斯【註二】所有預言還要精準的預言。

那就是女海妖的魅力所在，她們不會承諾權力與金錢，而是用曖昧勾人的預言迫使人們跳下船去追問這些瘋狂的婊子究竟在說些什麼。如果這樣無效的話，他們也會在女海妖說知道他們或他們家人會出什麼事時跳下船。奧德修斯在聽女海妖說起潘妮洛普和泰利瑪諸斯的預言後嚇得屁滾尿流，要求手下幫他鬆綁【註三】。

奧德修斯沒有機會見證那些預言成眞，但我有。他把她們所說的一切都告訴我——逐字轉述，因

註一：約夢剛德（Jörmungandr），也被稱作世界之蛇。爲洛基之子，傳說將在諸神黃昏中與索爾對戰。

註二：諾斯特拉達姆斯（Nostradamus，1503-1566），法國預言家，後代人在他所留下的《*Les Propheties*》中看到許多歷史事件。他最有名的預言之一爲一九九九年世界末日：「恐怖大王將從天而降」。

爲它們都深深烙印在他腦海裡——而那些預言準得嚇人。她們預知了歐洲的黑死病，以及蒙古帝國遼闊的疆域。她們講了些像是「紅外套會在新世界遭人擊敗」和「亞洲兩個城市會在蘑菇狀的雲下毀滅殆盡」之類的句子，然後補充「擁有玻璃臉的人會在月亮上散步」還有「耶路撒冷永遠不得安寧」。她們的預言中唯一尚未成眞的是：「白鬍子在俄國吃兔肉聊海蛇之後十三年，世界將會陷入火海。」

該來點令人毛骨悚然的小提琴伴奏了。我是不是剛剛見證了最後倒數的開端？瓦納摩伊南是否就是啓示錄災難的傳信使？我不安地想到如果女海妖最後的預言成眞，那剛好是在關妮兒完成訓練、成爲眞正德魯伊之後不久的事情。

我提醒自己，會聯想到並不代表一定有因果關係。或許女海妖指的是全球暖化。

佩倫越喝越高興。他已經和我們所有人都乾上兩杯了。除了越來越開心外，他沒有任何醉酒的跡象，這或許也是他的神力之一。

「輪到我講故事了，對吧？」他說著站起身來，朝眾人親切微笑。「你們或許會想，佩倫只是在嫉妒索爾。他不想要分享天空。但是你們想錯了！」他伸出一指比向我，接著順時針方向比向所有人。「天空大到足夠與所有神分享，信徒多到足夠和所有神分享，伏特加多到——嘿。」他暫停片刻，揚起眉毛，舉起酒瓶道：「還要再來點嗎？」沒有人說要，於是他又給自己倒了一杯。

「那我就自己喝了。」他一飲而盡，皺眉享受著喉嚨傳來的灼燒感，然後大口呼氣。

「啊，好酒。好酒，非常好。現在，像賊一樣聽我說吧。」

我轉頭看他，想知道他是不是刻意引述INXS合唱團的歌詞，不過他看起來不像是在引述任何流行樂曲歌詞的模樣，而其他人似乎都沒聽過這首歌。

「我告訴你們這個故事。不過簡短地說，好嗎？講英文會招來厄運。」

註三：奧德修斯（Odysseus，羅馬名爲尤利西斯／Ulysses）爲希臘羅馬神話中的英雄，史詩《奧德塞》（*Odysseia*）的主角，而潘妮洛普和泰利瑪諸斯（Penelope and Telemachus）是他的妻兒。傳說奧德修斯因爲想聽女海妖所唱的歌而要水手用蜜蠟封耳，然後把他綁在船桅上，不管他如何哀求都不得釋放。在聽過女海妖的歌聲後，他立刻要求水手放開他，不過水手都很聽話沒有照做。

第十七章

雷神的故事

美國人說人皆生而平等。這話說得好，讓人覺得自己很特別。他們知道這並非事實，並非眞正的事實，但他們總說那是事實，而且他們還會指著這些話說「就是這種理念讓我們堅強」。它們能讓老鼠變成熊，狗變成熊。只要用美國人的腦袋想事情，一切都能和熊一樣強壯。但如果大家都是熊，那熊要吃什麼？

美國人想要魔法，想要完美世界；但這些只會出現在電影裡。人永遠不會平等，就像動物永遠不會平等。世上總有獵食者與獵物的區別，小魚會成爲大魚的晚餐，對吧？而世界上總有更大的魚。

理念也是一樣。完全一樣。小理念會被大理念吃掉。大理念會深植在人類腦海裡。小理念會被遺忘；就像小魚會被大魚吃掉。

神都是大理念。他們會在人腦中很長一段時間。他們行走人間，或居住在天上，或水裡或地底；但就連神也會被更大的神吃掉。

我被基督吃掉了，你們懂吧？基督吃掉很多神。我所謂的「吃掉」是就理念的角度來看，不是說眞的被吃掉。他吃了我和其他斯拉夫諸神，他吃掉凱爾特神和希臘諸神、羅馬諸神和北歐諸神——

包括這位瓦納摩伊南在內——取代他們在人類腦海裡的地位。有些古老神祇現已死亡，人們正在遺忘——不，已經遺忘——他們了。

但我還沒有自所有人類的腦海中消失，還有人記得我，還有人崇拜我。在他們遺忘之前，我不會死。

儘管如此，我還是虛弱得像貓，不像基督入侵我的地盤前那麼強壯。而原因就在於奧丁與索爾。

一開始我以爲都是索爾幹的，後來我認爲是奧丁命令他幹的。索爾跑來找我，說道：「我的人民幫我建的雕像比你的好，他們愛我遠勝你的人民愛你。世界上最棒的就是雕像和石貢品了。」他帶我去看他在瑞典的雕像，以及挪威和丹麥的貢品，眞的都非常精美。我開始羨慕。我開始嫉妒。我要求我的子民幫我建造石製貢品，也要木頭貢品。不光是給我，還要給我們整個萬神殿。這是你們崇敬我的方式，我說。於是我善良的子民照做，沒過多久我就擁有比北歐諸神更棒的紀念碑和雕像。

但後來我發現了眞相。就是很難在石頭上書寫，難到最好不要在上面刻字。而且所有刻在石頭上的文字終究難逃歲月摧殘。所以當基督帶著識字的僧侶和印刷書籍而來時，基督的信仰與日俱增，而佩倫的信仰則隨著風雨逐漸消逝。

這就是今日大神之所以強壯的原因。基督、阿拉、耶和華、佛祖、奎師那【註二】……他們都有許多著作記載他們的事蹟。這些著作流傳世界各地，向新世代的人類散布他們的理念，我只有哪裡都去不了的石雕像。幸運的話，歷史頻道會製作半小時關於我的專輯，由低沉的配音介紹我是什麼神。

奧丁預見了這種情況。他派索爾來害我緩慢死亡，然後他又派索爾到冰島去，命令當地詩人撰寫《埃達經》。幾個世紀過去，當一切都太遲了之後，我終於知道是怎麼回事了。北歐諸神藉由《埃達經》流傳下來。他們與基督相比依然虛弱，但因爲文字的關係，比我強壯多了。現在世界各地還有小孩子會聽說他們的事蹟，於是他們成爲大理念。

我現在還能怎麼辦？如果我跑到人類面前說：「我是佩倫，我是神。」他們會回答：「不，你只是個毛很多又很嚇人的傢伙。」這是眞實狀況。明斯克【註二】有個男人對我說：「放下那把斧頭，我就給你一把毛刷。」

如果我對人說：「看啊，我可以控制閃電。」他們會說：「不，那是自然力量，是科學，或巧合。魔法不存在，神不存在。」你看，沒有信仰能比他們不信的意念更強大。

「再說，」他們對我說：「就算眞的有神，你也不可能是雷神。索爾才是。」

你們看到索爾做了什麼了嗎？世界上有這麼多雷神，他卻是世人心目中至高無上的雷神。他利用文字與欺騙我，達成了這件事。俗話說得好，他偷了我的雷【註三】。

註一：奎師那（Krishna），又譯爲黑天神、克里希納，是印度教最重要的神之一，是主神毗濕奴的化身。
註二：明斯克（Minsk）是東歐內陸國家白俄羅斯的首都。
註三：偷了某個人的雷（steal someone's thunder），代表搶了某人的風采，也有竊取他人發明或點子的意思。

而且受害者不只有我。我去拜訪了其他雷神，非洲的尙戈、日本的素戔嗚尊、芬蘭的屋克，索爾一個一個去找過他們，告訴他們：口耳相傳是最棒的做法，或是把這個刻在木頭上、把那個刻在石頭上，世人將會記住你。但時至今日，記得他們的人數遠遠不及索爾——除了奧林帕斯諸神。

宙斯和朱比特混得不錯，他們的子民記載了他們許多事蹟。索爾和奧丁混得很好。我認爲他們很久以前就預見了今日局面。老獨眼有擲符石占卜，或是和諾恩三女神談過，所以他知道要怎樣才能在科學的年代保持力量。他知道必須讓北歐諸神的理念變得比斯拉夫、凱爾特或其他民族的神祇更強大，而他發現文字比長矛更能夠達到這個目的。他派索爾前往世界各地，讓大家製作石雕和木雕，許多文化的神都淪爲大理念的獵物。

他們的文字——他們的謊言——讓我淪爲小魚。但我還是條牙齒很利的小魚。他們欠我鮮血。我的斧頭會讓他們付出代價。我想要說的就是這些。

□

故事說完時，佩倫眼中的電光看起來不再那麼友善。我認爲就神而言，他能這樣自我評估很了不起。比方說，我就無法想像莫利根會坦白承認自己是條小魚，而富麗迪許絕對不會考慮自己淪爲獵物的可能；她向來都是獵食者。佩倫能這麼做，表示他花了很多時間自我反省。他表面上開朗的性格很可能是在掩飾恐怖的憤怒。

我查看魔法光譜，確認這些故事有沒有產生效果，看起來有。說過故事的人之間已經開始產生羈絆，同伴間的靈絲開始在他們的靈氣中交纏。對還沒說故事的人而言，這種羈絆只是單方面的；然而其中最弱的一環就是我與他們之間的羈絆。索爾從來沒有和我發生私人恩怨，所以我不能透過這種方式與他們連結。我晚點得用不同故事——其他能讓我們成爲兄弟的共同經驗——與他們羈絆。

還有兩個人沒講。所有人都望向李夫，但他凝視著張果老，對他點頭，表示接下來該由這位鍊金術士發言。老神仙應許他的要求，優雅地清清喉嚨。

「如果方便的話，我現在就來分享我的經驗。」他說。

眾人回應：「好啊，張大師。」「麻煩了，先生。」「太好了。」長生的張果老站起身朝眾人鞠躬，然後開始說故事。

第十八章

鍊金術士的故事

請各位原諒這個乏善可陳的故事；這只是件雞毛蒜皮的小事，不能和各位分享的冒險相提並論。

很久很久以前，我只是個四下遊走求道的凡人。透過學習和應用，我鍊出了長生不老藥；透過打鬥與實驗，我贏得了名聲；透過傳奇和膜拜，我取得了神力。智慧尚未遠離我，但是很久以前我就做過蠢事，時至今日，雖然很多人都以為我很睿智，但我依然常常犯錯。

在中國，我以騎著白驢的形象聞名。我的畫像——許許多多的畫像——總是畫著我騎在我的同伴上。這頭白驢是很了不起的生物；牠為我增添不少聲望。牠日行千里，當我抵達目的地後，我就會把牠變成紙摺起來，放到箱子裡。等我又要上路了，我就噴口口水到紙驢上，牠立刻恢復原狀。

七百三十年前，我就是在這個地區遇上索爾的。當時我正要紮營過夜，他突然駕駛山羊拉的雙輪戰車從天而降。儘管晚上很冷，他還是只在腰間纏塊毛皮，用皮帶綁緊，剩下的就是生皮綑綁的毛靴。

我們互相打招呼。他不會說中文。我不會說古北歐語，但我們都會一點第三外語，就是俄文，於是我們有一搭沒一搭地以俄文溝通，剛好利用這個機會來練習。他面帶微笑、魅力十足。我邀請他與我一起享用蔬菜魚湯。

「何必去吃瘦巴巴的魚呢，不如把我們的動物抓過來吃吧？」雷神說。

「我不能吃我自己的驢。」我說，雖然我認爲這個事實顯而易見。「牠帶我上山下海。」

索爾聳肩。「我也須要山羊拉雙輪戰車，但那也不能阻止我一餓就把牠們煮來吃。」

「你一定有很多山羊才能這樣大吃特吃。」我說。

「沒那回事。我就這兩隻。」

「吃了牠們，不就沒羊幫你拉車了嗎？」

他晃晃神鎚。「不會。我用這玩意兒碰碰牠們，牠們就復活了。」

「你當然是在開玩笑。」

「不，我是說眞的。不信你看。」他兩鎚打死兩頭山羊，然後清理內臟，放到火堆上烤。我們大吃一頓，不過我一直看著地上牠們可憐的殘骸。吃完之後，索爾站在山羊屍體前，輕輕地，甚至可算是溫柔地，用神鎚觸碰牠們。牠們立刻復活，從一堆骨頭和皮膚中重生，就像剛來的時候一樣健康。然後牠們似乎很滿足地晃去附近吃草。

「了不起。」我對他說：「我從沒見過這種事。」

「效率。」索爾說。「這樣旅行比較簡單。你是從哪裡來的？」

我們聊起我們的旅途，分享遠方城市的故事。他親切有禮，當天晚上我們過得很愉快。當我把白驢摺起來過夜時，他看起來像條在奮力呼吸的魚。

「我眞是太震驚了，張大師！」索爾說，目光一路跟著我把紙驢收入箱子。「這樣收藏坐騎實在太新鮮了！但是這樣不會很容易被偷嗎？」

「我這個箱子晚上絕不離身，它很安全。再說，偷走這張紙沒有任何意義。對於我以外的任何人而言，它都只是毫無價值的摺紙而已。」

當晚他就睡在火堆的另外一邊。第二天早上他問我既然聊得這麼愉快，可不可以結伴同行一段路。我同意，因爲在漫長的旅程中，有個經常旅行的夥伴可以提供不少慰藉。我們聊起世界上各個角落都能找到的新奇事物，然後各自提出之後想要踏上的旅程，接納對方提供的意見。

再度紮營用餐時，索爾建議我們來點不同的。「我已經吃羊吃太久了，想吃點新鮮的東西。我們何不烤你的驢來吃？我明天幫牠復活。」

「喔，不，我不能那樣對牠。」我舉起雙手反對道。

「牠不會記得的。」雷神保證道：「你自己看，儘管我每次出門都會每天殺個牠們幾次，我的山羊還是一點也不怕人或神。牠們還是和我第一次見到牠們時一樣強壯。整個過程沒有痛苦。請爲了我，你的客人，重新考慮此事。」

我們不在我家，只是一同旅行，我不認爲待客之道是用在這種情況。儘管如此，我還是不希望無禮，或是給人自私固執的感覺，於是我答應了他的要求。

他一鎚打破我心愛的白驢腦袋，牠倒地之前便已死去——不過我不願向各位複述當時的情況。吃完之後，我要求他履行承諾，幫白驢復活。

「當然，我很快就會動手。」索爾說著在腰際的毛皮上擦拭油膩膩的手。「但如果你願意多等一會兒的話，我現在尿很急。」他比向樹林，然後走到一堆矮樹叢後回應大自然的召喚。我也有點尿急，於是往反方向找個隱密的地點。

想想看當我回到營地、看見雷神乘著戰車飛向天際時，我的內心有多驚恐。他冰冷的笑聲如同凍雨般灑落在我身上。「感謝你的款待，笨蛋！」他叫道，這時我才知道自己被耍了。他把我與白驢——我的禮貌的犧牲者——血淋淋的殘骸丟在西伯利亞。

我從來沒有如此丟臉過。讓他那種粗人玩弄在股掌之間——這件事不至於超乎想像，偏偏事實又擺在眼前啃食我的良知。羞辱引發憤怒，驅走內心寧靜，直到再度心平氣和爲止，我的安寧跑去他處尋找依歸。即使到了現在，與各位分享此事，仍令我怒不可抑。從那之後，我就開始急速衰老，必須喝更多長生不老藥才能保命；我必須放下這些情緒，一定要找他算帳。過去數百年來，我每天都在想像與他衝突的情景，迫不及待要他爲此付出代價。我不怕他的神鎚。他的鎚子碰不到我，而且他會發現無法用鎚子復活自己。

□

李夫發出了幾下清喉嚨的聲音。吸血鬼的喉管裡沒有多少黏液，所以他這麼做只是爲了要吸引我們的注意。

「如果沒人反對，」他說：「我就開始說我的故事。地球仍然運轉，黎明即將到來。我希望在黎明來臨前講完故事，然後還能騰出一點時間。」

我們立刻洗耳恭聽。此事出力最多的人就是李夫，而且據我所知，他想找索爾復仇已經超過千年。他要和索爾挑的骨頭肯定有鯨魚肋骨那麼大，而我從未聽他講過他們結怨的經過。

第十九章

吸血鬼的故事

一千年前，我與索爾見過一面，當時我還是凡人。自從那次會面後，我的一切作爲都是爲了要與他再見一面。

我是冰島早期的開拓者。驕傲的維京人，仰賴貧瘠的大地生長，對我的家人與神信仰堅貞。儘管現在提起此事就心痛難熬，但在還是凡人的時候，我將所有榮耀虔誠地獻給索爾。我每天都戴著他的鎚鏈。我讚美他，還有奧丁、弗雷雅，以及弗雷爾——所有北歐諸神。我希望有朝一日能夠入英靈殿用餐，暢飲女武神所獻上的美酒，加入英靈殿戰士的行列，於世界末日時參與諸神黃昏，對抗暮斯貝爾【註一】之子。那些都已經恍如隔世，但要讓各位知道我如何淪爲今日的我，就必須從那個年代開始說起。

我妻子名叫英琪伯格，我們育有兩子，史維恩和歐拉夫。我捕魚，養了幾頭綿羊，甚至以雙手翻土種植作物。

我是國會議員【註二】的候選人。我曾與李夫·艾利森【註三】去過新世界。我本來打算繼續和這位著

註一：暮斯貝爾（Muspell），北歐神話中的火巨人。

名探險家合作的，不過他後來改信基督教，並且要求所有船員跟從。不管怎樣，我見多識廣，而我的劍曾將二十七人送上英靈殿。每一項新成就都讓我變得更加自大、增添我的名聲，也讓我在酒館喝酒時有更多故事可講。我想各位都知道醉漢間的對話隨時都可能變得淫穢下流；有人會說笑話，然後有人批評，然後沒過多久你就會開始說些清醒時絕不會亂說的鬼話，像是如何配種出藍牛或是如何用善知鳥的鳥喙製作武器。

就是這種酒後談話讓我淪落到這個地步。

一個寒冷的春季傍晚，我與兩個朋友和兩個陌生人一起喝酒。雷克雅維克有很多陌生人；隨時都有來自其他地方的人乘船入港。這兩個陌生人都很壯碩——甚至比我還壯——金髮碧眼，剛從愛爾蘭海岸掠奪財物回來。我們全都當過強盜，對很多人而言，我們是全世界最可怕的人物。當然，我們也會害怕其他東西，而那天晚上，我們就在比誰的故事比較可怕。我聽到一些龍船上流傳的故事，水手會在黑暗中喃喃述說那些能把見多識廣的人嚇壞的故事。有些故事是關於滿月晚上化身爲狼的人；有些故事是關於會啃食屍體，然後變成他們最後吃掉形體的墮落生物；還有一些我曾不只一次聽說，能靠吸血存活好幾世紀的生物。他們擁有非人的力量與速度，能不用劍盾迅速撕碎狂戰士。但最重要的是，他們擁有冰冷的智慧。根據傳說，他們是隱身在羅馬軍團之後的神祕力量。他們緩緩向北擴張，遲早都會抵達維京人的土地；從一些神祕死亡事件來看，波希米亞首都布拉格裡應該已經出現了一個非常強大的這種怪物。今日人們以吸血鬼稱呼這種生物，但那是近幾世紀才出現的近代用語。當時吸血鬼有不同的稱呼：法文中的瑞維南特、迪阿伯；德文中的布拉特梢格；在波西米亞，人稱喬迪西・莫渥拉——會走路的屍體。根據傳說，有時候這些怪物會把其他人變成他們的一員，以完全無法承受陽光照射的邪惡，永恆詛咒他們的靈魂。

「難道擁有永生不好嗎？」我對擠在木桌旁的聽眾說道：「想想你能累積的財富，你能擁有的影響，想想擁有這麼多時間能夠造訪多少地方。」

「可以的話，你願意變成那種生物？」其中一名陌生人問。他隨身攜帶一把大鎚，而非長劍，我記得當時我覺得這把武器與他很配。「如果這種生物眞的存在，你願意犧牲自己的人性？」

「這個，現在不願意，當然。我要爲家人著想。要是在我年輕、血氣方剛的年代，我會毫不猶豫地把握機會。」

「眞的？你願意放棄英靈殿、奧丁餐桌上的食物和美酒，爲了什麼——成爲米德加德上一個見不得光的吸血怪物？」

「你忽略了我同時還會變得無比強壯，而且可以活好幾世紀。」我的朋友認爲我這一回合的回應十分巧妙，所以都笑了。只要喝下夠多蜜酒，不管聽什麼都會覺得好笑。

「很好。」陌生人兩手一攤，「我想你這樣說也沒錯。不過你寧願選擇這種生活，放棄成爲英靈

註二：這裡的議會（Althing）指的是冰島的議會，這個語彙有「全島集會」或「全國議會」的意思。冰島議會大約於公元九三〇年創立，是世界上最早的議會之一，除了挪威和丹麥的殖民期曾經暫停之外，至今仍運作中。

註三：李夫・艾利森（Leif Erikson，970-1020），北歐探險家，被認爲是第一個踏足北美洲（格陵蘭除外）的歐洲人。

殿戰士的光輝榮耀？」

「再說一次，現在我不會這麼做，我必須爲家人和朋友負責。但如果人生能夠重來，沒有任何牽掛的話，有何不可？」

陌生人靠回椅背，凝視著我。「是呀，有何不可？」他看向他的夥伴，在戰陣中失去一隻手掌的人。第一名陌生人臉上露出詢問的表情，單掌人冷冷地聳了聳肩。

我有個朋友試圖將話題轉移到龍上，但是第一名陌生人打斷他的話頭。「很好，我決定了。你是李夫‧海加森，對吧？」

「對。你是誰？」

我微感訝異地眨眼。我不記得曾自我介紹，朋友也沒向他們介紹過我。我們只是像戰士間酒後閒聊般和這兩人聊天，除非我們之後還打算見面，不然我們只會分享一些笑聲，而非姓名。

「我是索爾，雷神。」

我和我朋友以爲這是個好笑話，於是哈哈大笑。但是他沒有笑，他的單掌朋友也沒有。

「你說如果沒有牽掛，你就願意成爲那種生物。」他說：「我給你的禮物就是追尋夢想的自由。你對你的家人已經沒有任何責任了，李夫‧海加森。現在你可以實現你的大話，成爲吸血的不朽生物。我看你敢不敢。」

「你在說什麼？」我問。

我一名朋友插嘴。「我要喝那傢伙喝的東西。」

「你的家人都死了。」陌生人堅持道：「你在世上了無牽掛。」

所有人停止說笑。「不好笑。」

「我不開玩笑。」陌生人回應道。

「我家人好得很。我今天早上還見過他們。」

「天上隨時可能劈下閃電，剛剛就劈了幾下。」

我想一拳打到他臉上，但我的年紀已經不適合打架了，而我想要加入議會，在酒吧裡打群架對我沒有好處。於是我很沒禮貌地離開酒館，步履踉蹌地走在街上，發現喝酒時外面曾有風暴來襲。我努力了很久才爬上馬，在雨中匆忙返家，告訴自己這實在太傻了，那傢伙不可能是索爾，充其量只是個拿鎚子的大混蛋。

儘管不斷否認，我心中還是同等害怕。那不可能是索爾。但萬一他是呢？萬一酒後一時誑語害死了我家人呢？

各位可以想像當我衝入家門，看見妻子和兒子渾身焦黑地癱在地上時的心情。我的心化為灰燼，嘴裡除了苦澀外，再也嚐不到任何味道。

罪惡與悲痛：我的喉嚨緊縮，令我窒息，除了野獸般的吼叫外發不出任何聲音。我癱倒在地，爲他們哭泣，然後在恢復說話能力後告訴他們我有多抱歉。

有時候我會用或許他們已經前往弗雷雅的宮殿弗爾克凡格來鼓勵自己，因爲他們沒有做錯任何事。但那就等於是諸神展現慈悲，而索爾絕非慈悲之神。他們比較可能墜入赫爾，一個沒有陽光、沒有歡笑的國度，因爲我在酒後胡言亂語時宣稱想要獲得超乎理解範圍的力量。

我幫他們打造了一艘送葬船，送入大海火化。打從那天起，我眼中的世界就再也沒有綠地。我眼中只有荒原，只有空虛；體內也空蕩蕩的，滋長出一片打算將我生吞活剝、讓索爾獲得勝利的虛無。但我奮力掙扎；我以憤怒塡補空虛，發現我的憤怒就和空虛一樣永無止盡。於是我沒有崩潰。我有人生目標：取得永生，殺了索爾——他挑釁我。

說實話，那是我唯一想到能夠挑戰他的方法。難道我還在乎詛咒嗎？我已經被詛咒到家了。但是永生、力量、速度——想要爲家人報仇，我就會需要這些，而我發誓不惜任何代價都要報仇。

我離開我的農場，前往雷克雅維克，受僱於下一艘航向歐洲的船隻。我在這裡當當傭兵，那裡當當強盜，終於回到北海，然後沿著易北河而上，抵達漢堡。當年是一〇〇六年，波蘭國王梅什科二世還沒把漢堡燒爲灰燼。我很有耐心地四下打聽，幫打算去上游布拉格做生意的商人擔任保鏢。他迫不及待地想和波希米亞普瑞米斯利德王朝的賈羅麥爾公爵建立關係。他在旅途中教我一些波希米亞語，但是基本上沒什麼成效。他不會說古北歐語，而當時我的德語也很爛，但我還是努力學習，因爲我明白想要找出傳說住在波希米亞的吸血永生生物，就得問當地人。

我們沿著弗爾塔瓦河前往布拉格。當時布拉格不像今日那麼美麗。就和所有中世紀城市一樣，布拉格又髒又亂，充滿文盲和疾病。我本人也符合這種描述。城裡的奴隸市場十分熱絡，是那個區域的交易中心，很多商人都把那裡當作根據地。

我曾幫德國商人卸貨，奉命看守碼頭倉庫；工作很無聊，但是足以在我學習當地語言期間提供溫飽。那年雪季開始時，我終於開始在酒館裡打聽消息。有時候我的問題會引來鬨堂大笑，遭人公開嘲弄。我就不再去那些地方。其他地方的酒客會以死寂或警告我不得談論那種事作為回應。有間酒館光是為了我膽敢提出這種問題就把我趕出去。我發現這些酒館都在西岸一座老舊的普瑞米斯利德堡壘附近——也就是今日的赫拉德卡尼城堡，不過說英文的人習慣稱之為布拉格城堡。

兩個月之內，我變成了附近的麻煩人物。我與城內所有酒鬼打交道，還有許多偶爾喝上幾杯的人，結果卻什麼都沒有打聽到。正當我打算放棄這裡、去其他地方碰碰運氣時——我聽說要找吸血鬼就該去羅馬——在西岸一間酒館中，有個身穿灰松鼠毛皮及高領上衣的矮個子到我身旁坐了下來。他下巴留著很短的黑鬍子，不過嘴唇上的八字鬍卻很濃密。他口操波希米亞語，不過帶有一點不知道是哪裡的外國口音。酒保手忙腳亂地為他服務，然後迅速退開。他一點也不想聽見我們的談話。

「你就是在打聽喝血之人的北方人。」他說。這不是問題，只是在點明我的身分。

「你是誰？」我問。

「我是誰不重要。重要的是我代表的人——一位學者——他或許可以回答你的問題。你想見他嗎？」

我滿臉懷疑地看著他。「這是死亡邀請嗎？我見過人們對我皺眉，聽過他們在我背後說的閒話。特別是那些基督徒，他們不喜歡我談論此事。你和他們是一夥的嗎？你安排了人等在門外，打算永遠封我的口嗎？」

「不是這麼回事。」矮個子哼地一聲道：「這名紳士只想和你談談，我想你或許可以活下來。」

「他為什麼不直接進來找我？告訴他我在哪裡。」

「他已經知道你在哪裡了。那就是我來這裡的原因。你必須體諒他；他是個隱士，非常執著於將他的卷軸抄寫成書。你有聽過這種東西嗎？」

「有。我看過書。基督教僧侶和牧師都有書。」

「說得沒錯。但他們只有一本書，不是嗎？我老闆的圖書館裡有許多藏書，而他還在抄寫更多。他向阿拉伯人學習製作紙張的方法，而阿拉伯人則是從中國人那學的。現在他雇用識字的人幫他把卷軸抄寫成書。」

「為什麼不多抄幾份卷軸？」

「書比較牢固。方便帶著走。你識字嗎？」

我聳肩。「我能用三種語言拼出『酒館』，這大概算不上識字。」

矮個子輕笑。「不算，不過那是個好字。或許你可以向我的雇主學到不少東西。你願意和我走這一趟嗎？」

「你不是要埋伏我？」我又問一次。

他喝完杯中的酒，摸摸八字鬍，然後回答：「我不會碰你。我雇用的人也不會碰你，我雇主雇用的人都不會碰你。這樣可以嗎？」

「那你的雇主呢？」

「我不能幫他說話。可以說，他是個……知識的暴力守護者。但我相信他只是想和你談談，我只能這樣說。」

「嗯。你雇主叫什麼名字？」

「想要讓你知道的話，他就會告訴你。」

「很好。我跟你去。」我們和酒保結帳，走在李托區柔和的月光下。小個子沒有進一步閒聊，一言不發地走著。我左顧右盼，手握劍柄。走過三個街口後，我們停在一片圍牆的柵門外。守衛認得小個子。

「我帶他來了。」他說，柵門隨即開啓。門後有座壯觀的屋子——至少在那個年代堪稱壯觀——磚砌庭院中架設的火把照亮屋子正面。庭院裡有座噴泉、幾座花床，雄偉建築。這個書籍裝裱匠是有錢人。

我的嚮導帶我進入一間燭光照明的門廳，大理石地板上鋪著波斯地毯，牆上掛著繡帷。這種程度的財富只有在洗劫修道院的時候才有機會見識，我這輩子都沒有到過如此奢華的地方。我只有瞥見一樓的幾個房間，因爲那個小鬍子帶我走下台階、前往地窖。我看見一條每隔一段距離都有燭台照明的走廊，以及幾扇房門。我們停在第一扇門口，嚮導敲門。

「進來。」門後有個聲音說道。

我們進入一個擺滿書櫃的房間。那當然是間圖書館，但當時我從未見過這種房間。一張長工作桌上擺滿書頁、皮革，還有奇怪的工具，將我的目光引到站在長桌對面的蒼白男人身上。儘管當時是冬天，地窖也很冷——我很慶幸有斗篷保暖——眼前的男人似乎完全不受寒冷影響。他身穿亞洲進口的紫絲衫；我沒見過那種材質，不過一眼就可以認出那比亞麻和羊毛高級多了。他正在檢視一本顯然剛從木虎鉗上抽出來的書。

「啊，你一定是那個北方人。太好了。」他說。

「你一定是那個神祕的學者。」我回道：「我是李夫・海加森。」

「很榮幸與你見面。」他將書輕輕放在桌上，然後上下打量我。「高個子、金髮、維京人。非常好。」

我當時本來可以回說他完全沒有以上特徵，不過我不打算如此無禮。還不是時候。「我該如何稱呼你？」我問。

他考慮片刻，顯然表示不管他說什麼都不會是他的本名。「你可以叫我彼昂。」

「那不是你的本名。」

「不，那是你可以叫我的名字。要知道我的名字必須付出昂貴的代價。」

「你免費得知我的名字。」我說。

「事實並非如此。你在布拉格不停追問吸血之人的問題已經造成了我不少損失。」他望向我的嚮導。「謝謝。你可以下去了。」在無名僕役關上房門後，無名學者微微一笑，繼續說道：「告訴我，海加森先生，你爲什麼這麼堅持要找只會吸血的生物？」

「你是嗎？」

他揮開我的問題。「晚點再來說我。現在先來談你。是你的好奇心激發了我的好奇心。」

繼續規避沒有意義。他要嘛就是幫得了我，不然就是幫不了。「我聽說這種生物具有強大的力量及長壽，我需要那些來為我家人報仇。索爾殺了他們，所以我必須殺了他。沒有時間和手段，我永遠無法達成這個目標。」

「你想要殺神？」他揚起一邊眉毛問道。

「不是隨便一個神。我要殺索爾。」

「所以你才想變成吸血生物？」

「對。」

學者打量我，伸出舌頭舔舔他的嘴唇，接著突然大笑，「我必須承認，這理由很新鮮。你算得上標新立異。所以你不是基督徒？」

「不是。」

「你知道基督徒相信這種生物遭受詛咒——甚至本身就是惡魔？」

「知道。」

「你知道想要成為這種生物，你必須先死過一遍，然後再度復活？」

「我聽說過，沒錯。」

「告訴我，維京人，你為了復仇願意承受多少苦難？你會以復仇之名犯下什麼罪行？」

我考慮片刻。「只要能讓我接近目標，我想我願意承受任何苦難，犯下近乎任何罪行。」

「近乎任何罪行？」

「我……不希望傷害小孩。」

這話讓學者臉上露出扭曲的笑容。「因爲他們無辜？」

「不，不是那樣。我殺過壞人，也殺過無辜的男女。不管以什麼身分面對末日，他們都是走在諾恩三女神所鋪設的道路上，我只是讓他們面對結果的工具而已。但是小孩……不完整。我想諾恩三女神不打算鋪完死去小孩的命運道路，但是話說回來，我也不想，如果你懂我的意思。」

「有趣。你不喜歡事情做一半。」

「一點也沒錯。而除掉索爾是非做不可的事情。」

他嘲弄道：「諾恩三女神不是有幫他鋪設道路嗎？我相信，是和一條蛇大戰？」

「我會想出辦法的。但首先，我需要時間。」

「眞是頭腦簡單！你打算憑藉一己之力改變命運。那可得要好好想想辦法才行。我看得出來你將身體訓練得能用長劍支配他人，但你可以將心靈訓練成能用言語支配他人嗎？」

「什麼意思？」

「我是問你想不想學習讀寫？」

「學那個有什麼用處？我又不打算寫信給索爾。」

「學那個有很多用處，不過最大的用處就是生存。假設你成爲這種吸血之人，你口中的長壽與力量也會須要付出極大的代價，不然這種生物早就滿街都是了，對不對？」

「我想這樣講也有道理。」

「很好。你認爲這些生物得要付出什麼代價？」

我皺眉。「永遠見不到太陽。」

「沒錯。還有呢？」

這個問題讓屋主不置可否地聳肩。「我想如果我是基督徒，就要擔心下地獄的事情。但是我並不擔心這個。」

「不，你還遺漏了其他東西。」

「什麼？」

學者嘆了口氣，沒有直接回答，而是說道：「我們坐吧。我眞是太沒禮貌了。你餓了嗎？渴了嗎？」

「我想要來點喝的，謝謝。麥酒或蜜酒或隨便些什麼。」

我們離開地窖圖書館與裝裱室，回到樓上。學者——我拒絕叫他彼昂——要僕人端飲料去起居室。這裡有四張椅子，一座火爐，沒有窗戶。火爐有生火，但是煙向上竄入一個看不見的洞，沒有瀰漫在屋內。

屋子主人看見我迷惑的表情，解釋道：「啊，煙都隨著一種叫作煙囪的裝置流動，從屋頂排出去。很棒的發明。我們可以在不用管濃煙的情況下享受溫暖的火焰。遲早所有人家裡都會有一座的，你看著吧。」

他請我在一張椅子上就座，然後坐在我對面。一名年輕貌美的女士端了杯麥酒給我。我謝過她，淺嚐一口，禮貌地稱讚好酒。

「回答這個問題前，我希望你不介意我先提個無禮的問題——你是以什麼維生的？」

我認為他已經知道答案，不過還是回答了。「碼頭守衛。」

「我這裡也需要守衛。你或許已經注意到我有許多資須需要保護。你願意考慮幫我工作嗎？我會支付更多薪水，你也可以住在這裡，不另收費。」

「我會考慮。」

「有什麼要考慮的？這顯然比你之前的工作要好。」

「我還不知道你的身分。你不喜歡回答最基本的問題。你總是會轉移話題。」

身穿紫絲衫的蒼白男子微笑。「我想我喜歡你，海加森先生。你不是笨蛋，但是須要磨練一下說話的技巧。」

「你又轉移話題了。」

他越笑越開心。「沒錯。不過我們有談過代價。我以極高的代價買下了關於這種生物的知識，就像我的本名一樣，不會免費送人。」

「你想要什麼？」

「你的忠誠。幫我工作——就我剛剛所開的條件，更高的薪水，住在這裡——永遠不要透露我告訴你的事情。」

「成交。」

「你願意發血誓嗎？」

這個問題有點奇怪，特別在與我此行的目的有關的情況下，但是我看不出拒絕有什麼好處。

「願意。」

在我有機會多吸一口氣前，他已經咬中我的喉嚨，開始吸我的血。我試圖推開他，但他如同鐵箍，彷彿星晨一樣無法動搖。我攻擊他的臂，感覺就像擊中石柱。然而，我持續掙扎必定激怒他了，因爲他突然捶我肚子，將我體內的空氣通通打出體外。

他在我視線開始模糊時退回座位。我試圖起身逃跑，卻發現自己虛弱到無法動彈。「現在你知道我的身分了。」他說，可以明顯看見之前沒有的獠牙。「我就是你將會變成的生物。首先學會閱讀及書寫數種語言，然後證明你的忠誠與謹愼。等你準備好後，宣誓從你自墳墓中爬出來那天算起，將對我效忠三百年，然後我就賜給你死後的永生。我也會回答你的問題，告知我的本名。到時候，一定要到那個時候，你才能開始踏上自己的復仇之道。你可以接受以上條件嗎？」

「數種語言是多少種？」我問。

他笑，我的血在他喉嚨中逐漸凝固，聽起來像焦糖。「你還有力氣和我討價還價？眞不是普通強悍。」他坐回椅子上，面對我。「三種好了。」他邊說邊數手指。「希臘文、拉丁文、德文。至於波希米亞文，你已經會說了，說得還不錯。我不會要你寫波希米亞文。」

「如果我拒絕呢？」

「那你就不能活著出去。你能否生存取決於語文能力，我之前就已經提過了。如果你現在同意，事後卻像其他人一樣試圖背叛我，你會死。我要求絕對的忠誠。」

「這裡的人——他們全都想變成你這樣？」

「每一個。」

「你會……轉化所有人嗎？」

「這是個好問題。答案是否定的。有些人會背叛我，有些人會在波希米亞日常生活中死去，還有很多人會辜負他們的潛能。」

「所以如果我沒學會希臘文、拉丁文和德文，你就會殺了我？」

「你很聰明。」他說。「來吧，你還在失血，很快就會虛弱到無法復元了。」

「我同意你的條件。」

和之前一樣，他的動作快到我的眼球無法跟上——特別是在視線模糊的情況下。我感覺他冰冷的手掌觸碰我的頸部，然後就失去意識了。後來我在一張羽絨床墊上醒來，身體虛弱，但是還活著。那是一〇〇六年的最後一個月。一〇一〇年的時候，他告訴我他本名叫作斯丹尼克，並將我轉化爲吸血鬼。當然，他告訴了我所有吸血鬼的祕密，不過我通通不能告訴你們。

我服侍了他三百年。我幫他殺戮——不只是人類，有時候還有女巫、食屍鬼，偶爾也有獨行狼人。我幫助他阻擋其他吸血鬼入侵他的地盤，學會如何操弄人類的意志。維京人怕我們怕得有道理；我做過很多令人髮指的事情。

我終於在一三一〇年時脫離他的掌控，回到北方，尋找前往阿斯加德的辦法。我諮詢斯堪的那維亞所有北歐異教徒智者，每個人都說我必須走彩虹橋或是被英靈殿的女武神送上去。那是另外一個世界，他們解釋，而我終於開始了解索爾的罪行有多殘酷：儘管我取得了足以挑戰他的力量，我還是沒有能力去找他。

後來我開始把心思放在找尋異界行者之上。這種人少之又少，而且大多數都只能穿越到特定的世界裡。唯一可以隨心所欲地前往任何世界的是圖阿哈．戴．丹恩，還有德魯伊。但是圖阿哈．戴．丹恩很少離開提爾．納．諾格；而他們的後代——妖精——穿梭世界的能力受限於橡樹、白蠟和荊棘。我本來以爲沒有希望了。但是十八世紀時，我遇上了女神富麗迪許。她拒絕帶我前往阿斯加德，但是告訴我世界上還有一名德魯伊，如果能找到他，或許他會願意帶我去。

「我要上哪兒去找這個德魯伊？」我問。

「我不知道。」狩獵女神說：「他隱姓埋名，而且不知道透過什麼手法避開預知占卜。我想他會遊走於熱帶和沙漠之間，妖精無法輕易找到他的地方，或許是新世界。不要沮喪；他比你年長，而且不想早死。」

那就是我搬去新世界的原因。我挑選北美大陸西南方的某塊沙漠，然後默默等待。那是一場漫長、麻木的等待，但是等待是值得的，因爲德魯伊終究還是現身了，不是嗎？我不能用意志魅惑他，強迫他帶我來此；他有頂尖的防禦力場抵抗這種影響。我必須用人類的方法魅惑他：和他交朋友，贏得他的信任。要不了多久，我們就會轉往阿斯加德，無論結局如何，我長達千年的苦難都將結束。

一晚酒後失言讓我付出千年的苦難作爲代價。我爲了復仇承受過很多風雨。但是當機會來臨時，各位朋友，我一定會乾淨俐落。我不會對雷神多說廢話，也不會試圖讓他受苦。重點不是要他受苦，而是要結束我的苦難。不管索爾死得多快，對我家人而言都已經太遲了。

第二十章

好了，這段故事還眞有啓發性。我搬到坦佩市沒過多久就遇上李夫，當時我沒有懷疑，之後也從未懷疑過他一直都在那裡等我——等了兩世紀。對他而言，我們於公於私的交情不過都是爲了追求個人復仇而非進行不可的前奏。

我覺得有點小受傷——「他利用我！」一個細微的聲音說道——但接著我自我解嘲：說到底，他是吸血鬼。對他們，所有生物都是用完就丟的工具。李夫只是讓我以爲他和其他吸血鬼不同而已。

但我並非唯一被耍的人。剛納的表情顯然表示他心裡也有差不多的想法。問題在於，這個新事實有改變任何事嗎？

李夫對我許下承諾，也做到了他該做的事情。我也許下承諾，而對我這一代人來講，承諾絕非小事。現代人違背承諾就和吃飯一樣，而且還會拿「我試過了」當作藉口，事實上根本沒試。對於鐵器時代——我的時代——的人來說，男人的承諾就是名聲的基礎、榮譽的基石、身分的岩床。儘管我常常說謊——說謊與承諾大不相同——我從來沒有違背承諾過。我找不出理由不去殺索爾。也無法忽略索爾該死的事實。

但是，感謝耶穌，我開始懷疑殺索爾不是什麼好主意，即使所有證據都顯示他是個徹頭徹尾的大混蛋。混蛋在這個世界上的功用，如同所有人都有的屁眼一樣，就是四下散布大便。它們很髒、很噁心、味道超臭，但卻不可或缺。

這個想法讓我聯想到吸血鬼的天性。他們是否一樣不可或缺？他們在萬物體制裡扮演什麼樣的角色？

儘管李夫在他的不死祕密上蒙上難以穿透的布簾，我還是知道一些他多半不希望我知道的事情。他沒辦法對我隱藏那些祕密，因爲我看得見。

正常人的生命能量翻騰，並與大地羈絆在一起；心靈活動與健康狀態都會顯示在靈氣裡，而靈氣則布滿全身。吸血鬼不同，他們全身上下只有兩處隱現「生命」跡象。一個位於胸腔中央，另一個則位於雙眼之後，如同火堆中煤塊般的黯淡紅光。他們身體其他部位死氣沉沉，不過就是一堆碳、鈣、鐵的集合，不過在胸部和頭部外則綻放薄薄一層灰色的靈氣。

那些紅光，不管它們是什麼玩意兒——李夫拒絕解釋的吸血鬼黑暗魔法——都是某種安全機制。我將它們視爲復活引擎。那就是光拿木樁插入吸血鬼心臟並不能確保他死透的原因；你還必須砍掉腦袋才能預防再生，不然萬一有人拔出木樁，傷口就會痊癒，吸血鬼就會復活。即使在這種情況下，如果你砍掉腦袋，然後移除木樁，他的心臟還是會另外長出一顆腦袋來。你眼前會有一頭瘦巴巴的乾癟吸血鬼，但他會異常飢餓，在完全恢復力量前，將不斷進食。

德魯伊學識裡的理論推測吸血鬼完全是外來生物，或是許久之前來到這個世界上的共生體。我不在乎哪種才是正確的說法，因爲結論就是我可以對吸血鬼爲所欲爲。對大地來說，吸血鬼並非有感知的生物。他們只是沒被大地回收的礦物質與元素，而我可以隨時解除這類東西的羈絆。德魯伊並沒有規定不能對死者施展魔法——我們只是不能對生物亂來。

我對於德魯伊覆滅的私房理論——關妮兒問起時，我只有稍微帶過——和吸血鬼有很大的關聯。在我的看法裡，凱薩只是羅馬吸血鬼手中的一把劍而已。當年（現在也一樣）羅馬有個著名的吸血鬼巢穴，而我認爲他們在幕後操縱、促使元老院剷除德魯伊。年輕吸血鬼想要北上擴張地盤，但是高盧的大陸德魯伊一看到吸血鬼當場就解除他們的羈絆，把他們變爲一灘原生質，然後放火燒成灰燼，避免他們復活。

第一次遇見李夫時，我本來也會這麼做，但當時是霍爾引見我們，並事先告訴我說他是個非常友善的死人。我本來對他很冷淡，不過慢慢了解到霍爾說得沒錯，逐漸接納了李夫——甚至將他視爲朋友。我不再能夠肯定李夫是否眞心與我爲友了。

他的故事也讓我懷疑他明不明白我有能力對付他。他是在德魯伊覆滅之後才成爲吸血鬼的，他的創造者斯丹尼克多半也一樣——雖然這個推測完全是出於他所選擇的名字，以及六世紀時吸血鬼還沒有擴張到波希米亞的事實上。不過斯丹尼克很可能是羅馬吸血鬼創造出來的，而他們有可能對他提過德魯伊的能力，他也有可能告訴李夫。我想直接詢問李夫肯定浪費唇舌，於是我拋下這個問題。我心中浮現另外一個問題，腦海裡不斷醞釀著恐怖念頭。

李夫知道說出這件事會讓我產生疑慮，但他也十分肯定我還是會帶他前往阿斯加德。爲什麼？

令我不寒而慄的結論就是，我已經承諾過李夫，而任何有耐心等待數個世紀復仇的生物肯定都會不擇手段地確保我實現承諾；任何有辦法承受他所承受的苦難的生物都會毫不遲疑地對他人施加苦難。他曉得我在乎的人是誰；他知道他們住在哪裡。

我幾乎是在想到這一點的同時，認定這個想法荒謬無稽。沒有人會陰險狡詐到這個地步，就連陰險狡詐本人也辦不到。

而最簡單的方法——把他當作普通吸血鬼一樣直接解除羈絆——也沒有那麼簡單，姑且不論這麼做有多卑鄙無恥。他喝過很多很多我的血；現在我的血液已經成爲他身體的一部分。如果解除他的羈絆，我會不會對自己造成傷害？我無從得知。之前沒有這種先例。而此刻絕非弄清楚這件事的時機，因爲大家都盯著我看，但我不曉得原因。難道我把心裡的想法說出口了嗎？

張果老爲我解惑，問我這樣的羈絆夠不夠我們前往阿斯加德。

「喔，我們的進展很棒。」我回答，在得知他只想要知道這個時鬆了一大口氣。「不過恐怕還須要繼續分享。」

「那就明天晚上吧。」李夫說著站起身來，朝我點頭，表情深不可測。「祝各位有個美好的一天。」

「好好休息。」剛納對他說，其他人也都道了晚安。李夫鞠了個躬，離開營火的映照範圍，找個地方躲避陽光。

黎明之後，剛納和我趁著李夫肯定已經睡著時繞湖散步。

「聽他那樣說後，你還要繼續此事嗎？」他沒頭沒尾地問道，肯定我明白他是在指什麼。

「李夫似乎肯定我會。」

「對，沒錯。我不知道他在玩什麼把戲。我希望是我們全都站在同一戰線，對抗北歐諸神那種。」

「不然會是哪種？」

「所有人各懷鬼胎。」

「啊。好吧，我不能代表他發言，也不知道他站在哪一邊。不過我和你是一夥的。」我回道，接著朝其他人揚起下巴。「也和他們一夥。」

阿爾法狼人瞇起雙眼看我。「你覺得我們不必採取任何行動？」

「現在不用。看看今晚情況再說。」

日落之後，李夫起床，立刻找我走到遠離營火的地方談談。剛納以眼神提出疑問，我輕輕搖頭。他讓我們走開。

我們手插口袋，瞪著地面，一言不發地順著湖岸走出約莫一百碼。李夫似乎在等我先開口提問，不過說要談談的人是他。最後他不再往前走，我也跟著停步，轉頭面對他。

「你有一整天時間可以對我發洩怒氣，不過此刻我依然健在，腦袋頂在脖子上，胸口也沒有木樁。」他說：「你是個好人，阿提克斯。」

「你是個很有魅力的吸血鬼。」

他哀傷地點頭。「我罪有應得。我了解，真的。但我希望你明白我昨晚並非無意間說溜嘴，我是故意向你坦白的。」

「爲什麼？」

「我不想對你有所隱瞞。」

「這倒新鮮。爲什麼選在現在告訴我？」

「因爲朋友就會這麼做，阿提克斯。初次見面的時候，我確實是在演戲。你擁有我想要的能力，而唯一取得那種能力的方法就是和你做朋友。但是與你相處期間——我們一起練劍、唇槍舌戰、你試圖教我現代用語、一起並肩作戰——我發現我眞的喜歡你。我已經好幾年不用在你面前虛情假意了。」

我搖頭。「很抱歉。我沒辦法相信這些話。根據奧卡姆剃刀理論【註】：最簡單的解釋就是正確的解釋。而最簡單的解釋就是你和所有吸血鬼一樣，是喜歡玩弄人心的混蛋。」

「阿提克斯，我根本沒有必要提及此事。你本來就會實現承諾。最簡單的解釋——唯一的解釋——就是我想要說，爲了表達我對你的信任與敬意，爲了坦白讓你知道我很珍惜你的友誼，我不會背叛你，也不會再對你隱瞞任何事情。我已經厭倦心裡那麼多祕密了。」

我心下存疑，不過顯然他找我來就是爲了說這些話，而他認爲我會買帳。或許晚點我會；他的行動會證明說的是眞話還是假話。最好的做法就是接受他的解釋，然後提高警覺。或許他是眞心與我交朋友，但我永遠無法再度信任他；從今而後，我必須假裝是他朋友。

「你打算分享你的祕密？」我笑嘻嘻地側頭問道：「吸血鬼的祕密？」

李夫舉起雙手表示此事有所限制。「只是與你分享。不能告訴別人。」

「你是說我現在可以問你任何吸血鬼的問題，而你會據實以對？」我露出不懷好意的笑容。

他放下雙手，認命地嘆了口氣，心知他將聽到什麼問題。「問吧。」他無奈地說。

「告訴我希歐菲勒斯在哪裡。」

我在他臉上看見一閃即逝的訝異神色。他以為我會問他吸血鬼會不會便便，或是其他無關緊要的小事。那種事情有什麼重要的？我心裡有許多更重要的疑問。如果這個神祕的希歐菲勒斯眞的比我還老，或許就知道是誰在幕後下令羅馬人屠殺德魯伊；搞不好幕後主使人就是他。我有必要把這種傢伙揪出來。

「不要隨便敷衍我。」我補充道：「我要你好好推測他現在應該在什麼地方，以及如何與他取得聯繫。」

「你打算結束他的存在？」李夫問。

「除非他給我這麼做的理由，不然我只是想找他談談。」

「他會想知道你是怎麼找到他的。」

「我就說是我猜的。」

「他會知道那是鬼扯。透過心跳加速、皮膚上的化學反應、還有分析你的表情——他會知道有人

註：奧卡姆剃刀理論（Occam's Razor），十四世紀由邏輯學家提出的理論，可以簡單用一句話解釋：「如無必要，毋增實體」（Entities should not be multiplied unnecessarily）；狹義來說，如果在相同的條件下有兩個假說，以比較簡單的那個假說作爲討論依據。

洩露他的行蹤，要求你供出消息來源。」

「隨他怎麼要求。他沒辦法強行逼我吐實，李夫。你知道的。」

「我不知道。」李夫斷然搖頭說道。

「什麼意思？他會心靈感應？」

「我是說我真的不知道。我沒見過他。我對他的了解都很片面，很有可能不是事實。」

「沒關係，猜猜看。」我說：「我不會讓他知道你有透露任何消息。」

李夫鼻孔開闔，噴出一大口氣，沮喪地說：「據說他會分別待在希臘、溫哥華，還有澳洲一座叫作高登維爾的熱帶小鎮。他會跟著雲走。」

「什麼？」

「他喜歡多雲的天空。傳說他古老強大，只要不直接曝曬在大太陽下，就能夠於白晝出沒。」

我揚起眉毛。「你辦得到嗎？」

「不行。我要耗費極大的心力才能在黎明後保持清醒，就算在不見天日的地下室也一樣。」

「嗯。你提到希臘，希臘哪裡？」

「薩洛尼基【註】。」

我皺眉。「那可不是多雲的城市。」

李夫聳肩。「個人認爲那裡是他的故鄉。」

這種說法與他的希臘名相吻合。我一直問李夫問題，觀察有沒有說謊跡象。如果他在說謊，那他真的很會說謊。不管這些答案是真是假，總之都是線索，至少讓我在毫無頭緒的情況下有個起頭；而他看起來很坦白的態度，讓我覺得或許他真的想和我當朋友。

當晚和隔天晚上，我們就在講述各自過去的故事中度過——有時候會講點翻譯成英文後就盡失原意的笑話，有時候提到在遙遠的國度和早已滅絕的文化中的冒險歷程。我們努力在「我所吃過最詭異的東西」比賽中壓過彼此（瓦納摩伊南獲勝）。張果老拿出魚鼓，想與瓦納摩伊南的坎特勒琴搭配演奏，結果造就出一種最好還是忘掉的音樂風格，有點像是印尼的傳統死亡波爾卡舞曲。

李夫沒有要求喝我的血，我也沒有提供給他。其他人也沒有。他看起來沒有比較虛弱，顯然李夫不必每天晚上喝血。

連說了三個晚上故事，我檢視眾人的羈絆，發現他們已經緊密交纏在一起。我覺得我大概了解他們是什麼人了。

「各位，我想我們已經準備好了。」我告訴他們：「明天晚上，我們就動身前往北歐世界。」

註：薩洛尼基（Thessaloniki），希臘第二大城，屬於地中海氣候，夏季乾燥少雨。

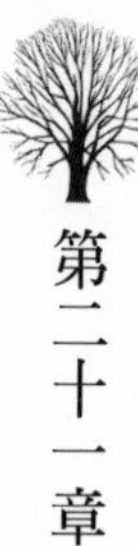

第二十一章

要讓五個男人同時摸我又摸一棵樹的樹根，有點像在玩同性戀扭扭樂【註一】，我差點忍不住笑出聲來——特別是在他們的表情個個像在問「這樣會不會太同性戀了點」時。不過笑的話會扣很多男子漢點數，所以我堅決將心思放回當前的任務，將所有人拉入北歐世界。

這一次，密米爾之泉有人看守。一隻老鷹發出讓我聯想到「科伯特報告」【註二】開場音樂的「伊呀」叫聲；我們全都轉頭看向叫聲來源。

「那不是鳥。」瓦納摩伊南遲疑片刻後說：「是霜巨人。」他的魔法視覺如果沒有比我更好的話，那至少一樣好。當我查看老鷹的靈氣時，看起來一點也不像獵食中的鳥；牠的靈氣看起來像冰藍色的巨型雙足動物。「該你上場了，阿提克斯。」

我們經過投票表決，決定如果遇上這種情況，所有口頭交涉任務都由我出面。瓦納摩伊南會說古北歐語，不過李夫說得更好，所以吸血鬼將充當其他人的翻譯。

「你好，高貴的先生。我們可以和你談談嗎？」我問老鷹道：「如果可以的話，我們是來約頓海

註一：扭扭樂（Twister），一種遊戲，在地面上鋪張印有紅、藍、黃、綠四色圓圈的墊子，大家依照輪盤指示將手或腳放到某種顏色的圓圈上，最後一個倒下的人獲勝。

註二：科伯特報告（*The Colbert Report*），美國深夜政治諷刺節目。

姆找赫列姆【註】的。」

老鷹跳下棲息地，變身爲一頭高大的巨人，落地時地面巨震，激起片片雪花。他足足有十二呎高，皮膚的顏色稍微比《阿凡達》裡的納美人淡上一點。他的鬍子都是眞的，不過和眉毛一樣包覆在冰裡；黑髮髮梢上都覆蓋一層冰霜。而儘管他顯然很冷，卻只在腰際繫上一塊毛皮。這不禁令我好奇：如果霜巨人知道一塊毛皮可以讓他們的私處保持溫暖，爲什麼沒想到多弄一點毛皮就可以讓全身都暖和一些呢？他們會不會擔心體溫過低？從他們的元素天性來看，他們應該會對冰冷免疫，而他們衣不蔽體的寒冷外表純粹是爲了造成他人體溫過低的假象。

「你們是什麼人？」他問，聲音如同在碼頭上滾動的酒桶。

「我們不是阿薩神族的朋友。」我向他保證，心想這一點大概比我們的名字來得重要。接下來報上我們的姓名，既然到目前爲止他沒有試圖把我們擠成肉醬，我想進展不錯。

霜巨人目光冰冷地瞪著佩倫（他還能用哪種目光瞪人？）。「嘎。我不喜歡雷神。我不相信他們。你找赫列姆幹嘛？」

「我們今晚，或明晚，或是任何巨人族選擇的時機，就能結束阿薩神族的暴政。奧丁有弱點，他不知道的弱點。索爾已經殘廢了，但是他不知道原因。弗雷雅毫無防備。諾恩三女神已死。只要赫列姆餓了，阿斯加德諸神全都是待摘的果實。」

巨人笑得像氣喘發作一樣。「嗯哼哈哈哈！你在胡說些什麼？你以爲像你們這種瘦巴巴的零食可以打倒阿薩神族？」

和頭腦簡單、四肢發達的傢伙沒什麼好說，他們只會用肢體交談，那是唯一能夠與他們溝通的方法。我轉向長生不老的張果老，用中文說道：「張大師，我想他須要學點禮貌。或許你可以教他如何用我們的層次交談。」

老鍊金術士稀疏的八字鬍下露出一絲笑意，朝我微微鞠躬。他抖掉背包，放下魚鼓，拿出一根鐵棒。

「請容許我的夥伴展現一下實力。」我換回古北歐語對巨人說：「或許見識過我們的力量之後，你會願意聽我們多說一點。」

「嘎！」霜巨人嗤之以鼻。「這老頭能幹嘛？朝我放屁？」

我希望自己永遠別像張果老摺倒霜巨人那樣被屁摺倒。他一腳踢中巨人的膝蓋，讓對手了解他是認眞的。巨人大吼一聲，被踢到的那腳反射性地踢向張果老。張果老抓住他的腳，跳向巨人的臉，接著翻個筋斗，雙腳扣住巨人喉嚨，然後頭下腳上地垂在那裡。巨人瞪大雙眼，難以想像自己怎麼會一下子身上就多了條老頭項鍊。他伸出大手，抓向胸口，顯然打算抓住張果老，然後甩開；但是張果老不光只是垂在那裡而已，他挺起腰身，舉起鐵棒點向巨人胸口和頸部的幾個穴道——嘟嘟嘟嘟嘟。最後一點後，巨人的手停了下來；他上半身完全麻痺。依然頭下腳上的張果老攤開雙手，做了個「搞定」的姿勢。我領頭鼓掌讚賞。巨人慢慢了解到剛剛出了什麼事，左搖右晃地試圖移動上半身。

註：赫列姆（Hrym），霜巨人。傳說他將在諸神黃昏時，擔任魔船納吉爾法的船長，帶領諸神的敵人現身戰場。

當他後退一步時，張果老彎腰向上抓住兩道冰鬚；接著雙腿鬆開巨人的脖子，站在巨人的鎖骨上，然後像參加高空彈跳一般來個後空翻。做了幾個轉身扭腰之類的動作——我不是體操專家——他以優雅的姿勢落地，只不過雙腳深陷雪裡。霜巨人在張果老雙腳借力之下毫不優雅地向後摔倒，由於無法揮動雙臂維持平衡，巨人在摔倒過程中放聲吼叫，最後重重（濕濕）地摔入雪地。

我轉向李夫。「如果我們不在這裡，他還會叫嗎？」李夫微帶笑意地哼了一聲，不過沒有回應。

我換回中文。「張大師，既然他還會叫，我假設他還能說話？」

張果老點頭。我們一起穿越雪地，走到巨人的頭前。

「請原諒我們小小展現實力。」我對霜巨人說：「我保證沒有對你造成永久傷害，並且很快就會釋放你。請問怎麼稱呼您，古老的巨人？」

「我叫蘇頓。」巨人吼道：「立刻解除這道邪惡的魔法！」

「除非你發誓不會對我們暴力相向，並且帶我們去見赫列姆。」

「你們耍我！」他在雪地裡掙扎、試圖起身，不過發現在只有雙腳能動的情況下根本辦不到。我讓他好好嘗試一段時間，然後在他憤怒又沮喪地安靜下來後，再度開口。

「我不同意。我們說過我們知道如何打倒阿薩族，而你拒絕相信。直接做給你看遠比解釋給你聽來得有效。你願意保證釋出善意嗎？」

「嘎。我看我沒得選擇，不然就得像根枯木一樣躺在這裡。」

「你會帶我們去見赫列姆？」

「會。他會吐你們口水，然後配迷迭香串烤，今晚我們就可以大快朵頤，明天再把你們拉在雪地裡。」

「你的外交手段大膽而躁進，先生。我不覺得那樣算是釋出善意。儘管如此，我想你無權代表赫列姆發言。張大師，他許下承諾了，請釋放他。」我為了讓蘇頓聽懂而用古北歐語說，然後又以中文再說一遍。張果老輕巧地跳上霜巨人胸口，再度點中他數個穴道。點完最後的穴道，蘇頓手臂抖動，用力拍向雪地，撐著自己坐起身來。張果老再度施展特技跳離他的胸口，以完美無瑕的動作落地。

蘇頓站起身來，花了點時間確保全身運作如常。滿意之後，他仔細打量張果老，試圖找出之前漏看的地方——為什麼這個看來弱不禁風的老頭竟然如此危險。接著他以同樣的目光打量其他人——當然，是用冰冷的目光——想像我們究竟擁有什麼足以摧毀阿薩神族的力量。

「嘎，跟我來。」他終於說，然後轉向東方，拖著巨大的腳丫子，在雪地裡為我們開出一條道路。

要在冰天雪地裡走上兩個小時才能抵達霜巨人的村落。我的牛仔褲和皮夾克難以抵擋酷寒，涼鞋就更不用說了，所以我只好向瓦納摩伊南討條毛毯裹著，而他在給我毛毯時的表情顯然在說我是個笨蛋。我可以治療凍瘡；我只是在擔心凍傷。其他人似乎都很習慣這種程度的酷寒——或至少準備得比我充分。

佩倫來到我身旁，拍拍長滿胸毛的胸口。他身穿毛皮斗篷，不過薄襯衫的正面沒扣，露出胸毛。「看到沒，體毛在這種地方很有用處。剃毛太蠢了。」

「你會這樣建議女人嗎？」我問。

「當然會！毛茸茸的女人很棒。給我又壯又毛的女人。」

「我沒有又壯又毛的女人。但是，嘿，知道嗎，那聽起來是個很棒的樂團名稱。又壯又毛的女人。想想看販售商標和商品的可能。搞不好會引領風潮唷。」

佩倫一臉苦惱。「我們該說俄文。我不知道你在講什麼。」我們換說俄文，跟著蘇頓的腳步熱烈交談。佩倫對於可能會見到女巨人非常興奮，因爲她們或許眞的又壯又毛。我想他應該好一陣子沒碰過女人了。

霜巨人不是住在洞穴或原始小屋裡，而是以堅固冰磚砌成的房屋。某些房屋的窗戶和地基以積雪雕刻花紋。這些房屋都有斜屋頂、煙囪，以及高大的門。

街道上沒有人骨堆或其他巨人最近有在雪地裡大便的跡象。事實上，村子裡十分乾淨，乾淨到堪稱藝術，沒有任何預期中喜歡說「嘎」的人應該留下的廢物與垃圾。村子中央有座公用火坑，不過看來已經很久沒生火了。或許，我想，所有人骨都被埋在雪裡，就和其他應該有的廢物與垃圾一樣。

似乎所有巨人都在家裡享受寧靜的夜晚。積雪的主道上空無一人，但是屋子裡的橘光和煙囪飄出的煙都顯示室內有生溫暖的爐火。儘管表面上寧靜祥和，我們隊伍並沒有對巨人村掉以輕心。我們期待會遇上埋伏。

「人都上哪兒去了？」我問蘇頓。

「嘎。躲避奧丁的間諜。過去幾天胡金和暮寧經常跑來。」

眞是太有趣了。難道他們是來這裡找我嗎？「我們或許應該快點進屋。被牠們看到可不妙。」

「我們到了。」蘇頓停在一棟並不比其他建築大的房子門前，與其他房屋相比也沒有絲毫特異之處。沒錯，所有房屋都很高大，但這座房屋四周沒有特殊的冰雕，沒有插著頭顱的矛頭，沒有招牌顯示族長在不在家。我的埋伏警報響起，開始檢查四周。李夫、剛納、張果老也面向四周，以免遭人襲擊。佩倫和瓦那摩伊南毫不在意。但是沒有手持長矛的巨人現身；沒有冰凍的北歐殭屍跳出來吃我們的腦。

或許赫列姆此刻並非族長。我指名道姓地要蘇頓帶我們去見赫列姆，因爲他是預言中率領巨人參與諸神黃昏的巨人。在這種情況下，我假設他的話具有一定分量。

「赫列姆住在這裡？」我問。

「對。你最好希望他現在不餓。」蘇頓敲兩下門，然後推開。我不知道其他人怎麼想，但我以爲會看到赫列姆坐在巨大的冰王座上，腳上躺著一頭北極熊幫他暖腳，一手拿著長矛，一手拿著巨大酒杯，杯裡裝著香料蘋果酒或是蜜酒。某個類似管家的角色隨侍在側，還有僕役和朝臣，以及一張擺滿肉、起司、剛出爐麵包的長桌。

結果我們卻看到兩頭巨人交纏在只能用超大灘的性愛污漬來形容的東西上。

第二十二章

有些景象只要見過就再也無法抹滅。它們會在你有加裝杜比環繞音效的心靈家庭劇院裡反覆播放，直到你再也忍受不住，必須要用其他反覆播放的畫面來蓋過它們一陣子。

我以爲會看到的長桌確實存在。赫列姆正在桌上上他的伴侶；他們沒有費心清理餐盤和酒杯，而且完全沒有注意到他們是在諸多旁人面前上演活春宮。就算有注意到，我也不確定他們會因此而停下來。

「嘎。」赫列姆叫道。啪啪啪。

「嘎。」他的伴侶叫道。啪啪啪。

蘇頓以最快的速度安靜地關上大門，但是我的心靈已然受創。爲了化解這個危機，我閉上雙眼，開始唱歌：「溪谷裡的農夫、溪谷裡的農夫，嘿唷德哩唷，溪谷裡的農夫。農夫娶新娘——噢，可惡，一點效果也沒有！幫幫我，各位，幫幫我，我要換首歌！」

「你在幹嘛，阿提克斯？」剛納問。

「我要唱首非常惱人、可以麻痺心靈的歌曲，把剛剛的畫面趕出腦海。我非常須要遺忘剛剛那一幕。」

「喔，絕佳的計畫。我認同。」剛納說。他和我一樣深受刺激。「馬帝・羅賓斯【註一】的〈艾爾·帕索〉怎麼樣？」

「不錯，曲調容易上口，但是來不及治療我的緊張。」

「我想到了！」瓦納摩伊南突然插口道。「小小世界眞奇妙【註二】。」

「完美！」我叫道：「在巨人的地盤上就要唱這種歌！所有人，數到三就開始。」沒多久我們六個人就在雪地裡瞪大眼睛、滿臉驚慌地開始以最大的熱情高歌那首可惡的歌。佩倫和張果老不熟這首歌，不過很快就學會，第二輪就與我們一起唱。

霜巨人蘇頓神色困惑地看著我，一邊爲自己失禮的舉動感到難爲情，一邊又認定我們都瘋了。

註一：馬帝·羅賓斯（Marty Robbins，1925-1982），美國知名鄉村歌手。

註二：小小世界眞奇妙（It's a small world, after all），童謠，迪士尼樂園裡面的遊樂設施「小小世界」即以這首歌當作主題曲。

第二十三章

在我們的神經節完全爛光之前，一隻竄出烏雲的黑鳥跑來拯救我們。李夫超強的夜視能力搶先發現牠，而在看見赫列姆的床上運動及高歌史上最能傷害心靈的歌曲之後，我們非常歡迎這隻鳥來打擾我們。附近的冰屋裡綻放出些許火光，所以村裡並非一片漆黑。

「是胡金和暮寧嗎？」佩倫大聲問道。

「不可能。只有一隻鳥。」瓦納摩伊南說。

「那會是什麼？」剛納問。

「或許只是普通的鳥。」張果老說。

李夫搖頭。「不，牠的血聞起來不大對勁。」

「喔，見鬼了。」我低聲說道，在烏鴉降落地面、化身爲膚色白皙的裸女前認出對方的身分。「是莫利根。」她跟蹤我來北歐世界。就和德魯伊一樣，圖阿哈·戴·丹恩可以隨心所欲地前往任何地方，但是爲了尊重其他萬神殿，他們通常只會待在愛爾蘭神域和地球。

她的雙眼在逐漸逼近時越來越紅，似乎完全不受酷寒影響。我偷看蘇頓一眼，觀察他的反應，他似乎一臉讚歎，很想問這位女士是否名花有主的模樣。如果他夠聰明、有想清楚的話，他就會知道眼睛會發光的女性向來都是自己的主人，最好的應對之道就是不要說話。

「敘亞漢．歐蘇魯文，」她以令人毛骨悚然的合音說道：「在你進行這瘋狂計畫前，我要和你談談。」

我忍不住顫抖，酷寒與莫利根的聲音可以讓任何男人顫抖。「是。當然。讓我們，呃，去談談。各位，你們可以趁我不在的時候生個火嗎？我回來後就去找赫列姆談。我是說，如果他已經準備好了的話。」我再次打起顫來

他們全都向我保證：生火不是問題、不用擔心、待會見，阿提克斯。莫利根和我向西，來到沒人聽得見我們說話的距離外。

「你的穿著不適合這種氣候。」莫利根說道，雖然她自己什麼都沒穿。

「對呀，妳不會剛好口袋裡有放熱毯吧？」我問。

莫利根當我什麼都沒說，繼續說道：「這顯示出你們的計畫有多不周詳。這樣做實在太不智了。你當然知道我在阿斯加德幫不了你，就算是這裡，約頓海姆，我也無法保護你。如果你死了，女武神可以把你丟去任何地方。」

「沒錯，說起女武神。我發現她們無法將我指定爲將死之人。」

莫利根突然轉頭直視我的臉，確認我不是在開玩笑；在肯定我很認眞後，她問：「你怎麼知道？」

「我一週前和她們打過照面，她們試圖除掉我。我的護身符變冰了，但是除此之外沒有任何效果。我逃離了那場戰鬥，正打算回去進行第二回合。」

「你會與她們直接交手？」

「我不知道。如果她們來找我，那有可能。我其實並不想作戰，只是想實現對李夫的承諾，而要做的就是帶他前往阿斯加德。我想在我也有對妳許下承諾的情況下，妳不會建議我違背承諾。」

「那你們來找霜巨人幹什麼？」她問：「你沒有對李夫承諾過會找他們幫忙，是吧？還有這些跟班？把吸血鬼帶去阿斯加德，然後離開。留下其他人。」

「莫利根，索爾一點當神的樣子都沒有。妳該聽聽他對這些人的所作所為。他是個超級愛吸老二的混蛋。」

「他是什麼？」

「沒什麼。聽著，我帶越多人上去，逃生的機會就越高。我只是要給李夫一次機會，看看結果如何。如果索爾殺了他，我們就離開。如果他殺了索爾，我們還是會離開。我們不打算待在那裡摧毀整個世界。」

「不管是哪種情形都會引發嚴重的後果，敘亞漢。」

「我已經和耶穌談過這件事情了，而我依然打算進行這個計畫。在我看來，如果我不去，後果一樣會很嚴重。妳有什麼要補充的嗎？」

「我不知道你與基督教神的談話內容。不過我在夢裡看見你的死亡。」

我不由自主地停下腳步，你沒辦法在有人說預見你的死亡時繼續悠閒散步。「死在這裡，還是地球上？」

根。」

「地球上。」

我皺眉。「地球上不是有妳罩著嗎？」

她眼中的紅光消退。「沒錯，但我還是預見了你的死亡。那讓我……不安。」

我相信。但是我死的時候，她在做什麼？

「好吧，我保證上去之後我會更偏執妄想，回來之後會加倍偏執妄想。但是我一定要去，莫利根。」

「我知道你會去，我只是想要把你這麼做的影響降到最低。」

「什麼影響？」

她忽略這個問題，走到我面前，等我與她目光接觸。「敘亞漢，有些女武神……」她嘴角抽動、偏開目光，思索該怎麼說。她不能說她們是朋友。「……我認識她們。」她說。

「好吧，這或許是事實。但所有女武神全都想置我於死地，而我讓她們顏面無光。如果我們再度遭遇，她們絕對不會手下留情的，妳知道？」

「我可以想像她們有多氣你。」莫利根說：「而且我比大部分人都了解在戰場上沒辦法承諾任何事情。我只是來建議你，這是一個按照字面解釋去實踐承諾，遠比實現承諾的精神或目的來得明智的狀況。」

我挖苦地笑道：「妳不覺得在所有狀況下，這種做法都會比較明智嗎？」

「我經常這樣認爲，沒錯。」

「這就是妳我的不同。」莫利根之前說的話再度回來困擾我。「妳說是在夢裡看見我死？」

「栩栩如生的夢境，沒錯。不是占卜或投擲魔杖。有時候會這樣。」

「夢到的預知景象有沒有不準過？」

「沒有。」她緊抿雙唇，沒有看我。

「妳肯定夢到的是我，不是其他手持妖精魔劍的帥哥？」

「世界上沒有多少妖精魔劍，也沒幾個持劍的紅髮德魯伊。我很肯定是你。」

「啊，那好吧。不管死亡何時降臨，我都已經活夠本了——妳不這麼認為嗎？這樣還要抱怨就太不禮貌了。」我不打算問她事發的時間、地點和死法。我不想知道，而且她也未必有答案。我輕嘆一聲，看著我吐出的那口氣在黑暗中結晶。「問妳喔，妳有沒有告訴任何人過：『恭喜！今年你從各方面來看都會過得很棒，而且最重要的是你今年不會死』之類的？」

「沒有。」莫利根說：「我沒想過要這樣做，那樣似乎很無聊。」

「妳或許會覺得感覺不賴。人們或許會喜歡上妳。最好事後還讓他們在明知不會死的情況下，臨幸他們。」

莫利根輕笑。「你是在暗示要我臨幸嗎，阿提克斯？」

「喔，不是。」我輕哼一聲，試圖保持語調輕鬆，實際上嚇得屁滾尿流。莫利根美艷無方，但她做起愛來就像是美式足球裡的後衛和四分衛的關係一樣：上次我被她「臨幸」時，歐伯隆還以為我在街上被人圍毆了。「我不能在即將上陣作戰的此刻耗費體力。再說，我還要去與霜巨人結盟。妳的護身符進展如何？」我問，全力轉移話題。

「不多，但我相信還是有點進展。我找到一個願意和我交談的鐵元素，送了三個妖精去給它吃。我想下次召喚它時，它會更快回應。」

「太棒了，繼續努力。」我說。

莫利根噘起嘴唇，上前與我吻別。她在貼上我胸口時驚呼一聲。「你身體好冰！」她說。

「妳不會嗎？妳光著屁股站在雪地裡，難道還能溫暖適意？」

「提高你的核心體溫，笨蛋！」

「喔。」我點了點頭，一副知道她在講什麼的模樣，但是她一臉期待地直直盯著我，等我遵照她的指示。於是我只好問：「呃，要怎麼做？」

她甩了我一巴掌。對莫利根而言，這甚至算不上什麼責難，只是在確保我有專心。「你連這道羈絆法術都不會，怎麼有辦法活這麼久？」

「和其他人一樣，穿很多很多衣服。」

「那衣服呢？」

「遺憾的是，都在其他地方。」

「你至少有辦法對眼睛羈絆魔法光譜吧？」莫利根問。這個問題很侮辱人，因為那是所有德魯伊最早學會的羈絆法術之一。不過那道法術施展時間過長，不適合用在有壓力的情況下，我早在許久之前就簡化了它的施法過程。

「會，這個符咒就是這個作用。」我說著指向護身符的左側。使用符咒有點像是點擊應用程式的圖像；它們是幫我節省施法時間與心力的捷徑。護身符左側有僞裝、夜視、醫療，以及妖精眼鏡和另外一個符咒。右側則是我把自己羈絆成其他動物型態的符咒，外加儲存法力的熊符咒。我啓動妖精眼鏡，說道：「教我怎麼提高體溫。」

莫利根教我施展法術的方法，還有羈絆咒語。結果這道法術是透過調整甲狀腺和下視丘來提升新陳代謝，燃燒細胞中更多能量，釋放更多熱量，同時防止我的血管因應皮膚表面的冷空氣而收縮。

「要維持功效必須多吃點東西。」莫利根解釋：「回到溫暖的地方後別忘了重新調整，不然你會一直流汗。」

「謝謝妳，莫利根。這很有用。」我說，身體已經開始熱了。「而且完全無痛。」

莫利根朝我的臉狠狠一拳，打得我整個趴下，連鼻梁都斷了。

「這話講得太早，而且諷刺的意味太濃。」她說：「我們本來可以吻別的，記住這一點。還有記住我有建議你不要與北歐諸神爲敵。好好考慮。」她舉起雙手，手臂隨即變黑；她的腳離地而起，同樣變黑，身體瞬間羈絆爲烏鴉的型態；她朝西飛向世界之樹的樹根，從那裡轉出這個世界，把我留在原地流血，後悔自己沒想清楚就亂講話。

第二十四章

在我癒合鼻子傷口、用雪水洗淨血跡、回到巨人村中央時，穿好衣服的赫列姆已經與蘇頓和我的夥伴們一起聚在公用火坑旁。有人從某處弄來了乾木柴，北方松木點燃的愉悅火光照亮四周。附近還站了幾個霜巨人，在好奇心的驅使下出門圍觀，搞得我那些夥伴都像半身人【註】一樣。我以妖精眼鏡打量現場，發現瓦納摩伊南已經對整個區域施展幻象，阻擋奧丁間諜的監視。

霜巨人的靈氣很有趣；代表他們魔力的白色雜訊是元素魔法，而且當然侷限於冰元素，不過在那之外還有對我們的好奇、不信任，甚至憤怒的情緒。但是我有可能誤解這些所代表的意義，因為我從未與霜巨人打過交道。

赫列姆比蘇頓高，胸膛也更加厚實。他讓人聯想到大吼大叫的重金屬歌手，手腕上套著有鉚釘裝飾的黑皮腕套。他身上還披著一件毛皮斗篷，代表他的身分是族長，而且對寒冷比較敏感。不過我不確定他有沒有和他的伴侶做完；他臉上的表情加上膚色顯示他或許有點憂鬱。

他皺眉看著正在用古北歐語解釋事情的李夫，而旁邊有名巨人把他的注意力吸引到我身上來。

註：半身人（Halflings），奇幻小說或遊戲中常見的種族，身高只有人類的一半左右。在托爾金的中土世界中，是哈比人的別名。

他以冰冷的目光打量我，似乎一點也不把我放在心上。他的冰鬚比我的脖子還粗，比我的身體還長。

「你就是那個德魯伊？」他問。

「對。我叫阿提克斯。」

「我是赫列姆。」客套話這樣就說完了。他指向李夫。「這個死人告訴我說你可以不走彩虹橋前往阿斯加德。」

「沒錯。我已經去過了。」

「他說諾恩三女神已死，大松鼠拉塔托斯克也是。」

「也沒錯。這就是胡金和暮寧最近這麼忙碌的緣故，他們在找我。」

「嘎。那兩隻可惡的渡鴉隨時都在找我，他們知道我會率領霜巨人參與最終戰役。」

「現在諾恩三女神死了，你有沒有想過或許預言中的最終戰役也不會發生了？」

巨人兩兩相望，看看有沒有人想到這一點。顯然沒有。

「預言有可能在先知死後依然成眞。」赫列姆終於說道。

「嘎。」眾巨人紛紛點頭，對赫列姆的睿智表達認同，其中幾個還在點頭的過程中弄斷了他們的冰鬚。

「史拉普尼爾也死了。」我說：「這不就改變諸神黃昏的預言了嗎？」

「不。」赫列姆回應。「在有些故事裡，奧丁騎著史拉普尼爾迎戰巨狼芬利斯，有些故事裡沒有。這並沒有改變任何情況。」

「但是少了諾恩三女神編織他們的命運，阿薩神族中還活著的神——以及死去之神——都可能面臨不同的命運。我們現在可以更改預言。」

「你打算現在開始諸神黃昏？」

「不，我們想要讓索爾為他對人類和巨人所犯下的罪行付出代價。我們請求你們幫忙。」

「我們為什麼要幫？」

「你們可以剷除古老的敵人。」

「約夢剛德會幫我們剷除他。」赫列姆說：「我們只要等待就行了。」

「等多久？霜巨人不必繼續龜縮在約頓海姆。幫我們除掉索爾，你們就能掠奪阿斯加德上，包括女神弗雷雅在內的戰利品。」

「弗雷雅！」蘇頓喊道。所有男性霜巨人都發出淫蕩的吼叫聲。那感覺就像是走到宅男派對裡大叫「崔西雅．賀爾弗！」或「凱蒂．沙克霍夫！」[註]一樣。我再度檢視他們的靈氣，男性霜巨人全都變成性興奮的紅色；女性則兩眼一翻，噁心想吐。這種現象讓我知道他們的靈氣也與人類一樣，可以作為判斷依據。

「想要得到弗雷雅必須先對付其他神。」赫列姆合理地指出這個事實。「弗雷雅向來都是和雙

註：二〇〇四年重製版《星際大爭霸》（*Battlestar Galactica*）影集中，崔西雅．賀爾弗（Tricia Helfer）飾演賽隆人「六號」，凱蒂．沙克霍夫（Katee Sackhoff）則飾演小史巴。

胞胎哥哥弗雷爾一起作戰。如果索爾上陣，提爾【註】多半也會一起來。海姆達爾，甚至奧丁本人，都會出面對抗我們。更別提女武神和英靈殿戰士。我們勇猛善戰，但是許久以前就在慘痛的教訓中了解，我們無法單獨面對阿斯加德眾神。」

「說得非常好。容許我提醒各位，你們並不孤獨——我們會與你們並肩作戰——而且英靈殿戰士應該不成問題，我們要去的地方位於阿斯加德的另外一端。一到那裡，你們就盡可能冰凍一切、肆意破壞，阿薩神族會派出能夠盡快趕到現場的神——也就是會飛的那些，對不對？所以我們會面對索爾、弗雷爾、奧丁和女武神，還有其他能搭便車來的傢伙。他們不可能帶英靈殿戰士一起來。我們盡快出擊，殺了索爾，搶走弗雷雅，然後離開。阿薩神族將會元氣大傷——」

「嘎！」赫列姆插嘴，「你要怎麼打贏索爾？他會用閃電殺光我們。」

「喔。或許我們還沒來得及跟各位介紹我們的戰友。我們這一方也有雷神。」我轉向佩倫，以俄文請他再製造幾根閃電熔岩出來。「這位是佩倫。」我對赫列姆說：「有了他的幫助，索爾最強大的武器將會毫無用處。阿薩諸神不太可能有類似的保護，因爲他們從來沒有必要應付閃電。他們從未遭遇過我們這種攻擊方式。你們的族人不會死在從天而降的懦弱攻擊之下。就算阿薩諸神會打倒你們，他們也要親自出手，而赫列姆的子民當然有辦法在戰場上照顧自己。」

「小心他們使詐，赫列姆。」一名女霜巨人說。「這可能是把你引誘到阿薩諸神面前的陷阱。」

「親眼見識我所言不虛，女士。接著。」我說著把我的閃電熔岩丟給她。她接下來，懷疑地打量它；她可能從來沒見過沙。我指示佩倫發雷劈她，然後屏息以待。我不確定佩倫能在北歐神域裡發揮力量——不過結果可以；一道閃電劈中女巨人，其他霜巨人紛紛跳向一旁尋求掩護。「嘎！」他們叫道。

但接著他們回頭發現那個女巨人毫髮無傷地嘲笑他們的反應。

「看到了吧，赫列姆？你們終於有機會報復阿薩神族了。沒必要苦等諸神黃昏。明天就可以了。」佩倫忙著發放閃電熔岩，對霜巨人開懷大笑。近距離接觸霜巨人讓他的鬍子也開始結冰。

赫列姆還在遲疑。「你從天上喚來的眞的是閃電嗎？」

我幫佩倫翻譯，他當場摧毀某人的冰屋，證明他用的是百分之百超猛的閃電。一名霜巨人憤怒吼叫，不過赫列姆卻覺得有趣，發出類似清理喉嚨裡黏痰般的笑聲。

「非常好，名叫阿提克斯的小人。你可以對我詳細解釋你的計畫。我們要怎麼擊敗阿薩諸神？」

我告訴了他。

註：提爾（Týr），北歐神話中的戰神，司掌法律與英雄光芒。星期二（Tuesday）的字源來自他的名字。

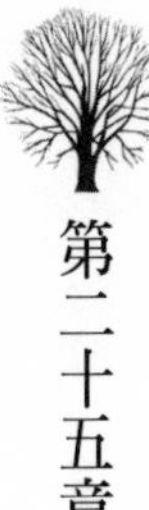

第二十五章

我不用說服霜巨人相信索爾該死。他曾殺過巨人村裡所有人的親戚或祖先，於是一旦讓他們相信握有勝算，要他們一起去就像在問飢餓的人要不要來桶炸雞一樣。儘管如此，我們還是沒能讓整個巨人村參戰；一共有二十個霜巨人要與我們同去，而他們都有能力變形為老鷹，其中還有些巨人從附近其他村子趕來。他們都是白天李夫睡覺時被找來的，而我們全都為了晚上的事情盡量休息。因為我的閃電熔岩給了女巨人，佩倫給我一根新的。

太陽下山，夜晚到來，李夫宣告他已經準備好要去復仇。由於我們在雪地裡移動緩慢，赫列姆說要揹我們到世界之樹去。

德魯伊日誌，十二月三日：「在霜巨人的背上搭便車既有趣又環保。」首先，溫室氣體排放量趨近於零；你還可以聽他們描述弗雷雅有多美艷動人；除了偶爾會聽見幾句「嘎」以外，四周沒什麼噪音；而且既然不用駕駛，你就可以輕鬆地在離地十呎的高處享受風景。缺點就是霜巨人聞起來像是用汗水做成的冰棒。

由於前一晚我都縮在蘇頓的腳步聲中發抖，所以沒有注意到我們行走在陡峭冰山中的一座溪谷裡。夏天這裡或許是片美麗草地——如果夏天當眞曾降臨約頓海姆——不過近日的降雪讓這裡成為在夜晚地平線上起伏不定的藍毯。積了厚雪的長青樹如同微微顫抖的安靜觀眾般站在兩旁看著我們。

南方傳來一陣狼嚎，剛納看來有點想要回應。

抵達世界之樹的根部後，我們跳下霜巨人的背，他們隨即化身老鷹——超大的老鷹。他們筆直而上，順著樹根飛向阿斯加德。赫列姆告訴我，很久以前，有些年輕的霜巨人試圖爬樹根前往阿斯加德，但是沒有一個回來。大概是死在拉塔托斯克嘴裡，或是諾恩三女神手中。現在沒有人能夠阻止他們取道拉塔托斯克的通道前往神域。

佩倫負責送我們上去。我本來可以化身貓頭鷹與霜巨人一起飛天，但我希望能夠多穿一會兒衣服。瓦納摩伊南和張果老在樹根底部放下行李，打算回程時順道來取。我把皮夾和手機放到瓦納摩伊南的背包裡，因爲想做壞事的第一守則就是不要隨身攜帶任何證件。

「雙手伸到側面，腳貼緊。」佩倫說著用他自己的翅膀示範。我們全都依照他的指示做，不過剛納看起來特別緊張，泛黃的眼睛顯示他正努力壓抑體內的狼性。這是控制的問題，簡單明瞭，因爲佩倫將會帶我們飛上去。雷神都有能力移動風暴，所以召喚足夠的強風帶我們順著樹幹而上對他而言不是問題。要讓我們六個都在風中不要亂飛就有點困難了。想像在飛機上不繫安全帶又遇上超強亂流。或是想像嘔吐袋。或飛機。開頭半哩路對所有人而言都很不容易，但是剛納特別痛苦，因爲狼不喜歡飛。

飛行期間，瓦納摩伊南的鬍子飄在他臉上，把臉完全遮住，而那片白毛幃幔後面不停傳出芬蘭髒話。我之前懷疑他有在鬍子裡面暗藏武器終於獲得證實：他胸口上方綁了七把插在刀鞘裡的薄刃刀；四把刀柄可以從右邊拔，三把從左邊。

佩倫終於取得控制，讓我們安安穩穩地向上飛升。他保持在我們前方，以便在樹根頂部控制風向，讓我們竄入拉塔托斯克的樹洞，然後沿著樹洞衝出伊達瓦爾平原。他慢慢將我們在狹窄的風道裡排列成一直線，方便我們進入樹洞後的旅程。

計畫很簡單。抵達伊達瓦爾平原之後，我們就執行《百萬金臂》裡努克【註】的不朽策略，「不可一世地宣告我們來了」。

佩倫會召喚風暴席捲阿斯加德，然後諸神就會怪索爾沒有控制好風暴。他會覺得沒面子而大發雷霆，以最快速度衝出來看看究竟是怎麼回事。同一時間，霜巨人會朝弗爾克凡格釋放冰雪暴，弗雷雅就會爲她的貓咪套上鞍具，出門解決問題。我們不打算在阿斯加德趕一大段路去攻打強化過的據點。我們要把目標引過來。這就是計畫。很簡單，對我們有利，專攻敵人的弱點，能出什麼差錯？

一個名字：海姆達爾。

他在世界之樹的樹根附近閒晃，沒在看守彩虹橋——這或許是我趁夜偷取金蘋果的後果——而他八成覺得通往約頓海姆的拉塔托斯克樹洞突然冒出二十頭巨鷹不太對勁。於是，當我們跟在巨鷹後面飛出樹洞、佩倫讓我們飄落在樹幹附近的積雪上時，雪已經染了血跡。海姆達爾在巨鷹化作雙足形體時砍死了兩個霜巨人，不過剩下的霜巨人全都完成變形，展開攻擊。他看起來沒有多少機會逃

註：努克（Ebby Calvin "Nuke" LaLoosh），電影《百萬金臂》（Bull Durham）中由提姆・羅賓斯（Tim Robbins）飾演的狂傲不羈新人棒球員。

出生天，而他看見我們降落，心知我們也不是友善的觀光客。於是這個有九個母親的私生子拿出號角放到嘴前──傳說中的加拉爾號角──使盡吃奶的力氣吹號，直到巨人在一陣稀巴爛的聲音中把他扁成肉醬。

赫列姆的族人將此視為全面勝利，對著血肉模糊的神軀哈哈大笑。把海姆達爾踩成肉醬就是能夠改變未來、諸神黃昏不再依諾恩三女神預見發生的實質證明。預言中海姆達爾將會在維格利德原野上殺死洛基，然後戰死。他應該是最後一個殞落的神；但結果他卻是最先死的神之一。

但我認為這種情況沒什麼值得慶祝的。加拉爾號角的作用在於警告阿斯加德上所有神，諸神黃昏已經開始了。這下所有拿得動武器的神──包括英靈殿狂戰士，都會衝向那聲魔法召喚的來源。

「注意西方，李夫。他們會從那個方向殺來。我要看看能不能找回莫魯塔。」我說。

「這裡哪裡是西方？」他問，我想他大概是被飛行搞得暈頭轉向，而這裡的星空又和米德加德大不相同。

「那個方向。」我伸手指向阿斯加德外圍的高山。

李夫開始高喊古北歐語，然後又用英文重複，讓所有人面向西方。他要赫列姆和蘇頓在後方召喚一道冰牆，以免我們遭受來自世界之樹另一端的圍攻，接著他又叫瓦納摩伊南在我們上空施展幻象，不讓胡金和暮寧得知我們的人數。我喜歡那道法術，因為它是以區域作為目標，而非我個人，所以我的護身符沒有阻止它。

來到我不太肯定是不是埋葬莫魯塔的地點後，我必須挖開兩呎厚的積雪才能看見凍結的地面。

帶來這陣降雪的風暴必定是在我上次造訪後不久來襲的。我很慶幸莫利根有教我核心體溫的羈絆法術，因爲當我赤腳站在地上時，地面依然冰得不像話。我腳跟上的刺青再度與這個世界的大地建立連結，我則利用連結去搜尋代表一支長劍的鐵。幸運的是，數秒過後我就已經感應到鐵；莫魯塔位於我左邊三呎遠的地方。我必須再挖一次積雪，不過這樣做很值得。凍土在我的命令下呻吟分裂，讓莫魯塔回到我手中，不過我沒有時間檢查它。

「阿提克斯！」李夫叫道：「他和女武神一起來了！我需要你幫忙！」

看在地下諸神的份上，來得可眞快。海姆達爾的號角讓援軍以最快的速度趕來。我還沒準備好。我應該在索爾出現時擔任先鋒，但結果現在卻位於陣線後方，連衣服都沒脫。

我迅速脫衣，帶著富拉蓋拉和莫魯塔趕往其他人身邊。我在匆忙中突然想到在雪中裸奔是某些大學的假日傳統，早知道我該去參加，好爲此刻這種瘋狂的舉動做點準備。積雪拖慢我的速度，令我雙腳深陷其中，我掙扎了兩次才跑到前線。

如此匆忙迎上前的原因在於我是唯一曾閃避過北歐瞄準法術的人。索爾的神鎚米歐尼爾上，加持了與奧丁神矛同樣的瞄準法術。另外，奧丁和女武神肯定有向其他神描述過我——或許是用「紅髮、裸體、瘋狂」的形容詞——所以我要索爾看見符合以上形象的我。既然我殺了史拉普尼爾，他一定會想要盡快除掉我，在奧丁面前邀功。

其次，我們不能讓女武神瞄準其他人；除了李夫——因爲他已經死了。她們可以挑選其他人去死，永遠離不開阿斯加德。儘管百般不願，我還是必須殺光女武神，不管這樣做會讓莫利根多不高興，導致我不再獲得她的臨幸。我希望那會是我這次參戰的福利。

「瓦納摩伊南，縮小幻象範圍！」我一邊叫道，一邊把潮濕的莫魯塔連帶劍鞘丟給李夫。魔法劍肯定泡過水了，只希望結冰能夠減緩生鏽速度。我拔出富拉蓋拉，然後把劍鞘丟到雪裡，毫不在乎事後還找不找得到它。

芬蘭人的幻象迅速離我而去，我在自己開始加速後才驚訝地發現他的幻象竟然拖慢了我的速度。我又跑了約莫十碼，然後停下腳步微微喘氣，因爲積雪阻擋我接觸地面，而我不想在非必要的情況下取用儲存於熊符咒裡的魔力。雷雲迅速自西方逼近。索爾肯定在雲裡，但即使施展了夜視能力，我的視力仍不及李夫，依然看不見索爾，也看不見女武神。我不知道他們的視線範圍有多遠，但是在瓦納摩伊南的幻象作用下，他們暫時只看得到我。

「李夫。」我回頭叫道：「女武神和索爾的相對位置？」

「八點鐘方向，稍微後方一點。」他回道：「V字隊形。」

「瓦納摩伊南，施展聲音把戲！」我叫。

聲音把戲是我決定採用的技術名詞。我不可能在這麼遠的距離下讓索爾聽見我的聲音，但是瓦納摩伊南卻有辦法。假使他高興的話，可以透過坎特勒琴在東京的原宿女孩耳邊低語一些恐怖情話。儘管我位於他右前方三十碼左右的位置，他還是有辦法讓聲音聽起來像是發自於我。索爾從未聽我開口，所以他不會發現自己上當。李夫和我教過芬蘭人一些會讓索爾抓狂的古北歐語，瓦納摩伊南十分流暢地複誦出來，聲音嘹亮地在伊達瓦爾平原上遠遠傳開。

「索爾，幹羊者，世間所有動物的侵犯者，過來面對你的末日！和我相比，約夢剛德不過就是一條小蟲！我殺了史拉普尼爾，讓奧丁摔個狗吃屎！諾恩三女神也死在我手下，現在你的命運掌握在我手中！」

沒錯。索爾火大了。我的護身符在女武神再度挑選我去死時，蒙上熟悉的冰霜。有趣的是，這種景象可以抹去你心中所有疑慮。不管此行是否明智，此刻都已經陷入殺人或被殺的局面。一道閃電從天而降，穿透我的身體，拜佩倫的閃電熔岩所賜，只有微微刺痛。我把閃電熔岩串在符咒項鍊上，放在後頸。我哈哈大笑，瓦納摩伊南也以同樣嘹亮的聲音大笑。我們想要確保索爾知道他的閃電無效。接著我又連續被雷劈了七下，每一下都沒有造成任何傷害。我們也有算到這種情況，瓦納摩伊南在笑聲中說出想好的台詞：

「夠了，索爾，很癢！」

這句話的用途就是要他拿神鎚丟我。李夫和我從經驗得知男性的心理運作方式：如果一種武器無效，那就換另外一種，而且還要把武器塞進讓對方非常不舒服的小洞裡。

天上的烏雲在索爾的怒氣下炸開，我隱約聽見李夫在我身後叫道：「準備，阿提克斯。要來了！」駕駛雙輪戰車的索爾在我眼中只是烏雲裡的一塊白點，不過在李夫眼中已經是超高畫質的影像。「現在！」李夫大叫，告訴我索爾已經拋出神鎚，並鎖定我。

那就是我的暗號。我將富拉蓋拉往雪地裡一拋，然後隨之撲上，在空中啓動將我羈絆爲海獺形體的符咒。米歐尼爾的瞄準法術當場失效，僅僅剩下索爾拋擲的準頭與力道。海獺很可愛地跳了幾下，來到富拉蓋拉前，隨即變回人形。

「來吧，李夫！」我撿起富拉蓋拉叫道。

我話沒說完，吸血鬼已經離開芬蘭人的幻象範圍。他右手緊握莫魯塔，臉上掛著凶殘的笑容，露出獠牙。

「鎚子時間到了。」我說著，接著皺眉。「抱歉。」

「抱歉什麼？」

我還沒時間解釋MC Hammer【註】短暫掀起的風潮，米歐尼爾已經摔在我們面前的雪堆裡。米歐尼爾上有加持一道奧丁神矛剛格尼爾上沒有的法術：它會回到拋鎚之人的手中。我們就指望這一點了。

「抓好！」李夫說，我立刻跳入雪中，左臂緊扣他的右腿。李夫伸出左手抓住米歐尼爾的鎚柄。神鎚在與地面接觸後已經轉往索爾的方向。我們讓一股猛烈的力道扯向天際，速度越來越快。我們正迎向完全不知道許久之前所犯下的罪行此刻帶著千年的暴利回來找他算帳的頭號大混蛋。

我的目標不是索爾，而是女武神。她們已經兩度在沒有口頭警告的情況下試圖置我於死地，而我心知一有機會她們就會用同樣手法對付其他人。問題在於，女武神一共有十二個，還騎飛馬，而我只有一個人，還光屁股抓著吸血鬼的腳凌空飛去，渾身上下只帶一支長劍。要不了多久，吸血鬼就會和雷神開打，我必須在那之前脫身。

我的靈氣是個問題。如果我摸到米歐尼爾，護身符很可能會撤銷回歸法術和其他法術，讓它變成普通的鎚子。那會讓索爾失去強大的武器，但同時也會留下十二個只要進入視線範圍就會剷除整支隊伍的飛天女武神。有趣的是，儘管有辦法短暫抵抗阿斯加德眾神，我們最怕的還是女武神，因爲她們可以挑選死者。於是剛納在昨晚和霜巨人討論計畫時，提出了這個風險極高的策略。索爾之死乃是我們的終極目標，但是在女武神宣告死者之前除掉她們，卻是首要任務。

我在開始行動之前瞥見索爾一眼。他不是美國漫畫裡常見的那種嘴上無毛的形象。他下巴留著整齊的鬍鬚，不過沒有延伸到頸部。他沒戴翼盔或任何頭盔。額頭上綁著一條生皮帶，防止長髮飄入眼中。他身穿鎖甲短衫，外搭紅色外衣，腰繫梅金約德腰帶，大幅強化他原本已經非常可怕的蠻力。他的鐵手套加恩格里波緊緊握著戰車的韁繩，彷彿那是我們纖細的脖子。他的臉漲紅到與上衣差不多顏色；整個人憤怒得像在便祕。他無法相信我竟然還沒死，而且還帶了個朋友一起上戰場。眼看我們逐漸逼近，他放開韁繩，自戰車側邊拔出盾牌，固定在左手臂上。

我該離開了。要讓李夫把握攻擊的機會，我就不能繼續抓住他的腳。女武神緊跟在索爾身後，正如李夫所說，就在他右下方一點的位置。米歐尼爾朝索爾的手掌急速攀升，迅速接近至和女武神平行的高度。抵達那個高度時，我將富拉蓋拉向上一拋，啓動貓頭鷹符咒。我放開李夫的腳，變形，奮力振翅衝向我的劍。李夫繼續飛向索爾，而女武神此刻已經位於我的下方。我看見地心引力開始影響富拉蓋拉，減緩攀升的速度，讓我在抵達最高點前拉近我們之間的距離。我變回人類形體，在

註：MC Hammer，八〇年代末期美國嘻哈樂天王，hammer即鎚子，此處在玩雙關語。

空中抓下劍柄，赤身裸體地下墜，一聲發喊攻向下方的女武神。

後方女武神的警告聲來得太遲，來不及拯救V字隊形側翼第二名女武神。我靠著地心引力的力量砍斷她的頭顱和脊椎，富拉蓋拉如同剪刀剪絲布般貫穿護甲和血肉。她的兩段屍體分向左右墜落，噴得我滿身是血。雙腳踏上飛馬脅腹時，我彎腰屈膝，再度躍起，一個後空翻攻向隊伍中下一名女武神。她揚起盾牌，以爲這樣可以保護自己，但沒有足夠時間判斷魔法劍的能力。我砍斷她的盾牌和身體，再度於她的馬背上借力，迎上下一名對手。這個女武神比之前那個聰明多了。她避開正面衝突，策馬飛向左上方，遠離我的攻擊範圍。我開始墜落，當即轉身向上，研判當前情況。解決兩個，還有十個；女武神打破陣型，展開追擊。哎呀，只剩九個了！我聽見一陣巨響，瞥見一道閃光，隨即看到一名女武神被脖子上的吸血鬼扯向地面，折翼的飛馬直墜而下。索爾拋下李夫，讓英靈殿的持盾少女去應付他。但是她們也和雷神一樣缺乏適合對付吸血鬼的道具。

我再度翻身，面對急速逼近的地面放開富拉蓋拉，變形爲貓頭鷹，阻止下墜勢道，安安穩穩地降落在劍旁。李夫和他的獵物在五十碼外發出噁心的撞擊聲，而他立刻跳起，朝天空大聲吼叫。四名女武神對他俯衝而下，另外五名則衝向我。我變回人類形體，取回富拉蓋拉，取用熊符咒裡的魔力，加快速度、強化力量。符咒裡的魔力幾乎耗盡，連續變形要很多魔力。

第一名女武神以衝鋒的姿態從天而降，打算撞倒我；但我衝出她的攻擊範圍，砍向緊接而來的第二名女武神——面對這種古老戰術，眞正値得擔心的向來都是第二個對手。第二名女武神直衝而下，降到雪地高度，打算讓馬把我踩成肉醬。好了，我怒了，不打算繼續閃躲。我一聲發喊，左肩在前，迎向飛馬。我以魔法加持的力量衝撞牠的頸部下緣，令其衝勢受阻，將錯愕的女武神甩出馬背，姿態難看地落在雪地裡。飛馬跌跌撞撞地後退，攤開雙翼維持平衡。我的左肩劇痛，當場脫臼，鎖骨也被撞碎，但我緊握富拉蓋拉的右臂依然毫髮無傷。我趁女武神自雪地上爬起前，在富拉蓋拉無視護具的能力加持下轉身砍斷她的雙手。她尖叫掙扎、鮮血狂噴，而我就需要這種音樂。她的同伴會盡速趕來，拯救同伴與向我復仇的本能將會窄化她們的視野。

四名破口大罵的女武神落地下馬，手持劍盾將我團團圍起。其中一個指著我的陽具大笑。

「嘿，猜怎麼著？」我說：「這裡很冷。還有妳們頭盔上的翅膀看起來很蠢。」

我看到李夫遭受三名女武神圍攻，第四名已經被他撕裂喉嚨。他的情況或許比我好一點；至少他的兩條手臂都還能動。趁敵人蓄勢待發時，我以俄文叫道：「佩倫！幫忙！」然後向布莉德禱告他有聽見。

俄國雷神不能提早現身，以免女武神對他施展死亡詛咒。我不確定這樣可行，因爲索爾也可能給了她們一些防護措施，不過値得一試。現在她們的注意力完全集中在德魯伊和吸血鬼身上，佩倫可以趁機偷襲。七道閃電從天而降，劈向剩下的女武神。當她們冒煙的屍體倒上雪地時，瓦納摩伊南再度大笑，雲層下迴盪著一陣文森．普來斯式【註】的詭異笑聲。他撤除幻象，將我們所有兵力攤在天

註：文森．普萊斯（Vincent Price，1911-1993），美國知名恐怖片演員，麥可．傑克森（Michael Jackson）的《Thrill》專輯即邀請他配音製作狂笑音效。

上那個妄自尊大的阿薩混蛋面前。

我們給索爾幾秒消化一切。女武神死光了，被三名屬於沒有出現在預言裡、人數約莫兩打的奇特組合成員，在不到一分鐘內剷除；而身爲第一個趕到現場的神，現下他沒有任何後援。

「佩倫，烤了他的山羊。」我叫道。天上又落下兩道閃電，索爾在破爛的雙輪戰車跟隨焦黑的山羊屍體墜落伊達瓦爾平原時，發出憤怒與驚訝的吼叫。

第二十六章

「最後一個趕到的是爛雞蛋！」我大叫，所有人拔腿就跑。這是一場很有趣的賽跑。我想在正常平地上一定是李夫贏，但是化身狼形的剛納可以靈巧地在雪地上跳躍，而李夫每一步都很吃力。瓦納摩伊南、佩倫和張果老完全沒有勝算，不過張果老奮力施展了幾下電影裡必須吊鋼絲才能達成的超級跳躍。霜巨人全都站在原地，眼睜睜地看著小人殺向索爾。除了剛到時損失的兩名同伴，他們這次造訪阿斯加德玩得十分盡興。

如果索爾夠聰明，就會拿神鎚去丟其他人。除了我之外，沒人可以避開米歐尼爾的鎖定法術，然後他就會立刻重拾信心。但是他寵愛的山羊死了，而就連那顆遲鈍的腦袋也知道就算讓牠們復活，佩倫也可以再度擊斃牠們。有一瞬間，我以為他會把神鎚丟向剛納，因為他擺出投擲的預備動作揮動神鎚，但結果他卻在沒有放手的情況下拋鎚——他瞄準了遠方的某一點，任由米歐尼爾帶著他竄入天際，就像李夫和我利用鎚子飛向索爾那樣。

「姆哈哈哈！」赫利姆指著他大笑。「他要飛去找爹地了。」霜巨人全都和他一起大笑，開始推測他什麼時候會帶什麼神一起回來。

在這種情況下，唯一有能力追上去的只有佩倫，但他不可能在索爾找到援軍前攔下索爾。女武神剩下的飛馬閒著沒事，已經在沒有騎士的情況下飛回阿斯加德。

「懦夫！」李夫對著天上那條越來越小的神影喊道；剛納嚎叫。

「嘿，李夫，過來幫點忙，好嗎？」我以正常語氣說道：「幫我把手臂推回去？」吸血鬼可以自五十碼外清楚聽見我的聲音。他轉身，找出我的位置，然後跑過來幫我。腎上腺素消退了，我的身體在考慮進入休克狀態。

「嗯，」他在我面前緊急煞車，檢視我的手臂說道：「有根骨頭斷了。」

「沒錯。先解決脫臼，然後接骨，我可以從體內癒合。」

「準備好了嗎？」

「不，等等。開始之前，我必須接觸地面。我需要魔力。」

李夫立刻清出一塊雪地，讓我踏進去，吸收大地的力量，麻痺肩膀上的神經。

「好了，動手。」我說。他抓起我的手臂，推回肩窩，發出清脆的嘎啦聲。接著他固定我鎖骨的第一個斷裂處——總共有三處——將斷骨排整齊，讓我粗略將它們羈絆到定位。「下一個。」我說，他開始處理第二個斷裂處，然後是第三個。「好了。」我說著輕輕放下富拉蓋拉，然後側身躺下，盡可能以右半身的刺青接觸地面。

李夫默不吭聲地看著我整整一分鐘，確定我躺下來不是爲了施展什麼厲害招式。接著他說：「你打算一直躺到他回來嗎？」

「嘿，對個死人來說，你還眞是聰明。剛剛是怎麼回事？我給你機會，你卻搞砸了？」

李夫皺眉。「我無法否認。我擊碎了他的盾牌，但是他的鎚子在我再度出手前擊中我。」

「那一定很痛。」

「肋骨碎了。」他笑著回答：「但是那個女武神治好了我。她們的血威力強大。這幾天來我第一次吃飽。」

「很好。你須要恢復體力。」我嘆氣。「突襲優勢沒了，李夫。索爾回來時，事情就不會這麼簡單，我們毫髮無傷生離此地的機會也消失了。」李夫點頭，不過沒有說話。

剛納走過來，叫了一聲充當招呼，然後靠著我的背躺下。他想要幫我保暖，我不禁微笑。儘管從未承認，剛納一直都把我當作部族成員。我看得出來他很想念他們。我希望他能活著回去。如果現在離開，他就可以活下來；我們全都可以活下來。

「李夫。」

「嗯？」他遙望天際，等待索爾回來。

「我有話和你說。開誠布公。」

他低頭看我，感興趣地問道：「什麼事？」

「有兩個神來找過我。莫利根你見到了，另外一個是耶穌。他們都很擅長預見未來。」

「然後呢？」

「他們都說殺死索爾會引發嚴重的後果。」

吸血鬼神色一變。「所以呢？」

「所以我們現在離開這裡，就當打贏了吧。」

「打贏了？我們根本沒贏！」

「海姆達爾死了，還有十二個女武神。這些神的數量已經超過你家人四倍了。你表達了訴求，我們都還活著。趁我們領先的時候收手吧。」

「我們沒有領先。你計分的方式錯誤。只有索爾死亡才算得分。」

「要是我死了呢？或剛納？或是其他人？我們算分嗎？因爲等索爾帶其他阿薩諸神回來之後，我們的死亡機率就會大幅提高。」

「想走就走，留我下來。」

「你知道我不會這麼做的。」要是我丟下李夫不管，霍爾從此都不會再和我說話。「我們通通都得離開。」

李夫半跪而下，低聲在我耳邊堅決地說：「一千年了，阿提克斯。我等待這一刻，需要這一刻，想要這一刻，已經不見天日地整整等了一千年。我認識你只有十年。不管你是我多好的朋友，你都不能動搖我的意志。而我也懷疑你有辦法用這套未來會導致嚴重後果的說詞來動搖其他人。只要他們對索爾還懷恨在心，他們唯一在乎的未來就是索爾死亡的未來。其他一切都不重要。」

剛納出聲點頭，表示同意。我輕嘆一聲，接受失敗。復仇與理性永遠不會同床共枕。

「生存很重要。」我說，這是我在這場必輸無疑的辯論中最後的抵抗。

「沒錯。」李夫說，他很樂意認同任何與離開無關的事情。「所以用你那顆腦袋想想怎麼讓我們活下去。我們應該趁著等待的時候做些什麼嗎？萬一他一去不回呢？」

「喔，他會回來的。霜巨人可以依照計畫朝弗爾克凡格釋放冰雪暴。佩倫想要也可以劈些閃電。或許我們可以抽籤決定誰來對付提爾，因爲他肯定會來。」北歐戰神或許只有一隻手（許久以前巨狼芬利斯咬斷了他另一隻手），但依然能夠造成很大的傷害。「然後讓瓦納摩伊南再給我們施展幻象。我們可不想要胡金和暮寧刺探敵情，給奧丁機會與我們大玩戰爭遊戲。讓他只能掌握索爾的口頭報告。」

我療傷將近一整個小時，接著有人宣告阿薩諸神逼近。我的鎖骨依然脆弱，但是肩關節動作無礙，那處的肌肉也很結實，只是有點瘀青僵硬。當我起身時，西方天際的星星都消失了，被代表索爾強大怒意的雷暴雲頂遮蔽。剛納也站起來，開始伸展四肢。

世界之樹的巨大樹幹依然聳立在北方，右側有一面灰牆守護，不過距離我的位置還有一個足球場遠。剛納和我離夥伴很遠，剩下的人全都分散在南邊，監視著西方天際。

即使加持夜視能力，除了多半是古鐸因博斯帝的耀眼光點，我還是看不出什麼所以然，我必須依賴李夫的視力，問他究竟看見了些什麼。

「我認出奧丁和弗雷爾。駕駛大貓戰車的一定是弗雷雅。」

在霜巨人的聽力範圍內說出這個名字是個錯誤；他們情緒激動，彷彿粉絲般複誦她的名字，有些霜巨人甚至把手塞到腰間的毛皮裡。

李夫提高音量，蓋過吵吵鬧鬧的巨人，繼續說道：「還有其他三個神。」

「包括索爾？」

「不。我沒看到索爾。」

「六個阿薩諸神，沒有索爾？事情不對勁。」

「我想趁這個機會叫你夏洛克，並且指出這不是在開玩笑的。」

「什麼？李夫，不對。你完全說錯了。你應該要說：『不是開玩笑的，夏洛——』」

「敵方來襲！」李夫插嘴道：「奧丁之矛！在這個距離看不出目標是誰。」

「看在地下諸神的份上，」我喘氣道：「他怎麼可能瞄準任何人？我們不是有幻象遮蔽嗎？」

「對呀，我們有。」瓦納摩伊南確認道。

「你的幻象或許可能瞞過胡金和暮寧，但顯然瞞不過奧丁本人。」我變形爲獵狼犬，然後再度變回人形，以免神矛的標的是我。我拿起富拉蓋拉移向左側，看著古鐸因博斯帝的光芒越變越亮；牠光彩奪目到足以照亮上方的雲層。

「喔，可惡，烏雲！」我說：「索爾待在雲上！」沒有人接話，因爲奧丁的攻擊已經展開。他的神矛射穿瓦納摩伊南的胸口，芬蘭人後退十碼，慘死在雪地上。幻象隨著他的死亡消失，現在我們在阿薩諸神面前無所遁形。我們無從得知奧丁怎麼知道要瞄準瓦納摩伊南，但那顯然就是他計畫中最重要的一環。

「有個阿薩神是弓箭手。」李夫說：「羽箭來襲。那傢伙一定是烏鐸爾【註】。」

「幹掉他，佩倫！」

「好！」毛茸茸的歡樂雷神笑著答道，閃電隨即從天而降，但是除了有個霜巨人喉嚨中箭之外，沒有產生任何效果。

「他們這回有備而來。」我說：「他們自錯誤中學取教訓，和我們一樣不怕閃電。你必須用斧頭作戰。如果看到奧丁的渡鴉，想辦法打下來。」我迅速跑向霜巨人，只見另外一支箭射中目標，不過不是致命傷。「赫列姆！蘇頓！你們有辦法對付弓箭手嗎？用風還是冰之類的東西干擾他瞄準？放任不管的話，我們會被他殺光。」

「嘎。」赫列姆說。「啊。」他補充道，一把長長的冰棍自他的右掌冒出，有點像是特大號的冰鬚。其他霜巨人照做，製造他們自己的冰棍，然後他們拿冰棍指向阿薩諸神的方向。片刻過後，我們面前冒出一道約莫一百碼高的雪幕，如同一場迷你風暴般驅散任何飛向我們的物體——包括有翅膀的飛馬、雙輪戰車、矮人製造的光亮大豬，還有箭。

「非常好。」我說：「不過還是要注意天上。索爾躲在雲層上方，很快就會跳下來偷襲我們。」我回到瓦納摩伊南的屍體旁，拔出奧丁的神矛。我帶有寒鐵力量的手掌並沒有解除矛頭上的瞄準法術，所以我肯定可以擊殺一名對手。但是使用神矛就會讓阿薩諸神有機會再度拿它來攻擊我們。

芬蘭巫師一臉驚訝，雙眼圓睜地瞪著插在胸口上的神矛。我闔上他的雙眼，希望他的靈魂不論身在何方，都會滿意他在這場戰役裡的貢獻。我並不滿意，我很想多聽他說一些故事，多聽他唱一些歌。我很想讓他體會幫海蛇朋友報仇的滋味；我也很想有時間好好爲他哀悼，但是如果想要在這場

註：烏鐸爾（Ullr），北歐神話中的冬神、箭術與狩獵之神，也是索爾的繼子。

戰役中存活下來，我就必須盡快行動。

我左手拿起神矛，決定暫時不用，或許晚點會遇上使用它的完美時機。阿薩諸神想要取回神矛就必須先問過我。

不幸的是，拿起神矛顯然也在他們的計畫裡。李夫的警告救了我一命。我連忙跳向右方，在千鈞一髮之際避開從我們正上方的雷神手中直擊而下的雷神之鎚。這一擊撼動大地，我方人馬全部摔倒，撞擊處濺起大片雪花，於落地時噴得我渾身刺痛。在我有機會爬起身來前，索爾已經站在他所打出來的大坑裡。我看到他換了一面新盾牌，還有一套新盔甲，表示他比之前認眞看待我們。鎖甲短衫依然穿在內裡，不過其外又加穿了紅漆硬皮所製的無袖薄護甲。他的護腕和腿甲也是硬皮甲，不過是正常的棕色，而他的大腿只有覆蓋一片鎖甲裙。他頭戴有鼻衛的頭盔，但是兩邊沒有荒謬的翅膀或尖角。他的藍眼綻放怒火，狠狠瞪視著我。

「爲亡者復仇！」他以古北歐語叫道，接著展開衝鋒，打算用神鎚打爛我的腦袋。

「沒錯，我們來就是爲了這個。」我說著連滾帶爬地後退。我唯一能做的就是閃開他的攻擊；以我此刻的姿勢絕不可能格擋或反擊，就算在最佳狀態要擋下戰鎚的攻擊也是近乎不可能的任務，而我的情況——赤身裸體躺在雪地裡——絕對稱不上最佳。

在發現眼前並非一對一對決時，索爾眼中的怒火冷卻了一些：現在他被我們包圍。他的目光自我身上移開，及時舉起盾牌，隨即被李夫撲倒。他們在雪地上纏鬥，滾過我身邊，吸血鬼嘶吼，雷神大吼。我利用這個機會爬起身來，開始擔心其他敵人。剛納不顧一切地衝向索爾，張果老也一樣。他們一心只想加入戰局，完全沒注意到自己淪為別人的目標。阿薩諸神已經飛越霜巨人的雪幕，各自挑好了對手。「後面！」我大叫，希望他們知道我是在同時警告他們兩個，但是只有張果老留心。他轉過身去，站穩腳步，雙手各持鐵棒，順勢架開跳下飛馬的提爾的攻擊。提爾的裝扮和索爾很像，只是皮革上衣是藍色的。他以左手攻擊，當然，右手手臂上卡著一面盾牌。

剛納腹部被公豬的獠牙刺傷。古鐸因博斯帝自後方衝撞，巨大的獠牙越過狼人的後腿，刺中柔軟的下腹。剛納在被甩入空中時痛得大叫，傷口噴出鮮血及內臟。啓動夜視能力導致我無法逼視矮人製造的公豬身上綻放的強光，不過牠身上的騎士肯定就是弗雷爾。他舉起長劍，打算砍死即將落地的剛納。我本來打算袖手旁觀，期望藉由不參與此戰來驅逐這裡即將產生的因果報應；耶穌和莫利根的話依然在我耳中迴盪。但我不能眼睜睜地看著弗雷爾把剛納砍成兩段。

我不是左撇子，但是對方距離不遠，而神矛上的符文要嘛就是有效，不然就是無效：我以最快的速度朝神抛出奧丁之矛，希望它能及時命中目標。神矛射中弗雷爾腋下，將他擊落豬背，長劍淺淺劃過剛納胸口右側。狼人在叫聲中摔入雪地，沒死，不過傷勢嚴重。大金豬——大小約莫九人座小巴——衝過我身邊，我舉起富拉蓋拉順勢劃開牠的身側，引發一陣驚吼。牠奮力減緩衝勢，轉過身來，打算再衝刺一回，而我則趁機檢視戰場。

李夫和索爾還在纏鬥，張果老和提爾也是；其他四名阿薩諸神則與霜巨人大打出手，地上躺了好幾具藍色屍體。我認出其中兩名北歐神——奧丁和弗雷雅。奧丁頭上還是那頂華麗的頭盔，不過鎖甲外的馴鹿皮上衣脫掉了。他的皮甲鑲有刻著北歐符文的護板，顯然強化成與盔甲一樣堅硬，不過卻不像金屬那麼沉重，也不會影響動作。

至於弗雷雅，她並沒有想像中那麼辣。事實上，我一開始並不確定霜巨人為什麼那麼迷她。她很美麗，無庸置疑，但也沒有美到驚為天人的地步。我可以在里約或法國南部的海灘上找到幾十個比她還要顯眼的美女。她頭戴花盔，金髮綁成兩條粗辮子，鎖甲和綠皮胸甲外披著一襲白斗篷，以胸針別在右肩上。她腰纏一條細細的金腰帶，下方垂著許多小花藤，蓋在綠皮裙上。這種打扮有點奇怪，不過她本來就是個奇特的神祇，同時主掌生殖、美貌與戰爭。我想生殖與戰爭對霜巨人的吸引力並不下於美貌——而且戰爭的影響無疑為她的美貌增添光彩。對我而言，她的下巴微顯方正，太男性化，算不上真的美女。不過霜巨人就喜歡這種長相。

據我推測，不認得的阿薩神裡有個大概是奧丁的兒子維達【註】；他的護甲是黑色的，鑲有鋼板，下巴沒留鬍子。最後那個使弓箭的神，很可能是烏鐸爾，他把棕色的鬍鬚綁成兩條小辮子。佩倫試圖攻擊奧丁，但是烏鐸爾充當保鏢，以最快的速度對俄國神發箭。箭大多被佩倫閃過或擋開，但我至少看見有兩支箭射中他的左臂。

我在一瞥眼間只能看見這些，因為真正的作戰可沒有時間讓人欣賞風景或是喝茶。打鬥總是很快速、很野蠻，很可能在轉眼之間就分出勝負。

我要是不移動，很可能會在轉眼之間死亡。此刻我站在受傷的公豬和受傷的狼人之間，這兩個傢伙都有可能把我咬成肉醬。如果要和古鐸因博斯帝正面衝突，富拉蓋拉就無用武之地。就算我一劍插入牠的眉心，牠還是能夠在猛烈的衝勢下把我撞扁。

我等公豬展開衝刺，然後把富拉蓋拉丟向弗雷爾的屍體，化身爲獵狼犬。我緊追長劍而去，公豬轉向追來。牠的速度比我快——但是沒有剛納快。咆哮的狼人利用我所提供的角度跳到公豬背上，利爪狠狠陷入對方體內，迫使牠不再繼續追我。公豬尖聲吼叫，試圖甩開狼人，但是剛納張牙舞爪，有條不紊地挖出公豬背上的肉，而他自己的腸子也不斷滑出腹部的傷口。

我在剛納從公豬體內扯出一塊不斷強力跳動的物體時出聲歡呼——那東西肯定很重要；但是歡呼瞬間轉爲哀鳴，因爲公豬在痛苦的哀號聲中倒地，把剛納壓在龐大的身軀底下。我衝到他倒下的地方，打算變回人形抬起公豬，但是剛納已經開始變形——他的最後一次變形，不過這次毫不痛苦。他承受了超乎狼人自療能力的重傷，斷氣了，他的表情從未如此安詳。

我想要大叫：「不！」但是忘了自己正化身獵狼犬，結果發出的只是悶叫聲。

我曾在戰場上失去朋友——不只如此，我的妻子塔希拉也是死在戰場上——而這種情況總是會對我造成同樣的影響。我感到一股悲傷，但是很快就將之拋到腦後，等有機會時再來哀悼；我的凱爾特怒火當場升溫到白熱程度，只有敵人的鮮血足以澆熄。剛納的死啓動了我腦中的一個開關，讓我化身爲凱爾特戰士——無畏無懼、毫無理智，會一直殺戮到無人可殺爲止的怪物。我雙眼轉紅，口冒白沫，放聲吼叫。

註：維達（Vidar），奧丁的兒子，傳說隱居在森林之中；在諸神黃昏預言中，他將殺死巨狼芬利斯，並與兄弟瓦利（Vali，和洛基的兒子同名，但不是同一個神）倖存下來，成爲新世界的守護神。

我衝向弗雷爾的屍體，隨即變回人形。他死在剛格尼爾的魔力下，我拔起神矛，繼續使用。我迫切地尋找新目標，但所有目標都被盟友遮住——直到我抬頭。我看見兩個敵人在霜巨人和其他阿薩諸神混戰的上空盤旋：胡金和暮寧。我不知道哪隻是哪隻，但如果奧丁昏迷可以導致牠們墜落天際，殺死渡鴉會不會影響奧丁？揭曉謎底的時候到了。我挑選一隻渡鴉，右手使盡全力拋出神矛，然後等著看戲。神矛像是射向球門的好球般以絕佳角度攀升，以無比精確的準頭逼近目標。它射穿渡鴉的胸口。渡鴉墜落地面之時，奧丁停止攻擊，被赫列姆一棒擊中。獨眼神騰空而起，吸引弗雷雅的注意。她驚慌大叫，不再攻擊，調轉戰車的方向趕來援助。她在匆忙間忘記霜巨人的手臂很長。蘇頓一把將她抓下馬車，隨即將她從頭到腳冰封起來；這下她化身爲冰棒女神。弗雷雅的貓拉著雙輪戰車飛向奧丁。

「嘎！」蘇頓歡天喜地地叫道，將獎品高舉過頭。「我抓到她了！」

「父親！」身穿黑甲的阿薩神叫道，我終於肯定他是維達。他沒有重蹈弗雷雅的覆轍，成功拋下霜巨人，連忙趕去支援他父親。此刻就是宣告撤退、趁有機會時離開這裡的絕佳時機，或至少去幫助李夫、張果老或佩倫對付他們的阿薩神，但我卻自雪地撿起富拉蓋拉，奔向奧丁之子，完全失去理智，徹底遺忘耶穌和莫利根的警告。

我眞的應該重視那些警告的。

有東西在我奔跑途中狠狠擊中我的左側，令我雙腳離地，姿勢難看地摔在地上。我感到一陣劇痛，手臂揮中插在肋骨上的箭柄。難以忍受的劇痛讓我無法呼吸，不過我知道這是怎麼回事。烏鐸爾放下佩倫不管，轉而對我放箭，因爲他知道我比較容易射中。我擷取熊符咒裡的魔力，紓緩劇痛，然後奮力起身、轉過身去，剛好看到佩倫把那個混蛋砍成兩半。我鬆了口氣，吸入一口冷空氣，但是再度吐氣時，鬥志已經全消。理性恢復了：讓維達去照料奧丁的傷勢，我想，我得先治療自己受損的內臟。

我體內一團混亂，傷勢越來越嚴重。箭頭沒有透體而過，而我必須讓它穿透身體，如此才能折斷箭頭，拔出箭身。佩倫在四下找尋其他敵人時看見我倒在雪地裡掙扎，我虛弱地揮手請他過來。他身上插了三支箭，全都位於左側的肢體上。之前看到的那兩支依然插在手臂上，第三支則射中大腿，導致他一拐一拐地朝我走來。剩下的五名霜巨人圍成一圈，欣賞依然讓得意洋洋的蘇頓握在手中的弗雷雅。

佩倫趕來找我時，還有兩組人馬激戰方酣。提爾發現自己沒辦法預測張果老的醉拳招式。他會揮中空氣，或只能碰到這個神仙寬鬆的仙袍，而他唯一能做的就是用盾牌抵擋張果老的攻擊。

在更遠的地方，差不多在霜巨人抵達時建造的冰牆旁，李夫和索爾繼續決鬥。我以爲憑李夫的速度與劍術，這場打鬥早就該結束了才是。但是索爾的速度也快如閃電——很合理。而且和之前的盾牌比起來，他的新盾牌還挺耐打的；上面八成有加持魔法。

佩倫來到我的右邊，將我的手臂勾在他毛茸茸的肩膀上。我們一起一拐一拐地走向世界之樹的樹根。

「奧丁死了嗎？」他問。

「我想沒有。我殺了他的一隻渡鴉，所以他目前處於失去想法——或是記憶的狀態。」殘存的渡鴉在奧丁倒地的上空盤旋。維達跪在他身邊，努力喚醒他。「而且他還被赫利姆的冰棍打了一下。」

俄國雷神大笑。「那對我來說就足夠了。對睿智之人而言，失去心智是個遠比死亡淒慘的命運。」

「我們必須離開這裡。」我說：「如果英靈殿戰士或其他阿薩諸神趕來，我們就死定了。」我們損失了兩名夥伴和十五個霜巨人。我們本來可以在只有兩個霜巨人死亡的情況下離開，瓦納摩伊南和剛納本來不會死的；這個想法讓我悲從中來。

「對。沒錯。但索爾還活著，還在頑抗。」

「李夫或許需要我們幫忙。」

佩倫苦笑，「我不認爲我們在這種情況下幫得上忙。」

此刻李夫正試圖轉到雷神身後，藉以繞過盾牌。他只要用莫魯塔直接命中索爾就能取他性命。與富拉蓋拉不同，莫魯塔無法貫穿盾牌或護甲，但它的能力就是一擊必殺。不管是砍掉小指、劃破小腿，還是割開手臂都可以：只要是莫魯塔造成的，所有傷都是致命傷。至少理論是如此。我從來沒有見過它發揮這種能力，因爲當我用莫魯塔砍殺諾恩三女神時，它並沒有必要發揮能力。但是索爾只要稍微轉身就能擋下李夫的攻擊，偶爾還能出鎚反擊，不過完全碰不到李夫。

這表示我朋友的動作比雷神還快一點。不過李夫還沒想出繞過盾牌的辦法。他得嘗試新的做法。我想到這裡的同時，他突然停止繞行索爾，退出約莫十碼之外。如果是人類，此刻必定氣喘吁吁，但是李夫動也不動地站在原地，如同雪地間的淡金色忍者雕像一樣。他穿靴子的左腳跨在右腳前；右手斜舉莫魯塔，劍柄約莫與耳朵同高，劍身則在李夫頭上的黑暗中反射冰冷藍光。

平原上一片死寂。張果老連續三個後翻，拉開他與提爾之間的距離，揚起雙手要求暫停。戰神停止攻擊。霜巨人將目光自弗雷雅移開，暫時默不吭聲，傾聽戰場上的情況。

「你知道我們是什麼人嗎，雷神？」李夫劃破沉默。我幫佩倫翻譯古北歐語。

「我不在乎！」索爾不屑地說。

「這就是我們來此的原因。你是個輕率隨便、自私自利、躲在神話的善良面具下的混蛋。你屠殺無辜之人。你千年之前殺光了我的家人，挑釁我成爲吸血鬼。你八成根本不記得了，是不是？」

雷神語氣冰冷地嘲弄道：「不記得。我怎麼會記得千年以前的小消遣？」

「小消遣？我家人的性命對你而言就只是消遣？我想也是。來吧，索爾。」李夫說著以左手挑釁他。「你的命運在等著你。」

他想要索爾主動進攻，試圖取得優勢，不過我看不出來這樣會有任何優勢。索爾大吼一聲，高舉盾牌和神鎚疾衝而上。李夫維持原來的姿勢。看著索爾魯莽的攻擊，我突然了解李夫的計畫。

「不要，李夫！」我低聲道。

想要以神鎚攻擊，索爾就必須壓低盾牌，轉向左側。在那一瞬間，他的左肩會毫無防備，而李夫打算利用這個機會。但是這麼一做，李夫就無法避開神鎚。

他們如同兩道殘影般撞在一起，爆發出一陣骨碎聲響。索爾的神鎚如同打爛西瓜般擊碎李夫的頭顱，無頭的身軀倒地。索爾站在原地。

「哈！」他大叫：「命運在等著誰呀？不是我！」但接著盾牌落地，他轉頭面對觀眾。莫魯塔插在他的鎖骨上方，脖子和左肩之間的肌肉裡。它避開了護甲，成功地砍穿裡面的鎖甲；索爾沒穿甲。傷口在流血，不過沒有噴。索爾拋下神鎚，以右手拔出魔法劍，丟到一旁。

「哈！」他又說，然後彎腰去撿米歐尼爾。但是他洋洋得意的臉突然皺起眉頭，傷口附近的皮膚開始變黑，接著彷彿漏油般迅速擴散到他的鼻子和手臂。

「呃？這是什麼巫術？」雷神吼道。這就是他最後的遺言。致命的腐敗現象擴及他的心臟，或許也影響了他的脊椎神經，令它們乾枯凋零，搾乾他的生命。他顏面著地，就此身亡，腐敗現象繼續將他的身體化為黑色的濃汁。

那是妖精的巫術，當然。一時之間，雪地裡一片死寂，在場眾人慢慢消化剛剛發生的一切。

「不！」提爾大叫，朝索爾直奔而去，把和張果老的決鬥拋到腦後。「他不能死！他還要殺死世界之蛇！」

提爾因為情緒失控而露出破綻——就和我之前一樣。那些情緒還在，它們想要吸引我的注意——為剛納哀悼、為李夫哀悼、為我自己無力阻止這一切而哀悼——但我極力克制它們，專心進行傷害控管。「嘿，佩倫，我們必須處理一下提爾。看看你的閃電有沒有用。索爾死了，或許他提供的保護也消失了。不要殺他。」

「好主意。」他點頭說道：「我給他來道寶寶閃電。」提爾在遭受雷擊時放聲慘叫，渾身焦黑，瘋狂顫抖。

「太棒了。你可以用風帶我們飛過去嗎？」

「我想可以。」他回應，我在騰空而起牽動箭傷時忍痛不叫，和他一起搖搖晃晃地飛向血肉模糊的決鬥現場。霜巨人走過來確認索爾死亡，張果老則順手點了提爾的穴道，不讓這個阿薩再來打擾我們。飛過他們之後，我的目光——我的魔法目光再也離不開李夫。

他的腦袋碎片散布在雪地裡，沒有一塊骨頭完好如初。索爾的神鎚徹底粉碎了他脖子以上的部分，但他胸口的吸血鬼魔法依然發出黯淡的紅光。如果他沒有油盡燈枯，那就還有可能再度復活。

熊符咒裡的魔力在多次變形和防止自己休克或傷勢進一步惡化後，幾乎完全耗盡。此刻我只能盡量讓自己保持清醒，想要治療傷勢，就得接觸大地。佩倫讓我們降落在李夫屍體旁時，我差點昏了過去；或許是因爲激動的關係。

「赫列姆，你可以清開一塊積雪，讓我接觸地面嗎？」我在霜巨人走來時問道。

「嘎。」他答應。他以冰棍比向我所指的位置，積雪飄升，堆在李夫腳邊。

我踏上冰凍的土地，感應到下方的能量。「謝謝你。」我說。魔法透過紋身湧上，足以讓我麻痺疼痛，穩定傷勢，維持身體運作。恰當的療傷需要時間，而我此刻沒有時間。「很遺憾你們今天折損這麼多人手。」我補充。

想不到霜巨人只是若無其事地聳了聳肩。「我們損失了些人手，但卻取得重大勝利。索爾死了。烏鐸爾和海姆達爾、弗雷爾和女武神也都死了。奧丁變成空殼。而且我們終於得到弗雷雅。通常我們什麼都贏不到。」

「喔。」我說，不確定還能說些什麼。赫列姆的死傷清單讓我想到自己惹上了多大的麻煩——我是說除了插在我肚子上的箭之外。一旦此戰的消息傳開，很多超自然生命和剩下的北歐諸神都會開始找我。

「你說話算話，小人類阿提克斯。」赫列姆說：「我會這樣告訴我的子民。我們要走了。」

「好，走吧，別讓我耽擱了。」我說。霜巨人丟下他們的冰棍，變形為巨鷹。蘇頓抓著冰凍的弗雷雅殿後，與其他巨鷹一起飛向世界之樹樹根的拉塔托斯克樹洞。看著他們離開，我覺得她有點可憐。我知道是我為了找他們幫忙而承諾讓他們帶走弗雷雅，但我沒想到他們真的能夠活捉她，然後安全返回約頓海姆。我不願想像當她解凍之後，一整族色慾薰心的霜巨人會怎麼對待她。

並不是只有我有這種想法。一道灰影在我眼前閃過，夜空中傳來貓科動物的嘶吼聲，接著蘇頓在灰影從下方撞上他時放聲尖叫。他鬆開弗雷雅和其他巨鷹一起展開盤旋，試圖弄清楚攻擊他的是什麼東西。結果是弗雷雅的貓，依然套在雙輪戰車上——這輛雙輪戰車是所有神話中最瘋狂的交通工具之一，這些貓在半空中就和普通貓在地上一樣靈巧迅速，此刻牠們飛到弗雷雅下方，讓她落在雙輪戰車上。有些冰塊在撞上戰車時碎裂，接著女神自行破冰而出，催促她的貓加速逃離。

眞是兩隻超聰明的貓。牠們沒辦法應付雙足站立型態的霜巨人，但是化身巨鷹的霜巨人卻不能用冰棍扁牠們，或是用元素法術攻擊牠們。這下牠們只要在空中飛贏老鷹就好了，而我認為牠們的機會不低。牠們朝西南方飛往弗雷雅的宮殿弗爾克凡格，一群巨鷹大呼小叫地追了上去。

我搖搖頭，釐清思緒，然後將注意力轉移到李夫身上。部分的我認為最好就把他丟在這裡。看到殺死索爾的凶手也已經死了或許能讓北歐諸神好過一點，不過我懷疑。

另一方面，我顯然已經讓霍爾陷入困境。他唯一要求我做的事情——帶他們兩個活著回去——我沒做到。他肯定會覺得我背叛了他，而我已經內疚到難以言喻，不敢回去面對他。但或許，如果我非常幸運的話，或許我能拯救李夫——就某方面而言。

我透過妖精眼鏡，以羈絆法術封住他斷頸處所有血管，讓他不再繼續失血。不管他胸口那道紅光是什麼東西，他都需要鮮血才能存活；這是簡單的部分。困難的部分是，如何在沒有獠牙或腦袋的情況下把新的血液、能量輸入他體內。如果把李夫丟著不管，吸血鬼遲早都會自行長出一顆新腦袋，但那還會是李夫嗎，或者只是一頭不會思考的吸血怪物？那種吸血鬼通常活不久。他們會殺太多人，其他吸血鬼得為了保密而動手除掉他們。

我沒有準備符咒應付當前的情況。我必須從頭開始唸誦羈絆法術，然後隨機應變，因為我從未做過類似的事情。慢慢地，在佩倫和張果老負責守衛、提爾於雪地中有氣無力地咒罵我們的情況下，我盡可能將能夠找回的李夫殘骸羈絆起來。到處都有破碎的腦、之前屬於他頭顱所有的碳質和鈣質，還有一綹綹頭髮。我把這些東西約略羈絆成腦袋的形狀，彷彿是在嘲笑李夫的原始巫毒娃娃頭。我絕對沒有辦法把這團東西重塑出李夫的五官，或他所需要的複雜骨骼與組織。我只是盡量提供他胸口的復活引擎所需的材料，讓李夫有機會保持從前的自我。等我約略組合好了腦袋和脖子，我就把它們接在他肩膀上的斷口，封住四周，然後重新開啓其中的血管，讓血液流入腦袋，讓吸血鬼得以開始重建自己的身體。

「我只能做到這樣了。」我嘆氣說道。本來是李夫腦袋的那團東西在皮夾克上面看起來十分荒謬，而且在缺乏體液的情況下看來也比原先小，但這就是我能力的極限。我的大德魯伊只有教過我取消吸血鬼身體羈絆的理論而已，而我一直到好幾世紀後才眞正實際運用過那道羈絆法術。從來沒人教過我，甚至是在假設的情況下進行討論該怎麼重組吸血鬼。我不認爲有人會把這視爲好主意。我也不確定這是好主意；我這麼做只是試圖在這場血腥屠殺中搶救一點什麼出來。如果李夫能夠復活，並防止一場亞歷桑納州的吸血鬼大戰，那必定算是好事。

佩倫不太確定地抬頭。「這樣有用嗎？」他問。

「不知道。希望有。但我們還沒脫離險境。我們現在必須離開了。」

「好主意。」他輕拍我的肩膀。「我喜歡。」

第二十七章

戰場上還有三個阿薩諸神沒死。很快就會有更多趕來，不過多半無法在黎明前趕到。海姆達爾的號角警告了所有神。富麗格【註】——奧丁的妻子——肯定會跑來接手照顧奧丁；如果有誰能夠讓他復元，肯定就是她了。

我必須治療自己的傷勢，但是阿斯加德不安全。我必須回到米德加德，或是妖精世界這種不會被人打擾的地方；因爲一旦展開這種程度的治療，我很可能會陷入昏睡。首先，我得要處理一些事，交代一些話。我們撿起我的劍和奧丁之矛——我認爲它是我的了——靠著世界之樹，與我們殞落的戰友擺在一起。佩倫和索爾一樣力大無窮，即使現在負傷，他還是能夠單憑右手把古鐸因博斯帝拖離剛納身上。

處理完畢後，佩倫和我一拐一拐地走到動彈不得卻還罵個不停的提爾面前，張果老則神色寧靜地與我們一起過去。他的身體狀況良好，除了和提爾決鬥時弄出一、兩處瘀青外，他在完全沒有受傷的情況下完成復仇。他已經喝過藥水恢復元氣了。

註：富麗格（Frigg），北歐神話中掌管婚姻、愛情與豐饒的女神。星期五（Friday）的字源來自於她，另外一說則是來自於弗雷雅的名字。

提爾又罵了兩分鐘才願意住嘴聽我們說話。他以為我們是去了結他的，所以他想要確保在前往赫爾之前先罵個夠本。死前詛咒有個缺點在於除非你眞的死了，不然它們不會生效，而我們並不打算殺他。等我們終於讓提爾相信我們不會傷害他後，他瞪著我看，佩倫則轉頭看向西方。維達還沒離開奧丁身邊，剩下的烏鴉還在天上盤旋。弗雷雅和霜巨人都還沒自西南方歸來。

「待會兒你的對手就會幫你解穴，然後你就可以走了。」我以古北歐語對提爾說：「如果解穴之後，你試圖攻擊我們，我們會殺了你。我要你回到葛拉茲海姆，回報今天在這裡發生的一切，但更重要的是，我要你知道事情走到這個地步的原因。我們是為了索爾而來，目標只有索爾，但他當然沒有膽量獨自面對我們。他長久以來的縱慾、嗜血、不自然的行為、肆意殺戮，導致今日你們全都必須面臨這個局面。就算我們殺光阿薩和華納神族，還是不足以彌補索爾的惡行。如果你對他在米德加德上的作為稍微知情，你就知道我所言不虛。」我認為他知道。李夫故事裡和索爾在一起的獨掌人，八成就是提爾。

「你是誰？」提爾問。在他眼中，我似乎毫不在意插在身上的箭，但其實我要消耗極大的心力才能表現出神態自若的模樣。不過這個問題實在問得太好了，我非答不可。

我得意洋洋地說：「我是奧林帕斯的不朽之神巴庫斯。我代表一群要找索爾復仇的朋友，包括黑暗精靈，就是他們讓我知道如何不走彩虹橋抵達此地。以前你們眞的該對他們好一點。」

我懷疑這個謊言經得起檢驗，特別是在霜巨人有可能洩密的情況下，不過我認為北歐諸神會忍氣吞聲一段時間。我可以爭取時間銷聲匿跡，同時給巴庫斯帶來麻煩。我轉向張大仙，以中文請他幫提爾解穴，但是小心提防。他跳上前去，嚇了提爾一跳，接著以一根鐵棒連點五處穴道。他下手毫不留情，這幾下肯定會留下印子。

我們後退，提爾跳起身來，一副想要殺了我們的模樣。他的盾牌和劍還躺在雪地上，所以他可能是想和我們徒手肉搏。

「安靜離開，你就能看到明天的太陽。」我說：「不然從天而降的閃電會把你當場擊斃。」

他花了點時間考慮。他眞的很想殺了我們，但最後他算了算，發現我們有三個人，而他只有一個，而且閃電還站在我們這邊。他後退幾步，咒罵幾句他自以爲惡毒的髒話，像是「懦弱的黃鼠狼嘔吐物」和「楓糖口味鯨魚糞」。

我輕聲請佩倫用風送我們回樹根。我拿起我的劍，張果老欣然同意幫我拿剛格尼爾。

我們又看了一眼西南方天際，沒有巨鷹的蹤跡，希望霜巨人沒有蠢到一路追到弗爾克凡格去。

「我們走，佩倫。」我說：「赫列姆和他的手下可以自行返回約頓海姆。」

就像帶我們上來時一樣，佩倫召喚受控的風帶我們離開——包括李夫、剛納、瓦納摩伊南的屍體——穿越拉塔托斯克的樹洞。回程途中，我終於釋放壓抑的情緒。爲我自己感到憤怒與罪惡，爲剛納和李夫哀悼，爲此事所帶來的後果恐懼不安：一切通通自我的喉嚨與眼眶抒發而出，隨風而逝。

我遵守承諾，而我的朋友也報了仇，但我懷疑坦佩部族會爲了失去他們的阿爾法而感激我。我不知道怎麼做才能在開打後預防這種結果，拯救他們兩人；我只是不斷去想當初根本不該帶他們來。那樣，我就是言而無信的小人，但是他們卻不會死。現在我還是一諾千金的男子漢，但是他們死了（或是和死了沒兩樣）。這種結果怎麼會比較好？我把一切都搞砸了，霍爾或許永遠不會原諒我。現在他是阿爾法狼人了，天知道李夫要多久才會復活，或許永遠不能恢復自我。不管我如何努力救回李夫，吸血鬼大戰還是有可能開打。

我們沒在密米爾之泉浪費時間，因爲距離天亮只剩幾個小時。我們取回留下的行李——我檢查瓦納摩伊南的袋子，確定手機和皮夾都還在裡面——然後聚在樹根旁。我們花了點時間調整位置，因爲隊伍中有三個死人，不過我還是成功帶所有人回到地球，隨即吐了一大口氣——至少是在身側的箭允許的範圍內所能吐出最大的一口氣。我們的營地和離開前一樣，附近沒有任何人跡。

「好了，我已經拖夠久了。」我皺眉說道：「佩倫，請你插出我的箭頭，然後折斷。等會我幫你弄。」

「沒問題。」他說：「準備好了嗎？」

「等等。你可以看出出口傷會不會破壞我右側的紋身嗎？」

他和張果老一起檢查箭頭的角度，結論是出口傷會開在腹部的紋身前面一點點。

「很好，那樣事情會簡單一點。」我說。只要喝下不朽茶，我的紋身就會和我的皮膚一起自動翻新；它們看起來都很新，一點也不像兩千年的老東西。但如果紋身的完整性遭受破壞，我就必須重刺，那表示我得去找個圖阿哈·戴·丹恩幫忙。不了，謝謝。

腳下的土地令我欣慰，我問張果老可不可以借他的鐵棒一用。他把鐵棒遞給我，我把它塞到嘴裡，只看得他臉色發白。誰知道他有潔癖？

「好了。」我朝佩倫點頭，「動手。」

沒錯，我作弊，麻痺痛覺。是你也會這麼做。我還是感到一陣灼痛，而不管痛不痛，我都無法忽視體內有東西在扯動的不舒服感。我不光只是內出血而已，肚子裡還有胃酸和其他有毒體液在流動。少了大地的幫助，這肯定是致命傷。

事情還沒結束。佩倫折斷箭頭，我感到體內一陣刺痛。他盡可能清理斷口處的碎屑，然後我在他拔出箭柄時狠狠咬著鐵棒。

感謝地下諸神，我不需要在水泥地上做這件事情。大地大大滋養我，在利用大地的能量將內臟羈絆回原位的同時，我再度想起我還必須幫助大地治療迷信山脈的那塊死土。它每多給我一份力量治療，都讓我覺得欠它更多。

不知過了多久，我的下頷開始疼痛，我才發現自己的牙齒還緊咬著鐵棒不放。我的同伴都在看我。我取下沾了點口水的鐵棒，一邊道謝一邊還給張果老。

「當作送你的禮物。」他有點驚恐地說道：「我會弄根新的。」

我再度道謝，繼續專心治療，閉上雙眼。再度睜眼時，佩倫身上的箭都已經拔出來了。他坐在火堆旁的圓石上，笑嘻嘻地苦勸張果老再乾一杯伏特加。天已經亮了。

「李夫呢？」我問：「兩位？李夫呢？」

「德魯伊說話了！」佩倫高舉雙手說道。他的腋毛和鬍鬚一樣濃密，毛茸茸的臉上露出開朗的笑容，他說：「我們應該乾一杯！」

「榮耀的德魯伊，」長生不老的張果老對我揮手道。他一定喝了很多，因為這個動作導致他滑下石頭，倒向後方，雙腳朝天。佩倫哈哈大笑，差點也摔倒在地。

「兩位？說眞的。李夫在哪裡？」

「他沒事。」佩倫說道：「他很安全。我們把他埋在你後面。」他伸手一指，我轉頭看見地上有三座墳墓般的土堆。佩倫收起笑意，聲音變得嚴肅。「我們把其他人都埋了。沒關係吧？」

我不確定這樣有沒有關係。「你們埋了剛納？」

「對。你站著就睡著了，叫也叫不醒，所以我們自己找事做。」

張果老坐起身來，對我揮手。「榮耀的德魯伊，我有問題。」

「什麼問題？」

「我有問題。」他重複。

「你說過了。」佩倫說。

「謝謝你注意到我。我的問題就是：你什麼時候才要穿衣服？」

我低下頭去，有點難為情地發現自己把衣服留在阿斯加德了。這就是他們期待的反應，於是這兩個傢伙捧腹大笑。

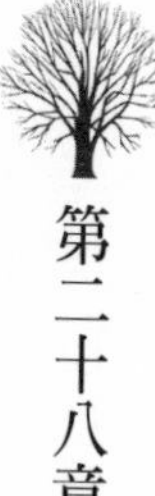

第二十八章

日正當中時分，張果老和我們道別，帶著袋子和魚鼓向東而行。他離開前捐了一套仙袍給我，「當作公益服務」，不過我在瓦納摩伊南的袋子裡找到了一套備用衣物——樸素的褲子，還有上衣。由於沒有皮帶，我拿繩子繫起上衣。

佩倫同意幫我帶李夫和剛納回坦佩。如果知道要帶瓦納摩伊南去哪裡，我們也會帶他回去；但是在沒有足夠資訊的情況下，他已經找到了最後的安息地。我們輪流對他說幾句話——當然不足以描述他豐富的一生——然後與他永別。

「你覺得北歐諸神爲什麼還沒有追過來？」佩倫問。由於只剩下我們兩個，所以我們用俄語交談，他說得比我流暢多了。

「他們要舉行葬禮，還有嚴重的領導危機。」我說：「或許還有身分認同的危機。他們之中有很多人把漫長的一生貢獻在準備應付諸神黃昏。如今種種跡象顯示諸神黃昏不會像預言裡那樣發生了。」

「沒錯，他們需要新的生活目標。」佩倫說：「我懂了。」

「除此之外，他們還必須走彩虹橋才能抵達米德加德，不能像我那樣空間轉移。而既然我把事情推到黑暗精靈和巴庫斯身上，阿薩神族可能會先去找他們。」

佩倫輕笑。「那樣好。讓我們有時間躲起來。」

「你打算躲起來？」

「對，躲很久。」

「雷神是不藏頭縮尾的。」

俄國神聳肩。「我和索爾不同，我們俄國人的個性都很有深度。而且我喜歡幫助人類，不是傷害人類。通常我用伏特加幫人。要來點嗎？」

「不，謝了。我現在喝酒不太好。此刻我的消化系統有點脆弱。」

他笑著看我。「那我就用其他方法幫忙。睡吧，繼續療傷。我站哨。」

我很慶幸有機會繼續自療，於是躺回地上，再度進入醫療昏迷狀態。我還要很久才能痊癒，而且有好一陣子只能吃液態食物，不過沒有內臟再滲出體液，胃酸也都中和了。我沒有怎麼處理外傷或腹部肌肉的撕裂傷，一來是因爲它們不會立刻造成危險，二來是因爲可以在面對霍爾時充充場面。他肯定知道剛納死了，因爲阿爾法的魔法此刻已經落在他的肩膀上。

佩倫在太陽下山時叫醒我，我覺得已經好多了。要不了多久我就可以開始修復肌肉，然後強化脆弱的鎖骨。

我要求大地自剛納和李夫的屍體上翻開。李夫的情況似乎沒有改善，不過也沒有變差。佩倫和我把他們扶成站姿，接著俄國神召喚強風，把我們帶向可以轉往提爾．納．諾格的南方森林。抵達妖精世界之後，我不希望因爲李夫而多等一天才能再度轉移。亞歷桑納是白天，如果想要立刻過去，我們就必須想辦法不讓太陽直射他的身體。解決之道就是做一具沒有釘子的棺材。

提爾．納．諾格上有很多樹。重點在於要找一種不會影響傳送的樹木。我們足足走出一哩之外才找到了一棵合用的小白蠟樹。佩倫揮動斧頭，粗略砍出一些木板，然後我以魔法羈絆它們，確保沒有縫隙滲入陽光。我們也幫剛納做了一具。

準備好後，我們直接轉回阿拉瓦帕峽谷荒地。

「我沒來過這裡。」佩倫說，看著溪流和岸邊那些樹枝如同手指般抓向天空的西莫克無花果樹。「很漂亮。」

我同意，然後在棺材和我們身上施展僞裝羈絆。抵達有人煙的地方後，人們或許會感覺到我們路過時的大風，看見天上有團模糊的殘影，不過我沒有很擔心；我認爲他們會把這種現象歸罪於外星人、軍方祕密實驗，或是之前吃的蘑菇，然後就沒下文了。不過我很謹慎地使用儲存在熊符咒裡的法力施展這道羈絆，沒有擷取大地能量。我認爲「上帝之鎚」有辦法偵測擷取法力的現象，進而找出我的位置。這可以解釋他們如何得知我的行動——不過無法解釋他們是怎麼找上魯拉布拉的。除了這個謎團之外，回到亞歷桑納後我不管在各方面都要開始節制使用魔法。將有太多人——或許還有太多神——會跑來這裡找我，我不想留下任何線索。

「我們要去哪裡？」佩倫問。

我不想在這種情況下飛回坦佩，現在任何法術——包括佩倫的——都有可能引人注意。於是我說要去距離坦佩約莫七十哩外的小鎮，希望有辦法在那裡安排一些不會被人發現的行動。「西北方一個叫作葛洛伯的銅礦鎮。我知道一個好地方。送我過去，我請你喝大男孩【註】。」

「我不喜歡小孩。」

「別擔心，那是一種飲料。」

我們在早上十一點過後乘風抵達葛洛伯，我引導佩倫來到鎮中布洛街、一間名叫哈斗的運動酒吧後方的小巷。這不是滿是老鼠和髒亂垃圾箱的那種都會巷道，而是比較寬敞的馬路，可以停車，還有種樹。幾十年前鋪設的柏油路路況很差，碎石滿布，雜草叢生。

哈斗酒吧後面有座專為抽菸客人準備的露台，面對巷子對面一座用鎖鏈圍起來的廢棄停車場。鎖鏈圍欄前方擺了個垃圾桶，默默享受著一棵柳樹的樹蔭。我請佩倫把我們放在那裡，然後合力把棺材疊起來，放在距離垃圾桶五呎外的地方。沒人看到我們，因為早上十一點哈斗酒吧裡沒有多少客人抽菸。抽菸的客人多半晚上才會出沒。

「我得進去打兩通電話。」我指向酒吧後門說道：「然後我們就能享受『大男孩』。」我挑選這裡的原因就是它有後門。有時候後門這種東西非常有用。

我解除我們的偽裝羈絆，不過沒動棺材的。我勸了幾句之後，佩倫終於同意不要在午餐時間穿著毛皮斗篷進入美國酒吧。再說，我們身處亞歷桑納：十二月的室外溫度是華氏六十度。他脫下毛皮斗篷，露出另外一堆毛──他的無袖T恤沒有遮住毛茸茸的手臂和肩膀。我笑著把斗篷放在棺材上，施展偽裝羈絆。美國人發自內心地恐懼體毛──拜嬉皮、機車族和建築工人所賜──所以佩倫的外型很可能嚇壞酒吧裡包括機車族在內的所有人。

再度提醒佩倫要說英文後，我們進入哈斗酒吧，我向老闆蓋比揮手招呼。她嘴角總是帶著笑容，隨時可以哈哈大笑，而且散發出一股能夠應付任何狀況的自信。我看著她打量高她兩呎，不過差不多重的佩倫，然後享受認定自己打得過他的感覺，雖然他手裡還握著奧丁之矛。

「嘿，阿提克斯，好久不見。再見到你真好。」她說。我與她和這間酒吧的交情，奠基在幾次我與歐伯隆來這附近的狩獵之旅上。她指向我們的武器。「你們得把那些寄放在吧檯後面。」

「沒問題。」我小心翼翼地將兩把劍和長矛靠在罐裝啤酒冰箱旁。

「喝點什麼？」

「兩杯大男孩。」她的酒吧酒種齊全，吧檯後還有一面大鏡子，不過大多數酒客都是來此享受三十四盎司冰啤酒的。佩倫和我坐上吧檯高椅，避免接觸當地人的目光。他們都在瞪我們，心下盤算著如果蓋比不在，要不要過來找我們麻煩。片刻過後，我感應到他們移開目光，大概是覺得不修邊幅到佩倫這種地步的傢伙肯定不好惹。

蓋比送來啤酒，佩倫滿臉懷疑地打量他的酒。「這就是大男孩？」

「沒錯。」

「不是伏特加？」他問。

「不是。這裡是美國酒吧，要融入這裡就必須喝這個。」

註：大男孩（The Big Boy），混合酒精濃度高的酒與軟性飲料的調酒。

佩倫環顧四周，打量其他酒客，他們大多穿牛仔褲和T恤，而且有剃鬍子。「你眞的以爲我可以融入這裡？」

「不可能。但是你有義務嘗試。乾杯。」我碰碰他的酒杯，然後開始暢飲。佩倫喝了幾口，然後突然放下酒杯，在一些酒順著鬍鬚流下時微微發抖。

「美國人喜歡喝這個？」他問。

「他們是這麼說的。美國最暢銷的酒類。」

「我該表達敬意還是同情？」

「兩難，不是嗎？」我說：「嘿，蓋比，可以借一下妳的電話嗎？」

我有帶手機，不過我絕對不會在這個時候開機；反正它八成已經沒電了。蓋比把吧檯的電話給我，我則趁佩倫觀察酒吧時鍵入記在腦中的號碼。這裡很有看頭，比方說罐裝啤酒冰箱附近那個戴著墨鏡的鹿兔【註一】標本頭。另外還有睜大玻璃眼珠瞪我們的野豬標本頭，因爲死去的動物在亞歷桑納酒吧裡基本上都是飛鏢標靶。這間酒吧的正中央是一台柚木印第安機車雕刻，放在從天花板上以鎖鏈垂掛的老吧檯桌面上。後面的兩張撞球桌此刻沒有人在玩，吧檯對面的點唱機裡播放著林納·史基納樂團【註二】的歌曲。

關妮兒語氣有點疑惑，因爲她不認得來電號碼。

「嘿，是我，平安歸來。」我說：「別提名字，好嗎？妳已經回家了嗎，還是還在處理沃德河的事情？」

「我回來幾天了。」

「很好，妳盡快趕來葛洛伯布洛街上的哈斗酒吧接我。」

「我在管吧檯。」她說，這表示她在魯拉布拉。「剛接班而已。」

「該辭掉那份工作了。」我說。

「又辭？」

「又辭，這次不會再回去了。我們要搬家。妳的新生活就從現在開始。」

「喔，我該去接狗嗎？」

聰明的答案應該是要，但可以的話，我還想再見寡婦一面。於是我說：「不，我們一起去接他。」

「好。一小時後見。」

她非常機敏果斷。我希望她能完成訓練。說起這個，我也希望我能完成她的訓練。莫利根提到的預知夢在我腦中揮之不去，更別提耶穌說過的後果了。

在我有機會撥打第二通電話前，佩倫焦急地低聲問：「你有亞歷桑納的錢幣嗎？我沒有。」他竟然在擔心帳單，實在是太貼心了。

註一：鹿兔（Jackalope），傳說中長有鹿角的兔子。

註二：林納．史基納樂團（Lynyrd Skynyrd），一九七〇年代當紅的美國搖滾樂團，樂風屬南方搖滾。

「喔，沒有問題，佩倫。酒我請。」我說：「特別是當你根本不想喝完的時候。」

「啊，謝謝你。我想我該走了，阿提克斯，探索這個國家，找個地方躲起來。」

「這麼快？」我謝謝他幫了這麼多忙，並祝福他能在美國找到住了很多又大又毛女人的地方。

「美國有這種地方嗎？」他問，臉上充滿期待與好奇。

「我敢說一定有。這是個充滿機會的國家。」我說。他離開前又給了我兩根閃電熔岩，給關妮兒和歐伯隆用的，我則撤銷了放在外面的斗篷上的僞裝羈絆。「很榮幸認識你，」我對他說：「事實上，這是這趟旅程中少數百分之百正面的事情。就神而言，你是我所遇過最棒的神。」

「你是我這輩子唯一遇過的德魯伊。」他說：「不過我認爲你也是最棒的。」他本來打算在我背上用力拍兩下道別，不過後來覺得這樣不夠親密，於是給了我一個大擁抱。那種感覺就像是被兩塊毛茸茸的石頭壓扁一樣。當他從哈斗後門離開時，本地酒客同時鬆了口氣，我則努力忍住不笑。我喝了一大口酒，藉以掩飾笑意。

酒精讓我鼓起勇氣再度拿起電話。我撥了下一個號碼，然後準備展開一段不愉快的交談。

「霍爾，是我。我回來了。我有壞消息。」

「嗯。我一直在等你電話。」坦佩部族的新阿爾法說，他的語氣有點緊繃。「我已經知道情況很糟，但是有多糟？他們兩個都死了，還是只有我的阿爾法？」

「不確定。我直接給你看比較好。」我答道：「我把他們帶回來了，霍爾。我已經盡力了。」我告訴他上哪兒來找我，請他帶我和關妮兒的新證件過來。「開廂型車來，或向安東尼借卡車。」我指的是本地一名開著冷凍貨車處理屍體的食屍鬼。

「我出門前先告訴我，」霍爾說：「他們至少有報仇吧？」

「有。他們報仇了。但我沒機會問他們值不值得。」

「我認爲不值得。」霍爾說。

「不，不值得。」

尾聲

我經常出沒的地方八成都被監視了，而莫利根的死亡夢境將我的偏執妄想程度推到高峰。關妮兒已經在半開玩笑、半不耐煩地調侃我三不五時左顧右盼的模樣；我會讓她緊張。儘管她不耐煩地嘆氣還翻白眼，我還是叫她把車停在從寡婦房子看不到的地方，讓我利用心靈連結從馬路這一頭呼叫歐伯隆。

「歐伯隆，你聽得見我嗎？」

「阿提克斯！不要靠近！別過來！」

他聽起來很緊張，不像歡迎我的樣子。這可不對勁。「怎麼了？爲什麼不要靠近？」

「這裡不安全。我去找你。」

「寡婦沒事吧？」

「不，她肯定有事。我會解釋。你有辦法盡快離開坦佩嗎？」

「有。我和關妮兒一起坐在她車上，我們在大學路。」

「哪裡？」

這個問題引發了我腦中的警報。萬一我不是在和歐伯隆交談呢？我腦中浮現《魔鬼終結者》第二集裡阿諾模仿約翰．康納的聲音，還有T-1000模仿繼母聲音的那兩場戲。我不知道魔法能不能達到這種效果，但我不打算冒險。我沒有回答他的問題，而是另外提出問題。「歐伯隆，你可以離開屋子嗎？」

「我已經出來了，現在在後院。」

「跳過圍欄，到前面來。自己來。立刻。」

「不用說第二遍！」

「發動引擎。」我對關妮兒說。她點頭，轉動鑰匙。數秒過後，歐伯隆獨自出現在寡婦前院，先是朝南望向羅斯福路，然後朝北看向我們停車的方向。

「看到藍色廂型車了嗎？我們在裡面。」

「來了！」他三秒之內從完全靜止到全速衝刺。「希望你們油箱是滿的！我們必須開到沒油爲止，然後找個山洞躲起來。」

「你到底在講什麼？」我下車幫他打開後門。他沒有停下來討拍或是什麼的。他跳上車，然後在我關門前開始對關妮兒大叫。

「走！踏下油門！我們必須在她發現之前離開！」

「歐伯隆，怎麼回事？別再叫了。」我回到車上，一邊關門一邊請關妮兒離開羅斯福路。歐伯隆的行爲須要解釋，但如果事情當眞如此緊急，那麼離開前要他解釋或許是不智的行爲。如果是誤會，我們還是可以回來。關妮兒調轉車頭，在大學路上向東行駛，開往鄉村路。

「去哪裡，老師？」她看著後照鏡問道。

「我們之前說好的地方。」我說：「歐伯隆說我們必須離開坦佩。」我在座位上轉身，要求我的獵狼犬解釋。「現在告訴我，我們爲什麼要逃？寡婦出了什麼事？」

「好吧，大概在兩天前——也可能是五天，總之是一陣子前，我不確定——我敢發誓寡婦死了。她在床上睡覺，我聽見她的喉嚨裡咯咯作響，但是不是在打鼾，你知道，所以我就過去看看。她沒有呼吸，阿提克斯。我用鼻子頂她、舔她的臉，但是沒有反應。我對著她的耳朵叫，她連動都沒動一下。但接著我聽見前門打開又關閉的聲音，於是我離開她的房間，看看來人是誰。外面沒人，而這非常奇怪，因爲我肯定有聽見開門聲，而那些貓又沒有長出像人類一樣可以抓東西的拇指。我聞了一聞，聞到一股腐味，而且門附近比較冷，但或許是出於我的想像。接著我聽見床嘎嘎作響，於是跑回寡婦房間，結果看到她在下床。」

「啊，所以她還活著？」

「這個，不，我不這麼認爲。我覺得那不是她。她死了，阿提克斯。我看見、聞到，也聽見了。」

「那麼那之後是誰在屋子裡走動，餵你吃東西，還放你出來？你這樣講太沒道理了。」

「我不知道那是誰，但不是寡婦。她不再自言自語了，也不再拍我、說我是條好狗。她只是一言不發地餵我吃東西、給我水喝，三不五時放我出門。超詭異的。」

「她或許只是不開心，歐伯隆。她最近很沮喪？」

「沮喪到連水都不喝？」

「什麼？」

「她死而復生之後就一口威士忌也沒喝過了。我也沒看她吃東西。我說眞的，阿提克斯，她死了。不管那個是誰，總之不是麥當納太太。」

我轉向前方，癱在座位上。我震驚到嘴巴微張，雙眼無神。

「老師？阿提克斯？怎麼回事？」關妮兒抽空瞄我一眼，擔心地皺起眉頭。

「繼續開車。」我和她說：「歐伯隆說得沒錯。我們必須離開這裡。」

《鋼鐵德魯伊3：神鎚》完

致謝

我在Del Rey出版社的編輯崔西雅．派斯特拿克，一直都很能激勵士氣，或許還是個擅長安撫焦慮作者的禪宗大師。她甚至能用e-mail傳送出冷靜效果。以下是一句她令我震撼的句子：「解開次要情節會發出什麼音效？」

助理編輯麥克．布拉夫帶我進入維京死亡重金屬樂的世界，特別是「維京戰神樂團」（Amon Amarth），還有他們那首〈雷神黃昏〉（*Twilight of the Thunder God*）。寫最後那場打鬥戲時，我就一直重複播放這首歌，而到現在我都一直強忍著一股購買雙刃戰斧和角杯的衝動。

我該送我的文編凱西．羅德，以及總編南希．德利亞，一人一瓶愛爾蘭酒，因為我或許把她們逼到非喝酒不可的地步——既然要喝，那乾脆來點好料。她們幫了我很多，我很感激。

我的經紀人，JGLM的伊凡．高富烈德，剛好認識一個很酷的拉比，簡寧．阿姆史威克。他很好心地幫我解決希伯來文的問題。「ch」的喉音我用「kh」來拼，希望這不會造成困擾。如果有錯，請怪在我頭上，不要責備好心的拉比。

冰島的艾利．弗雷爾森幫我提供書中的冰島名，但是如果我搞砸了，請不要怪他，因為我常常會把其他語言英文化。

一如往常，我很感激搶先閱讀這個故事的讀者，亞倫．歐布萊恩和譚雅．葛拉漢．史古莉姿。尼克・史丹坎伯也是我的忠實支持者。

金比莉、馬蒂和蓋兒・赫恩都是一名作家所能遇上最支持他寫作的家人，我很幸運能更參與她們的人生。

就和我其他的作品一樣，本書中大部分的地點（在這個世界上的）都眞實存在，只不過在那些地方發生的劇情是虛構的。如果有人眞的在魯拉布拉點了那杯七十五塊的威士忌，請告訴我值不值得。我現在就可以告訴你史密斯威克配炸魚薯片絕對值得。

同樣，葛洛伯的哈斗酒吧裡的柚木機車雕像也很值得一看。兩杯大男孩下肚之後還會變得更讚。我欠老闆崔西・魁克一份人情，因爲他帶我去市區參觀，還見識了街道底下的古老神祕通道。

你可以在www.kevinhearne.com找到我。我也有用推特（@kevinhearne）。我希望能在吵吵鬧鬧的社交場合與你見面。或許我會在科幻／奇幻或漫畫展之類的場合遇上你，一起去拜見尼爾・蓋曼，然後發出超音波立體聲般的嘰嘰叫。

發音指南

談起北歐神話會面對的問題之一，在於它摻雜了挪威、瑞典、丹麥、冰島，外加古北歐語等語言。大約有七個世紀沒人使用古北歐語了，但是學術界的朋友自認他們知道如何發音。我用英文拼音來拼奧丁或索爾，將拼音和發音相互結合，使英文讀者能夠唸出比較正確的音。儘管大多數名詞我都是採用冰島拼音，但並非總是如此。有時候我會採用古北歐語的唸法，有時候我會更動母音，隨我高興。各位也可以這麼做；這份指南並不是在規定讀者要怎麼唸，而是在描述作者會怎麼唸。我很歡迎各位接受我的唸法，或在語言討論版嘲笑我。

北歐諸神

Baldr——BALL dur／博德（光明之神）

Bragi——BRAH gi／布拉吉（我唸重音g，好讓最後一個音節能與key押韻。冰島語中，當g前面是母音，後面接i或y時，發音比較類似y——不過這裡我採用古北歐語唸法。詩歌之神）

Freyja——FRAY ya／弗雷雅（美貌與戰爭之神，和弗雷爾是雙胞胎）

Freyr——FRAYr／弗雷爾（我是用古北歐語／冰島語拼音。第一個r是滾音，導致f聽起來本身就是一個音節，有點像音樂裡的裝飾音。有時候最後的r會在拼

音及發音中省略，直接唸作「弗雷」。豐饒之神）

Heimdall——HAME dadl海姆達爾（冰島語將重疊l發作dl的音，聽起來像是英文中battle那種發法。海姆達爾算是門神，感官超強）

Idunn——ih DOON／伊度恩（青春女神，金蘋果保管者）

Odin——OH din／奧丁（萬物之父，符文創造者。想要老派一點，你可以把d發成th，不過大部分說英文的人都發成d）

Thor——thor／索爾（雷神）

Týr——teer／提爾（單打獨鬥之神）

Ullr——OODL er／烏鐸爾（弓箭之神）

Vidar——VIH dar／維達（復仇之神，奧丁之子）

北歐神話中的可愛動物

Gullinbursti——GOODL in BUR stih／古鐸因博斯帝（弗雷爾的金野豬；這個名字代表「金鬃毛」。它基本上是矮人打造的工藝品，而非動物，不過外表看起來和野豬沒有多大差別——除了體型和閃閃發光的金鬃毛）

Hugin——HOO gin胡金（思緒，奧丁的渡鴉之一。這裡的g也不必遵守冰島語規則；這是古北歐名，英文拼音，因爲我把大多數北歐神話來源的《埃達經》和

《埃達詩》中，常見的第二個g給省略掉了）

Jörmungandr——yor MOON gan dur／約夢剛德（那條最後會殺掉全部人的世界蛇！）

Munin——MOO nin／暮寧（記憶，奧丁的另一隻渡鴉）

Ratatosk——RAT a tosk／拉塔托斯克（住在世界之樹上／內的松鼠）

Sleipnir——SLAPE neer／史拉普尼爾（奧丁的八腳神馬，洛基與馬的後代）

超酷的北歐武器

Gungnir——GOONG neer／永恆之矛剛格尼爾（奧丁的神矛）

Mjöllnir——me YOL neer／米歐尼爾（第一個音節跟roll押韻；me幾乎等於是裝飾音。索爾的神鎚）

美麗的北歐宮殿和家具

Bilskirnir——BEEL skeer neer／比爾斯基爾尼爾（索爾的宮殿）

Gladsheim——GLADS hame／葛拉茲海姆（北歐諸神殿）

Hlidskjálf——HLID skyalf／何里德斯克亞爾夫（奧丁的銀王座）

Valaskjálf——VAL as skyalf／瓦拉斯克亞爾夫（奧丁的宮殿）

Valhalla——Vahl HALL ah／瓦爾霍拉（這個字有很多讀法，我採用英文讀者最好唸的讀法。這裡的重疊l不用讀成dl，伊達瓦爾也一樣。戰士英靈殿）

阿斯加德和冰島的地名

Alfheim——AHLF hame／阿爾福海姆（意爲「精靈國度」）

Hnappavellir——NAH pah VEDL er／納帕維鐸爾

Húsavík——HOO sah week／胡沙維克

Idavoll——IH dah vahl／伊達瓦爾

Jötunheim——YOT un hame／約頓海姆（第一音節與boat同韻。意指「巨人國度」。Jötunn是一個巨人，複數是Jötnar）

Muspellheim——MUS pel hame／穆斯貝爾海姆（火之國度）

Mývatn——ME vat n／梅瓦頓（譯作Midge Lake／米湖）

Nidavellir——NIH dah VEDL ir／尼達維鐸伊爾（矮人國度）

Niflheim——NIV uhl hame／尼弗爾海姆（迷霧國度，通常指赫爾與死亡國度）

Reykjavík——RAY kya week／雷克雅維克

Svartálfheim——SVART ahlf hame／斯瓦塔爾夫海姆（黑暗精靈國度）

Vanaheim——VAHN ah heim／華納海姆（我很想說這是「小貨車國度」【註】的意

思，不過不是，這是華納神族國度的意思）

Vigrid——VIH grid／維格利德

Yggdrasil——ig DRAH sil／伊格德拉席爾（試著把 r 發成滾音或顫音，這樣比較有趣。世界之樹的名字）

能讓你在酒吧打賭獲勝的冰島地名

Kirkjubæjarklaustur——Kir kyu BYE yar KLOW stur／寇克尤拜亞克勞斯徒（所有說英文的人都會嘗試用習慣的方式發 j；看他們這樣發音很有趣。如果他們 j 沒發錯，還是會把 æ 發成長 a 或長 e，而不是長 e。我保證你可用這個字贏得一、兩杯啤酒，如果酒吧裡擠滿笨蛋的話，你還可以免費喝一整晚）

註：小貨車國度（Home of the vans），小貨車（Vans）音近華納神族（Vanir）。

鋼鐵德魯伊

中英文名詞對照表

A

Abhassara　光音天（佛教）

Aenghus Óg　安格斯・歐格（凱爾特的愛神）

Adams, Douglass　道格拉斯・亞當斯（作家）

Airmid　艾兒蜜特（凱爾特神話掌管藥草之祕的女神）

Alfheim　阿爾福海姆（北歐精靈國度）

Answerer　解惑者（魔法劍富拉蓋拉）

Antipodes　安提波德斯（地名）

Aravaipa Road　阿拉瓦帕路

Æsir　阿薩神族（北歐神族之一）

Asgard　阿斯加德（北歐神話的神域）

B

Bacchants　酒神女祭司（希臘羅馬神話）

Bacchus　巴庫斯（羅馬神話的酒神）

Baldr　博德（北歐光明之神）

Basasael　巴薩賽爾（墮落天使／惡魔）

Berta　波塔（女巫）

Bialik, Yosef Zalman　尤瑟夫・塞爾曼・比亞利克（拉比）

bifrost bridge　彩虹橋（北歐神話）

Bilskirnir　比爾斯基爾尼爾（索爾的宮殿）

Björn　彼昂（斯丹尼克假名）

Bragi　布拉吉（北歐詩歌之神）

Brighid　布莉德（凱爾特的鍛造女神）

Bunyan, Paul　保羅・班楊（北美傳說中的巨人）

C

Celtic knotwork　凱爾特繩紋

cold iron　寒鐵

construct　傀儡

Coyote 土狼神凱歐帝（美國原住民神祇）

D

Dane, Rebecca　蕾貝卡・丹恩（店員）

Dalsgaard, Úlfur　烏爾弗・達爾斯加德（狼人）

Dark Elf　黑暗精靈（北歐神話）

die Töchter des dritten Hauses　戴透奇特迪斯德利頓豪斯（第三家族之女）

Dine（=Navajo）　迪內部落（美國原住民納瓦霍部落的正式稱呼）

Druid　德魯伊

Druid lore　德魯伊學識

Druidic grove　德魯伊教派

E

Eddas　《埃達》（北歐文學）

Eldhar　愛德哈（火髮，阿提克斯假名）
Eikinskjaldi　伊金斯賈爾迪（北歐神話的矮人）
Einherjar　英靈殿戰士（北歐神話）
Elysian Fields　極樂世界（希臘神話）

F
Fallen Angel　墮落天使
Fenris　芬利斯（北歐神話的巨狼＝芬里爾狼）
Ferris　費力斯（鐵元素名字）
Fjalar　弗加拉（北歐神話的矮人）
Flanagan　富蘭納根（魯拉布拉的酒保）
Flidais　富麗迪許（凱爾特的狩獵女神）
Fólkvangr　弗爾克凡格（弗雷雅的宮殿）
Four Peaks Brewery　四峰酒館
Fragarach　富拉蓋拉（解惑者）
French Poodle　法國貴賓犬
Freyja　弗蕾雅（北歐女神）
Freyr　弗雷爾（北歐的豐饒之神）
fulgurite　閃電熔岩

G
Gaia　蓋亞（大地）
Geffert, Kyle　凱爾・傑佛特（警探）
Guinness　健力士（啤酒）
ghoul　食屍鬼
Gladsheim　葛拉茲海姆（北歐諸神殿）
Gjallarhorn　加拉爾號角（北歐神話、海姆達爾的號角）
Great Fury　狂怒之劍（莫魯塔）
Great Horned Owl　大鵰鴞
Grimsson, Ketill　凱帝爾・葛林森（狼人）
Gullinbursti　古鐸因博斯帝（北歐神話的金豬）
Gungnir　永恆之矛剛格尼爾（北歐神話武器）

H
Hasidic　哈西迪（猶太教分支）
The Hammers of God　上帝之鎚（組織名）
Hauk, Hallbjorn "Hal"　霍伯瓊・"霍爾"・浩克（狼人）
Heimdall　海姆達爾（北歐神話的彩虹橋守護神）
Hel　赫爾（北歐神話的死亡女神，也代表她統治的死亡國度）
Helgarson, Leif　李夫・海加森（吸血鬼）
hellfire　地獄火
Hexen　魔咒女巫
Hlidskjálf　何里德斯克亞爾夫（奧丁的銀王座）
Honorato　漢諾拉多（狼人）
Hrym　赫列姆（霜巨人）
Hugin　胡金（思緒，奧丁的渡鴉）
Huddle　哈斗（葛洛伯的酒吧）

I
Idavoll　伊達瓦爾（北歐神話地名）
Idunn　伊度恩（北歐青春女神）
Immortali-Tea　不朽茶（德魯伊特調茶）
Ingibjörg　英琪伯格（李夫的妻子）
Irish wolfhound　愛爾蘭獵狼犬

J
Járngreiper　加恩格里波（索爾的鐵手套）
Jodursson, Snorri　史努利・喬度森（狼人）
Jörmungandr　約夢加德（北歐神話的巨蛇）
Jötunheim　約頓海姆（北歐神話）
Jupiter　朱比特（羅馬主神）
Jörmungandr　約夢剛德（北歐神話的

巨蛇）

K
Kabbalah, Kabbalistic　喀巴拉（的）
Kantele　坎特勒琴
karma　因果觀念；因果報應
Krishna　奎師那（印度神明）
Kulasekaran, Laksha　拉克莎・庫拉斯卡倫（女巫）

L
Laim　連恩（魯拉布拉酒吧）
Lord of the Rings　魔戒（托爾金的小說或改編電影）

M
MacDonagh, the widow　麥當納寡婦
MacTiernan, Granuaile　關妮兒·麥特南（德魯伊學徒）
Mag Mell　馬・梅爾（凱爾特神話妖精國度）
Magnusson, Gunnar　剛納・麥格努生（阿爾法狼人）
Magnusson and Hauk　麥格努生與浩克律師事務所
Mary（Virgin Mary）　瑪利亞（聖母瑪利亞）
Megingjörd　梅金約德（索爾的腰帶）
Methuselah　瑪土撒拉（聖經）
Midgard　米德加德（北歐神話的地球）
Minerva　密涅瓦（羅馬智慧女神）
Mjöllnir　米歐尼爾（索爾的神鎚）
Mobili-Tea　莫比利茶（德魯伊特調茶）
Moralltach　莫魯塔（狂怒之劍）
The Morrigan 莫利根（凱爾特戰爭與死亡女神）
Munin　暮寧（記憶，奧丁的渡鴉）
Muspell　暮斯貝爾（北歐神話的火巨人）
Muspellheim　穆斯貝爾海姆（北歐神話的火之國度）

N
Netzakh　奈沙克（賽飛羅）
Nidavellir　尼達維鐸伊爾（北歐神話的矮人國度）
Nidhogg　尼德霍格（北歐神話的巨龍）
Niflheim　尼弗爾海姆（北歐神話的迷霧與冰元素國度）
Norns　諾恩三女神（北歐命運三女神）

O
Oberon　歐伯隆
Ocamm's razor　奧卡姆剃刀理論
Odysseus　奧德修斯（希臘史詩《奧德塞》主角）
Odin　奧丁（北歐主神）
Ólaf　歐拉夫（李夫的兒子）
Ommegang's Three Philosopher　歐梅根三哲人啤酒
O'Sullivan, Atticus　阿提克斯・歐蘇利文
Ó Suileabháin, Siodhachan　敘亞漢・歐蘇魯文

P
Palo Verde Tree　派洛沃德樹
pantheon　萬神殿
Parcae　帕爾凱（羅馬命運三女神）
Perun　佩倫（斯拉夫神話的雷神）
plane shift or shift planes　空間轉移
Planewalker　異界行者

R
Ragnarök　諸神黃昏（北歐神話的世界末日）
Ragnarsdóttir, Rannveig　蘭薇歌・拉格納斯多提爾（狼人）
Ratatosk　拉塔托斯克（北歐神話裡的大松鼠）
Rula Bula　魯拉布拉（酒吧）

S
San Juan Mountains　聖璜山脈（屬美國洛磯山脈）
Sonora　索諾倫（索諾倫沙漠元素暱稱）
Sephirot　賽飛羅（喀巴拉生命之樹上的質點）
Sean　史恩（麥當納寡婦的先生）
Shenyi　仙袍
the Sisters of the Three Auroras　曙光三女神女巫團
Sleipnir　天馬史拉普尼爾（北歐神話）
Sokolowski, Malina　瑪李娜・索可瓦斯基（女巫）
Sonoran Desert　索諾倫沙漠
Smithwicks　史密斯威克（啤酒）
Suttung　蘇頓（霜巨人）
Svartálfheim　斯瓦塔爾夫海姆（北歐神話的黑暗精靈國度）
Sveinn　史維恩（李夫的兒子）

T
Tahirah　塔希拉（阿提克斯亡妻）
Tempe　坦佩
Templar　聖殿騎士（組織）
Theophilus　希歐菲勒斯（吸血鬼）
Third Eye Books and Herbs　第三隻眼書籍藥草店
Thomas, Perry　培里・湯瑪士（已故店員）
Thor 索爾（北歐雷神）
Thyrsi　賽爾希杖（酒神的魔杖）
Tír na nÓg　提爾・納・諾格（凱爾特神話的妖精國度）
Tony Cabin　東尼小屋
Tuatha Dé Danann　圖阿哈・戴・丹恩（凱爾特神話神族）
Tullamore Dew　圖拉摩爾露水（愛爾蘭威士忌）
Týr　提爾（北歐神話的戰神）

U
Ullr　烏鐸爾（北歐弓箭之神）

V
Valaskjálf　瓦拉斯克亞爾夫（奧丁的宮殿）
Valhalla　英靈殿（北歐神話）
Vanaheim　華納海姆（北歐華納神族國度）
Väinämöinen　瓦納摩伊南（芬蘭傳說英雄）
Vanir　華納神族（北歐神族）
Vidar　維達（北歐復仇之神）
Vigrid　維格利德（北歐神話地名）

W
Well of Mimir　密米爾之泉
Well of Hvergelmir　赫菲爾格米爾之泉
Well of Urd　兀爾德之泉

Y
Yggdrasil　世界之樹（北歐神話）
Yngvi　英格維（北歐神話精靈王）

Z
Zdenik　斯丹尼克（吸血鬼）
Zhang Guo Lao　張果老

鋼鐵德魯伊

Vol. 4

TRICKED

THE IRON DRUID CHRONICLES

千萬不要相信惡作劇之神的話！

NOVENBER 2014

上市

國家圖書館出版品預行編目資料

鋼鐵德魯伊3：神鎚／凱文·赫恩（Kevin Hearne）；
戚建邦譯——初版．——台北市：蓋亞文化，2014.09
冊；公分.——（Fever；FR038）
譯自：Hammered (The Iron Druid Chronicles Book3)
ISBN 978-986-319-109-4（平裝）

874.57 103014708

Fever 038

鋼鐵德魯伊 VOL.3〔神鎚〕 HAMMERED

作者／凱文．赫恩（Kevin Hearne）
譯者／戚建邦
封面插畫／Gene Mollica 內頁地圖／NIN
封面設計／克里斯
出版／蓋亞文化有限公司
地址◎台北市103承德路二段75巷35號1樓
電話◎（02）25585438 傳眞◎（02）25585439
網址◎http://gaeabooks.pixnet.net/blog
電子信箱◎gaea@gaeabooks.com.tw
投稿信箱◎editor@gaeabooks.com.tw
郵撥帳號◎19769541 戶名：蓋亞文化有限公司
法律顧問／宇達經貿法律事務所
總經銷／聯合發行股份有限公司
地址◎新北市新店區寶橋路二三五巷六弄六號二樓
電話◎（02）29178022 傳眞◎（02）29156275
港澳地區／一代匯集
電話◎（852）27838102 傳眞◎（852）23960050
地址◎九龍旺角塘尾道64號龍駒企業大廈10樓B&D室
初版三刷／2020年4月
定價／新台幣 299 元
Printed in Taiwan

ISBN／ 978-986-319-109-4

Gaea